『草の葉』以前のホイットマン
―― 詩人誕生への軌跡 ――

溝口健二

開文社出版

目　次

第1章　ロングアイランド時代
　1．旅立ちのホイットマン
　　　── 印刷見習工から書き手へ ──　………… 3
　2．ホイットマンの初期創作活動
　　　── 1840年前後の詩を中心に ──　………… 25

第2章　ニューヨーク時代
　1．短編作家ホイットマン
　　　── 1840年代前半の短編を中心に ──　……… 49
　2．ジャーナリスト・ホイットマンの活躍
　　　──『オーロラ』の編集を中心に ──　………… 73
　3．ホイットマンの見たニューヨーク
　　　── 1840年代前半のジャーナリズム活動 ──　… 95

第3章　ブルックリン時代
　1．ホイットマンの見たブルックリン
　　　──『イブニング・スター』の記事を
　　　　　中心に ──　…………………………………119
　2．『イーグル』のホイットマン
　　　── 政党政治との関わりと『草の葉』
　　　　　初版の創作ノート ──　……………………143
　3．政党ジャーナリズムとの決別
　　　──『イーグル』後のホイットマン ──　………167

第4章　『草の葉』初版の創作ノート
　　　1．胎動する『草の葉』の詩人
　　　　　── 初期創作ノート「アルボット・ウィルソン」を中心に ── ……………187
　　　2．混迷するアメリカと1850年代前半の創作ノート ……………………………211
　　　3．アメリカ固有の詩人を目指して
　　　　　── 1850年代前半の創作ノートを中心に ── ……………231

ウォルト・ホイットマンの家族 …………………253
年譜 …………………………………………………270
初出論文一覧 ………………………………………277
あとがき ……………………………………………279
索引 …………………………………………………282

第1章

ロングアイランド時代

1834年のブロードウェイ（©ニューヨーク公立図書館蔵）

1. 旅立ちのホイットマン
── 印刷見習工から書き手へ ──

『草の葉』(*Leaves of Grass*) の詩人ウォルト・ホイットマン (Walt Whitman) は，1819年5月31日，ウォルター・ホイットマン (Walter Whitman) とルイーザ・ヴァン・ヴェルサー・ホイットマン (Louisa Van Velsor Whitman) の第2子として，ロングアイランド，ハンティングトン近くのウエストヒルズで生まれた。貧しい家庭に生まれ育った彼は，十分な教育を受ける機会もなく，わずか11歳で社会に出た。そして医者や法律事務所のボーイを手始めに，印刷工，植字工，小学校の代用教員など，さまざまな仕事を経験しながら，ジャーナリストとしての道を歩き始めた。

ジャーナリストとしてのホイットマンの活躍は，おおまかに言えば，3期に大別することができる。第1期は印刷見習工に始まる1830年代のロングアイランド時代である。第2期は，日刊新聞『オーロラ』(*New York Aurora*) の編集を機に，さまざまなニューヨーク紙の編集を担当した1840年代前半のニューヨーク時代，そして第3期は，民主党機関紙『イーグル』(*The Brooklyn Daily Eagle, and Kings County Democrat*) の編集を中心とする40年代後半のブルックリン時代である。

本論では，まずは1830年代のロングアイランド時代を取り上げ，印刷見習工から身を起こした少年ホイットマンが，書き手としてジャーナリズム界の入口に立つ約10年間の道筋を追

第 1 章　ロングアイランド時代

跡することにしたい。

1．印刷見習工からの出発

　ホイットマンがジャーナリズムの世界に足を踏み入れたのは1831年の夏であった。当時12歳のホイットマンは，『パトリオット』（*The Long-Island Patriot*）の発行人兼編集者サミュエル・E. クレメンツ（Samuel E. Clements）に雇われ，印刷および植字の見習工として働いた。

　1821年に創設された民主党機関紙『パトリオット』は，500名ほどの購読者を抱える4ページの週刊新聞であった（LeMaster and Kummings 406）。クレメンツは，「南部気質とクエーカー教徒の信条を持ち合わせた愛想のよい男」であった（Loving 33）。彼は，しばしば「金ぴかのボタンのついたブルーのテールコート」を着て村の通りを闊歩し，新聞配達の折には村の周辺までホイットマンを連れ出した（Loving 33）。彼はまた子供向けの読み物を書く機会も与えてくれた。ホイットマンは『自選日記』（*Specimen Days*）で当時を回想し，「センチメンタルな小品」を書いたと語っているが（*Prose Works* 286-87. 以下 *PW* と略す），残念なことに，少年ホイットマンによる最初の書き物は確認できない。

　『パトリオット』に職を得たホイットマンの人生は順調に滑り出した。しかしクレメンツとの関係は長く続かなかった。というのは，彼は，1830年2月にロングアイランドのジェリコーで没したクエーカー教徒の説教師イライアス・ヒックス（Elias Hicks）の墓を暴くという無謀な事件に関与したからである（Rubin 28; Loving 34）。クレメンツはこの事件を機に編集職を失

1. 旅立ちのホイットマン

い，追放の憂き目を見たが，ホイットマン自身はその後も引き続き『パトリオット』に残った。より正確に言えば，彼は『パトリオット』の印刷所に残り，印刷長ウィリアム・ハーツホーン（William Hartshorne）から印刷の手ほどきを受けたのである。独立革命以前にフィラデルフィアで生まれたハーツホーンは，

イライアス・ヒックス
（©ニューヨーク公立図書館蔵）

クレメンツ以上に親しみやすい人物であった。彼は，ジョージ・ワシントン（George Washington），トマス・ジェファソン（Thomas Jefferson），ベンジャミン・フランクリン（Benjamin Franklin）など，建国当初の歴史的人物に関する知識が豊富で，少年ホイットマンをすっかり魅了した（Kaplan 74）。ハーツホーンは派手なクレメンツとは対照的であった。彼は，「かなり穏やかで，動作が鈍く，過度になれなれしいこともなく，常に感情を抑え，常に陽気，好意的，親切で，言葉と行動のあらゆる面で礼儀作法を守る」男であった（Kaplan 74）。ホイットマンは終生ハーツホーンを慕った。彼が84歳で他界すると，1859年12月31日，『イーグル』に弔文を掲載するほどの敬愛ぶりであった（Loving 35）。

1832年の夏，ホイットマンは，エラストゥス・ワーシントン（Erastus Worthington Jr.）のもとで印刷見習工として働いた（*Notebooks* 210. 以下 *N* と略す）。[1] そして同年の秋には『ロング

― 5 ―

第1章 ロングアイランド時代

ジョージ・ワシントン
(米国議会図書館蔵)

トマス・ジェファスン
(米国議会図書館蔵)

ベンジャミン・フランクリン
(米国議会図書館蔵)

1. 旅立ちのホイットマン

アイランド・スター』（*The Long-Island Star*）の発行人兼編集者オールデン・スプーナー（Alden Spooner）に雇われた。

　1808年頃に創刊された4ページの週刊新聞『ロングアイランド・スター』は，民主党機関紙『パトリオット』とは反対勢力のホイッグ党の機関紙であった（LeMaster and Kummings 406）。しかしスプーナーはホイッグ党の単なる代弁者ではなかった。彼は，都市計画や園芸など，幅広い分野で活躍する市民運動の指導者であった（Rubin 28）。彼はまた，自国の作家のために紙面を割いて，詩や評論を掲載する文学の推進者でもあった（*The Journalism* xliv. 以下*J*と略す）。ホイットマンはスプーナーのもとで貴重な経験を積み重ねた。以下の言葉からも明らかなように，『ロングアイランド・スター』は，十分な教育を受けることなく，わずか11歳で社会に出たホイットマンにとって，「教養」を身につける学校のような存在であった。「そこでじかに教養を身につけた。借り物からではない教養を。そうだとも，100年間，大学で訓練を受けたとしても，あれほどの成果は誰にも得られないであろう」(Loving 36)。

　したがって，ホイットマンがスプーナーから学んだのは印刷や植字の技術だけではなかった。彼は書くための技術についても多くを学んだ。その成果は，1834年11月29日，"W." という署名をつけて，『ニューヨーク・ミラー』（*New-York Mirror*）という新聞に投稿した「昔」("The Olden Time") と題する短い記事となって具体化した。ハーツホーンからの影響であろうか，"W."がこの記事で取り上げたのは，独立革命以前に生きた2人の人物であった。1人は，1758年12月にロングアイランド，サフォーク郡のスミスタウンで死亡した，「少なく見積もって

第 1 章　ロングアイランド時代

も 120 歳になる」黒人奴隷であり，他の 1 人は，長命の末，62 年にロングアイランドのジャマイカで死亡した兵士であった（*J* 3）。ホイットマンは自分の記事が活字になった喜びを次のように記している。

　私は，ニューヨーク市の，ジョージ・P. モリスの当時有名で人気のあった『ミラー』に 1，2 編投稿した。私は，ブルックリンに『ミラー』を配達する，大柄で，太った，赤ら顔の，ゆっくりとやってくるイギリス人の高齢な配達人を，興奮を半ば押し殺して待ち受けていたのを，そしてまた 1 部を手に取って，震える指でページを開き，切り離したのを覚えている。真っ白な紙にすてきな活字で印刷された自分の作品を目にしたとき，私は心臓の高鳴りを押さえつけることができなかった。

(*PW* 287. 傍点は原文イタリック)

『パトリオット』時代に子供向けの「センチメンタルな小品」を書く機会があったとはいうものの，上の引用から伝わってくる感動や興奮から判断すれば，『ニューヨーク・ミラー』に掲載された短い記事は，おそらく実質的な意味において書き手ホイットマンによる最初の作品であった。この限りにおいて，1834 年は記念すべき年であった。ホイットマンは，「自分の作品」を書いて発表することに大きな喜びを覚え，早くも 15 歳で書き手としての第一歩を踏み出したのである。

　16 歳で一人前の印刷工に成長したと言われるホイットマンは，1835 年の春，ニューヨークに向かって出発した（Kaplan 81）。

1. 旅立ちのホイットマン

　書くことの喜びに目覚めたホイットマンを念頭に置けば，この旅立ちは，印刷工というよりは，書き手としての成功を夢見るホイットマンの旅立ちであったのかもしれない。ところが，不幸なことに，彼は仕事に就くことができなかった。1835年のニューヨークは，8月と12月，2度にわたって大火に襲われ，印刷・出版地区は壊滅的な打撃を受けたのである。

　1836年5月1日，ホイットマンは，やむなくニューヨークからロングアイランドのヘンプステッドに戻った（N 210）。彼の人生は大きな後退を余儀なくされた。1836年の夏から38年の冬にかけて，彼はロングアイランドの各地を渡り歩いて，小学校の代用教員をすることになったのである。[2]

　教員時代のホイットマンが味わったのは深い挫折感であった。

1835年のニューヨーク大火（米国議会図書館蔵）

第 1 章　ロングアイランド時代

当時のホイットマンの境遇は，1848 年 6 月，『ユニオンマガジン』(*Union Magazine of Literature and Art*) に掲載された「ある若者の魂の影と光」("The Shadow and the Light of a Young Man's Soul") と題する自伝的な色彩の濃い短編に少なからず影を落としている。この作品には，ニューヨークの大火で全財産を失った母親を扶養するため，やむなく田舎の小学校で代用教員をするアーチボルド・ディーン (Archibald Dean) と呼ばれる青年が登場するが，この青年がホイットマンの分身であることは改めて指摘するまでもない。アーチボルドが赴任先の小学校から母親に書く手紙には，ニューヨークで活躍する道を絶たれ，ロングアイランドの片田舎で青春を浪費しなければならなかったホイットマンの不満や苛立ちが随所に書き込まれている。以下に手紙の冒頭部を引用してみよう。

「このような不機嫌な気持ちを当たり散らすと，あなたはうんざりしてしまうかもしれませんね。それでも，ぼくは，全部書いてしまった方がずっと楽な気持ちになるのが

1840年頃のロングアイランド，ヘンプステッドの北部
(Ⓒニューヨーク公立図書館蔵)

経験から分かっています。ぼくは，甘美な音楽を聞いても，まったく楽しくない気分なのです。ここで，頭上に日差しが降り注ぐこともなく，優美とか洗練とかいったものが分からない人々に囲まれ，閉じ込められていると，どうしても憂鬱な気分になってしまいます。ああ，貧困よ，おまえは何という奴だ！　おまえは，どれほど多くの高尚な願望を，善と真実を求めるどれほど多くの渇望を，その鉄の踵(かかと)で踏みつぶしてしまったことであろうか！」

(*The Early Poems and the Fiction* 328. 以下 *EPF* と略す)

しかし，失意のどん底にあっても，書き手を目指すホイットマンの情熱が衰えることはなかった。彼は，1837年の秋から38年の冬にかけてスミスタウンで教鞭を執った後，50ドルで中古の手動式印刷機と活字を購入し，38年6月5日，19歳の誕生日の5日後にロングアイランドのハンティングトンで週刊新聞『ロングアイランダー』(*The Long Islander*)を創刊したのである (Rubin 37)。

2.『ロングアイランダー』の創刊

ホイットマンは，小さな建物に仕事場を構え，睡眠をとる場所を階上に確保すると，1階で編集，植字，印刷などの仕事を行った (LeMaster and Kummings 407)。創刊号が出ると，6月14日，『ロングアイランド・スター』は，かつての見習工を祝福して，次のように書いた。

　　『ロングアイランダー』──ロングアイランドのハンティ

第 1 章　ロングアイランド時代

ングトンで新聞が創刊された。ウォルター・ホイットマンという名前が，この新聞の編集者および発行人として記載されている。『ロングアイランダー』の創刊号は 6 月 5 日である。

(*J* xlvi)

『ヘンプステッド・インクワイアラー』(*The Hempstead Inquirer*) という地方新聞も，6 月 16 日，『ロングアイランダー』の誕生を祝して，以下の短い記事を掲載した。

　　ハンティングトンの『ロングアイランダー』がかなり上品かつ気楽なスタイルでデビューした。

(*J* xlvi)

『ロングアイランダー』の発行部数は 200 部ほどであった。ホイットマン自身は「万事うまくいっているようであった」と回顧しているが (*PW* 287)，ハンティングトンの住民の話では発行は不規則であった。週刊新聞であったのにもかかわらず，「週に 1 度のこともあれば，2 週間に 1 度，3 週間に 1 度」のこともあった (*J* xlvii)。「新聞の支援を誇りに思う田舎はほとんどない」と忠告する『ロングアイランド・スター』の発行人スプーナーの言葉通り (Kaplan 89)，地方新聞の創刊は先行き不安な大冒険であった。地方では多額の広告料を期待するのは無理であった。その上，広告料や購読料は，現金ではなく，芋や薪で支払われることもめずらしくなかった (LeMaster and Kummings 407)。

1. 旅立ちのホイットマン

　それでも、ハンティングトン周辺の寒村まで新聞配達に出かけるのは、ホイットマンにとって「これまでにない幸せな小旅行」であった (*PW* 287)。彼は『自選日記』で当時の思い出を次のように語っている。

　　あの小旅行の数々の経験、愛らしい古風な農夫たちとその妻、干し草畑のそばでの休憩、歓迎、すばらしい夕食、時折の夕暮れ、娘たち、馬に乗って低木の間を行く小旅行、これらのことが今日でさえ私の記憶によみがえってくる。
(*PW* 287)

　しかしながら、『ロングアイランダー』の発行は1年と続かなかった。「1839年(春)にハンティングトンからバビロンに移り」、「39年の夏に」ニーナと呼ばれる愛馬を売り払った後、「ニューヨークに出た」、と書かれる覚え書きからも明らかなように (*N* 211)、ホイットマンは創刊からわずか10カ月ほどで『ロングアイランダー』を売却した。彼は、「自分自身の落ち着きのなさ」のためロングアイランドに定住できなかった (*PW* 287)、と売却に至った経緯を説明しているが、原因はそれだけではなかった。ハンティングトンの住民には地方新聞を支援するための経済的な基盤がなかった。それに加えて、ホイットマン自身、多大なエネルギーと時間を費やさなければならない仕事に嫌気がさしていた (LeMaster and Kummings 407)。

　ホイットマンの編集による『ロングアイランダー』は、残念なことに1部も残っていない。[3] しかし、当時の新聞は記事の交換や転載を慣例としていたので、彼の書いた記事の一部は今

第1章　ロングアイランド時代

日でも入手可能である。例えば,『ヘンプステッド・インクワイアラー』は,1838年6月30日に「バッタ」("Locusts"),「魚捕り」("Fishing"),「気温」("[Temperature]")と題する短い記事を転載した (J 5)。『ロングアイランド・デモクラット』(*Long-Island Democrat*) も,1838年7月25日に「事故」("Accidents"),8月8日には「雷の影響」("Effects of Lightning")というやや長めの記事を転載した (J 6-7)。前者は,チェリーを摘みに出かけて,ノースポートの波止場で溺死した2人の少年と,コールドスプリングの綿花工場で腕を切断し,手術を受けた少年を扱った記事であった。そして後者は,農作業の帰りに落雷に遭い,命を落とした農夫を報じたものであった。

　このように述べてくると,『ロングアイランダー』のホイットマンは,ハンティングトンの周辺に題材を求め,地方色の濃いセンセーショナルな出来事だけを記事にしていたように見えるが,彼の関心はこれだけではなかった。彼は文学作品も掲載した。ジャーナリズム界で働くホイットマンにとって,文学は身近な題材であった。『パトリオット』では,「ブライアントや地方の詩人の詩だけでなく,輸入文学を活字に組む」のが日課であった (Rubin 26)。編集方針の1つに自国の文学の育成を掲げた『ロングアイランド・スター』も,ホイットマンが文学への関心を深める上で大きな役割を果たした。J. R. ルマスター (J. R. LeMaster) とドナルド・D. カミングズ (Donald D. Kummings) に従えば,1842年11月,大衆紙『ニューワールド』(*The New World*) の特別号として『大酒飲みフランクリン・エヴァンズ』(*Franklin Evans; or The Inebriate. A Tale of the Times*) と呼ばれる禁酒小説をホイットマンが発表したのは,1つには,

1. 旅立ちのホイットマン

積極的に禁酒運動を繰り広げていた『ロングアイランド・スター』の発行人スプーナーの影響であった (407)。

ホイットマンが文学作品のためにどれほどの紙面を割いたのか,この点は判然としないが,『ロングアイランド・デモクラット』は,1838年10月31日,「われわれの未来の運命」("Our Future Lot") と題する詩を『ロングアイランダー』から転載した。この詩がホイットマン自身の手による作品であるのは,ニューヨークで日刊紙『オーロラ』を編集した1842年に,多少の改訂を施し,「来るべき時」("Time to Come") と改題した上で同紙に転載したことからも明らかである。32行からなるこの作品でホイットマンが取り上げたのは死の主題であった。詩人ホイットマンにとって,死とは「不安と涙と争い」の人生から人間を救済する「安息の家」のような存在であった (*EPF* 28)。

ゲイ・ウィルソン・アレン (Gay Wilson Allen) やジャスティン・キャプラン (Justin Kaplan) などの批評家は,以上の作品に18世紀のイギリス文学や「死観」("Thanatopsis") を書いたウィリアム・カレン・ブライアント (William Cullen Bryant) の影響を跡づけている。前者は,「主題,イメージ,比喩は,18世紀の『墓場派』詩人からの借り物であった」と言い (38),後者は,「彼(ホイットマン)は,心の中でブライアントの詩行や詩句を何度も繰り返しながら,『われわれの未来の運命』という詩を書いた」と述べている (93)。一方,初期の詩に若いホイットマンの内なる世界を見る批評家がいることも忘れてはならない。例えば,エモリー・ホロウェイ (Emory Holloway) は,「われわれの未来の運命」を評して,「19歳の詩人が,人間の生と死という大きな神秘といかに真剣に取り組んでいたかを

第1章　ロングアイランド時代

示している」と書いている (lxxxiv)。

　ホロウェイの解釈と関連して今思い出したいのは，先に紹介した『ニューヨーク・ミラー』や『ロングアイランド・デモクラット』の記事からも想像できるように，ホイットマンが早い時期から「人間の生と死」の問題に大きな関心を寄せている点である。死に対するホイットマンの関心は，決して一過性のものではなく，『ロングアイランダー』後に書かれたエッセーにも途切れることなく受け継がれている。1839 年 11 月 16 日の『ユニバーサリスト・ユニオン』（*Universalist Union*）という新聞に投稿した「グリーンウッド共同墓地」（"Greenwood Cemetery"）と題するエッセーでは，「共同墓地」を訪れた際の経験をもとに，死を前にした生の無力さを以下のように語っている。「世

グリーンウッド共同墓地（米国議会図書館蔵）

間の賞賛の空しさ，人間の生のはかなさ，地上で偉大であることの無意味さ，そして太陽の下にある万物の変わりやすさと不安定な性質，これらのことを学ぶために人々はこの地を訪れるであろう」(J 10)。また1840年8月11日の『ロングアイランド・デモクラット』に投稿したエッセーでも，大人の死と子供の死の相違について比較論を展開しながら，死亡した知り合いの少年のために追悼文を書いている (J 20-21)。これらのホイットマンを念頭に置けば，「われわれの未来の運命」に見られる死の主題は，他の作家からの「借り物」というよりは，ホイットマン自身が日常的に向かい合っていた主題の延長線上に位置していると考えるのが適切であろう。

3. 創作活動の開始

　『ロングアイランダー』を売却したホイットマンは，1839年の夏，仕事を求めて再度ニューヨークに渡った。しかし今回も仕事に就くことはできなかった。「1839年の夏の後半，ジャマイカ」に戻った彼は，『ロングアイランド・デモクラット』に植字工として雇われた (N 217)。

　『ロングアイランド・デモクラット』は，1835年にジェイムズ・J. ブレントン (James J. Brenton) が設立した週刊新聞であった (LeMaster and Kummings 404)。ブレントンは，『ロングアイランダー』から「われわれの未来の運命」を転載したことからも分かるように，詩人ホイットマンの才能を高く評価していた。ブレントンに認められたのは幸いであった。ホイットマンは，新聞・雑誌に詩やエッセーを次々と発表し，本格的な創作活動を開始する機会に恵まれたのである。

第1章　ロングアイランド時代

『ロングアイランド・デモクラット』における植字工の仕事は数カ月で終わり，ホイットマンは，1839-40年の冬から41年にかけて再び教壇に立った。その間もブレントンはホイットマンの詩を掲載し続けた。1839年には「名声の空しさ」("Fame's Vanity")と「私の旅立ち」("My Departure")を，40年には「若いグライムズ」("Young Grimes")，「インカの娘」("The Inca's Daughter")，「あの世の愛」("The Love That Is Hereafter")，「最後には皆眠りにつく」("We All Shall Rest at Last")，「スペインの貴婦人」("The Spanish Lady")，「万物の終わり」("The End of All")，「アメリカの歌」("The Columbian's Song")を，そして41年には「万物の終わり」を書き改めた「終わり」("The Winding-Up")を掲載した。これらの作品は，「ブライアントやその他の人気を博した19世紀アメリカ詩人の模倣」であった（LeMaster and Kummings 546）。その多くは，4行もしくは5行のスタンザからなる伝統的な押韻詩であり，自伝的な意味合いの強い一部の作品を別にすれば，名声の空しさ，死の世界への旅立ち，勇敢な死，地上の苦しみ，天上の救済，永遠不滅なるものへの憧憬などを内容とする，教訓的，感傷的な色彩の濃い作品であった。

　この時期のホイットマンはエッセーも書いた。彼は，1840年2月から41年7月にかけて「日没の記録——ある教師の机から」("Sun Down Paper — From the Desk of a Schoolmaster")と題する10編のエッセーをシリーズで発表した。No. 1からNo. 10まで番号が付されたこれらのエッセーは，所在不明のNo. 5を除けば，No. 1からNo. 4が『ヘンプステッド・インクワイアラー』に，No. 6からNo. 9が『ロングアイランド・デモクラット』に，そしてNo. 10が『ロングアイランド・ファーマー』（*The Long-*

1. 旅立ちのホイットマン

Island Farmer and Queens County Advertiser) に掲載された (*J* xlviii)。

　1人称の語り手「私」が語るこれらのエッセーは多種多様な話題を扱っている。以下にその内容を簡単に紹介すると，No. 1 のエッセーでは「私」は，夢想にふけることの楽しさを語りながらも，その反面，孤独で不毛な青春期を振り返り，人生に対する不安や焦りを募らせている。No. 2 では性格が対照的な2人の人物を引き合いに出して，あまりにも儀礼的，形式的に振る舞う一方の人物を批判し，No. 3 では上流社会の華やかな生活にあこがれ，「自分のありのままの姿を隠し，愚かにも自分よりも優れていると思われる人々の生活様式を真似る」労働者階級を厳しく非難している (*J* 16)。No. 4 ではタバコ，お茶，コーヒーの肉体的，精神的な実害について語り，No. 6 では知り合いの少年の死を機に，大人の死と子供の死の違いに関する比較論を展開し，No. 7 では本を書く願望を明らかにすると同時に，富に執着することの愚かさを説いている。そして No. 8 では社会の物質主義的な風潮に背を向けて，幻想的な世界に真理探求の旅に出る夢想を描き，No. 9 では「昔の哲学者はすべてローファーである」という言葉で興味深いローファー論を展開し (*J* 28)，No. 10 では友人といっしょに海辺で過ごした楽しい1日を回想している。

　デイヴィッド・S. レイノルズ (David S. Reynolds) は，以上のエッセーの背景として当時流行していた改革文学や幻想文学の影響を跡づけているが (61)，これらのエッセーが意味深いのは，1830年代後半における若いホイットマンの人生が随所にちりばめられているためである。例えば，No. 1 のエッセー

第1章　ロングアイランド時代

で以下のように書くとき,「私」が念頭に置いているのは, ロングアイランドの僻地で「青春の黄金期」を浪費し, 焦慮(しょうりょ)に駆られていた教員時代のホイットマンである。

> これまで思い描いてきた夢想が消え去り, 自分を取り巻く現実の生活に目覚めたとき, 私の魂は憂鬱な影響力に襲われた。青春の黄金期が速やかに通り過ぎたことや, 私が心に抱いている宿望が未だに実現されていないことを考えると, 心が痛んだ。そしてこのような状態がこれからも続くのであろうか, と私は自らに問いかけた —— 私は若者がともに与る甘美な飲み物を味わうことなく, 老いてしまうのであろうか? —— 静かにそして確実に歳月は忍び寄ってくるのだ。
>
> (*J* 13-14)

これと同様に, 以下に挙げる No. 7 からの引用も, 1840年頃のホイットマンの心情を写し出していて興味深い。

> 人間の才能を当の本人よりも適切に判断する者が果たしているのだろうか?　なぜ人々は自分の才能を謙遜して隠すのであろうか, その理由が私には分からない。そうだ, 私は本を書こう!　そしてその本がたいしたものではないなんて誰に言えるだろうか?　私には何かとても尊敬に値することができるはずだ。
>
> (*J* 22)

1. 旅立ちのホイットマン

 「自分の才能」を全面的に信頼し,「そうだ,私は本を書こう!」と書くとき,「私」が代弁しているのは,ブレントンの支援を受けながら次々と詩を発表し,ついに書き手を目指す気持ちを固めたホイットマン自身の決意である。言うまでもなく,この決意は一時の気紛れではない。このことは,1840年代におけるホイットマンのめざましい活躍を思い起こせば,誰の目にも明らかであろう。彼は,念願のニューヨーク進出を果たし,『オーロラ』を手始めとするさまざまな新聞の編集を手がける一方,一流の文芸誌に短編を発表し続け,短編作家としても確固たる地位を確立することになるのである。

 このように述べてくると,1840年前後のホイットマンは人生の重要な転換期を迎えていると考えて差し支えない。彼は「本」を書く野心を抱いて,書き手としての人生を歩もうとしているのである。とは言うものの,これをもって『草の葉』の萌芽とするのであれば,それはあまりにも短絡的であろう。この時期のホイットマンの書き物には,物質主義的な社会への警鐘,労働者階級への共感,ローファー論など,確かに『草の葉』との関連において興味深い内容を認めることができるものの,彼は今,伝統的な手法の書き手として新しい人生の入口に立っているにすぎないのである。このホイットマンの行方を追跡するには,次の段階として,多くの批評家が『草の葉』誕生の母胎として重視する1840年代のジャーナリズム活動を取り上げ,短編作家あるいはジャーナリストとしてのホイットマンの活躍に光を当てていかなければならない。[4]

第1章 ロングアイランド時代

注

1. ただし，*The Journalism* によると，Erastus Worthington Jr. は 1831 年1月12日に死亡が確認されている (xliv)。

2. Loving によれば，ホイットマンは，1836年から41年まで以下に示すロングアイランドの各地で教鞭を執った (37-38)。East Norwich (1836年の夏), Babylon (1836-37年の冬), Long Swamp (1837年の春), Smithtown (1837-38年の秋と冬), Little Bay Side (1839-40年の冬), Trimming Square (1840年の春), Woodbury (1840の年夏), Whitestone (1841年の冬と夏)。

3. *The Journalism* によると，*The Long Islander* は，1995年現在，*Long-Islander* という名称で継続発行されており，1ページ目の発行人記載欄には "Founded by Walt Whitman in 1838" と記されている (xlvi)。

4. 1840年代のジャーナリズム活動が『草の葉』に多大な影響を与えた点については，すでに多くの批評家が指摘している通りである。

　代表的な見解を紹介すると，Reynolds は，「彼（ホイットマン）のジャーナリズムは，『草の葉』が説明不可能な奇跡では決してなく，同時代の文化と社会に十分関与した精神の所産であったことを示している」と書いている (98)。この点では，Hollis や Greenspan も同じ考えである。Hollis は，「エマスンが推測したように，もし『草の葉』に本当に『長い前段階の下地』があったとすれば，それはホイットマンが新聞や雑誌の執筆に長い間従事したことであった」と述べ (205)，Greenspan も同様に，「熱烈な文化のナショナリズム，書き言葉の説得力に寄せる信頼，『イーグル』の編集活動に彼が取り入れた幅広い基盤のマスカルチャーに対する感受性，これらがなかったならば，『草の葉』は誕生しなかったであろう」と書いている (61)。他に，Canby (49)，Erkkila (43)，Matthiessen (532) なども同様の解釈を展開している。

　一方，ホイットマン自身は，ジャーナリズム活動が本格化した1840年代初めから『草の葉』初版を出版した55年までを振り返り，この時期を次のように意義づけている。「1840年から55年までの15

1. 旅立ちのホイットマン

年間は，懐胎期間あるいは育成期間と考えてよいのかもしれない。この期間の中から『草の葉』が生まれたのだから」(*J* xxv)。また『草の葉』は「1838年から53年までのブルックリンとニューヨークの生活から誕生した」とも語っている (Bucke 67)。これらの言葉は，『草の葉』の出版後，かなりの年月を経てまとめられた回顧録や覚え書きの一部であるため，多少割り引いて考えなければならないとしても，ホイットマンが，多感な青年期をジャーナリズムの世界で過ごし，政治から大衆文化に至るきわめて広範囲な経験の中から自己形成の源泉を汲み上げていたのは疑いようのない事実である。

引用文献

Allen, Gay Wilson. *The Solitary Singer: A Critical Biography of Walt Whitman.* 1955. New York: New York UP, 1969.

Black, Stephen A. *Whitman's Journey into Chaos: A Psychoanalytic Study of the Poetic Process.* Princeton: Princeton UP, 1975.

Bucke, Richard Maurice. *Walt Whitman.* 1883. New York: Johnson Reprint, 1970.

Canby, Henry Seidel. *Walt Whitman: An American.* 1943. Connecticut: Greenwood, 1970.

Erkkila, Besty. *Whitman the Political Poet.* New York: Oxford UP, 1989.

Greenspan, Ezra. *Walt Whitman and the American Reader.* Cambridge: Cambridge UP, 1990.

Hollis, C. Carroll. *Language and Style in* Leaves of Grass. Baton Rouge: Louisiana State UP, 1983.

Holloway, Emory. *The Uncollected Poetry and Prose of Walt Whitman.* 1921. Vol. 1. New York: Peter Smith, 1932. 2 vols.

Kaplan, Justin. *Walt Whitman: A Life.* New York: Simon, 1980.

LeMaster, J. R., and Donald D. Kummings, eds. *Walt Whitman: An Encyclopedia.* New York: Garland, 1998.

Loving, Jerome. *Walt Whitman: The Song of Himself.* Berkeley: U of

第1章　ロングアイランド時代

California P, 1999.

Matthiessen, F. O. *American Renaissance: Art and Expression in the Age of Emerson and Whitman*. 1941. London: Oxford UP, 1969.

Reynolds, David S. *Walt Whitman's America: A Cultural Biography*. New York: Knopf, 1995.

Rubin, Joseph Jay. *The Historic Whitman*. University Park: Pennsylvania State UP, 1973.

Whitman, Walt. *Notebooks and Unpublished Prose Manuscripts*. Ed. Edward F. Grier. Vol. 1. New York: New York UP, 1984. 6 vols.

―. *Prose Works 1892*. Ed. Floyd Stovall. Vol. 1. New York: New York UP, 1963. 2 vols.

―. *The Early Poems and the Fiction*. Ed. Thomas L. Brasher. New York: New York UP, 1963.

―. *The Journalism, 1834-1846*. Ed. Herbert Bergman, et al. Vol. 1. New York: Peter Lang, 1998.

2. ホイットマンの初期創作活動
―― 1840年前後の詩を中心に ――

　トマス・L. ブラッシャー（Thomas L. Brasher）によれば，『草の葉』（*Leaves of Grass*. 以下 *LG* と略す）以前のウォルト・ホイットマン（Walt Whitman）は，ロングアイランドやニューヨークの新聞・雑誌に20編ほどの詩を発表した。[1] これらの詩は，民主党の妥協政治を痛烈に批判した1850年の4つの政治詩を除けば，「感傷的，模倣的」なものが多く，批評家の注目をほとんど集めていないのが現状である（LeMaster and Kummings 546）。

　しかし作品としての価値が乏しいという理由で，初期の詩を過小に評価してはならない。なぜなら，そこには，デイヴィッド・S. レイノルズ（David S. Reynolds）が指摘する当時の大衆文化の影響もさることながら（84-85），ホイットマンが歩いた人生の足跡や，伝記上の事実として記録されることのないホイットマンの内なる世界が色濃く影を落としているように思われるからである。

　そこで，本論では1840年前後に書かれた初期の詩を取り上げ，まずはそこに織り込まれた自伝的な要素を明らかにし，次にこの時期のホイットマンがさながら強迫観念のごとく取り憑かれていた主題を1830年代後半における彼自身の人生体験と関連づけながら検討し，最後に初期の詩の延長線上に『草の葉』におけるホイットマンの想像力を位置づけ，両者の間に認めることができる緊密な関連性について論じることにしたい。

第 1 章　ロングアイランド時代

1．初期の詩に見られる自伝的要素

　『草の葉』以前のホイットマンが本格的に詩を書き始めたのは1840年前後のことである。1838年の「われわれの未来の運命」("Our Future Lot")を手始めに，39年には「名声の空しさ」("Fame's Vanity")と「私の旅立ち」("My Departure")，そして40年には「若いグライムズ」("Young Grimes")，「インカの娘」("The Inca's Daughter")，「あの世の愛」("The Love That Is Hereafter")，「スペインの貴婦人」("The Spanish Lady")，「アメリカの歌」("The Columbian's Song")，「万物の終わり」("The End of All")，「最後には皆眠りにつく」("We All Shall Rest at Last")という具合に，この時期のホイットマンは，堰を切ったように次々と詩を書き始めた。

　これらの作品のうち，「われわれの未来の運命」は，1838年6月5日，ホイットマン自身が発行・編集した週刊新聞『ロングアイランダー』(*The Long Islander*)に掲載されたが，他の作品はすべて『ロングアイランド・デモクラット』(*Long-Island Democrat*)と称する民主党系の週刊新聞に掲載された。『ロングアイランド・デモクラット』の創設者ジェイムズ・J. ブレントン (James J. Brenton) はホイットマンのよき理解者であった。ブレントンは，詩人としてのホイットマンの才能を高く評価しただけではなかった。短期間ではあったが，ホイットマンを助手として雇い，自宅に寄宿させることもいとわなかった (LeMaster and Kummings 404)。

　1840年前後に書かれた初期の詩は，伝統的な手法による教訓詩や感傷詩が多く，当時の新聞，雑誌，贈答本などに毎年おびただしく掲載された作品と区別できない陳腐なものであった

2. ホイットマンの初期創作活動

(Brasher xv)。そのために，冒頭でも述べたように，初期の詩に対する評価は概して低く，批評家の関心をほとんど集めていないのが実情である。

しかし，今ここで思い出したいのは，1840年前後に書かれた作品の多くが，ホイットマン自身の人生体験や境遇など，自伝的な要素をふんだんに取り入れて構築されている点である。例えば，1840年2月から41年7月にかけてロングアイランドの地方紙に連載された「日没の記録 ── ある教師の机から」("Sun Down Paper ── From the Desk of a Schoolmaster")と呼ばれるエッセーを取り上げると，ホイットマンは，1830年代の後半にロングアイランドの僻地で「青春の黄金期」を浪費した自らの人生体験を以下のように振り返っている。

  青春の黄金期が速やかに通り過ぎたことや，私が心に抱いている宿望が未だに実現されていないことを考えると，心が痛んだ。そしてこのような状態がこれからも続くのであろうか，と私は自らに問いかけた ── 私は若者がともに与る甘美な飲み物を味わうことなく，老いてしまうのであろうか？

           (*The Journalism* 13-14. 以下 *J* と略す)

こうしてホイットマンは，エッセーの題材を自らの個人的な経験に求め，人生の重大な問題について真情を吐露しているのであるが，この点では初期の詩についても同じことが言える。その具体例として，「野心」("Ambition")と題する詩を見てみよう。この詩は，「名声の空しさ」という詩に「序」と「結び」

第 1 章 ロングアイランド時代

をつけて改題し，1842 年 1 月 29 日，雑誌『ブラザー・ジョナサン』(*Brother Jonathan*) に発表した作品である。新しくつけ加えられた「序」には，人生の難路を歩き始めた若いホイットマンの境遇が色濃く投影されている。

> ある日，無名の若者が，1 人の放浪者が，
> ほとんど誰にも知られることなく，考え込んでいた，
> 将来の人生の可能性について。
> この若者の心には，真っ赤に燃える石炭のような「野心」
> 　が宿っていた，そして彼は自問した，
> 「私はいずれ偉大で有名になるのだろうか？」と。
> すると，まもなく荒々しい不可思議な声が
> 大空の彼方から聞こえてきたような気がした。
> そして凝視する若者の目前に 1 つの幻影が現れた，
> 雲のような姿をして──そしてそれは以下のように語りかけた。
>
> (*The Early Poems and the Fiction* 21. 以下 *EPF* と略す)

　この引用でまず注目すべきは，「将来の人生の可能性」について思いをめぐらす「無名の若者」である。「1 人の放浪者」とも書かれるこの「若者」と関連して，ニューヨーク進出の夢を阻まれ，やむなくロングアイランドの片田舎を放浪しながら，小学校の代用教員として不本意な生活を送った 1830 年代後半のホイットマンを想定しても決して見当違いではない。あるいは「真っ赤に燃える石炭のような『野心』」という表現に着目すれば，1840 年 9 月 29 日，『ロングアイランド・デモクラット』

2. ホイットマンの初期創作活動

に投稿したエッセーで,「そうだ,私は本を書こう！ そしてその本がたいしたものではないなんて誰に言えるだろうか？私には何かとても尊敬に値することができるはずだ」と書いて (J 22),書き手になる「『野心』」を表明したホイットマンを思い浮かべることもできる。いずれにしても,冒頭に登場する「無名の若者」とは,他ならぬホイットマンの分身である。彼は,「新しくつけ加えられた序が自伝的な告白であることは十分に考えられる」(45) と語るゲイ・ウィルソン・アレン (Gay Wilson Allen) の指摘を待つまでもなく,1830 年代後半におけるホイットマンの不安定な境遇を一身に背負って登場しているのである。[2]

いや,青年ホイットマンの分身として登場しているのは「『野心』」に取り憑かれた「無名の若者」だけではない。前身作である「名声の空しさ」が一貫して 1 人称の独白で書かれていることから判断すれば,「雲のような姿」をして若者の前に出現する「幻影」もまた若いホイットマンの自己投影であると考えて差し支えない。作品全体は,「『私はいずれ偉大で有名になるのだろうか？』」と問う若者に対して,「雲のような姿」をした「幻影」が答えるという対話形式で書かれているが,ホイットマンは,両者が繰り広げる対話に託して,彼自身の内部で進展している対立と葛藤のドラマを再現しているのである。

2. 若いホイットマンの詩的関心

さて,名声を追い求める若者に向かって「幻影」が語るのは数々の戒めの言葉である。「幻影」は,「そして見ているのか？／無数の列をなす人々が汝に尊敬の眼差しを注ぐのを,／そして

第 1 章　ロングアイランド時代

聞いているのか？／幾千もの人々が汝に送る大きな拍手喝采を」と述べると（*EPF* 22. 傍点は原文イタリック），その後を以下のように続けて，「若者」の「『野心』」を一蹴している。

　「弱々しい，幼稚な魂よ！　まさにここに
　　　　うぬぼれは愚行を休ませるための場所を作ったのだ，
　虚栄にすっかり満たされたどのような考えが，
　　　　汝の膨れ上がった胸を満たしているのだ！」

　「夜，厳粛な星を見に行きたまえ，
　　　　変化することなく時間の中を通り抜けるあの回転する世界を――
　なんとつまらなく見えることか，もっとも強大な権力でさえもが，
　　　　もっとも誇らしい人間の名声でさえもが！」

(*EPF* 22)

　地上の名声を求める「若者」とは対照的に，「幻影」が求めるのは夜空に浮かぶ「厳粛な星」の輝きである。「厳粛な星」の輝きと対比するとき，「もっとも強大な権力」や「もっとも誇らしい人間の名声」は束の間の輝きに他ならないのである。これと同じ考えは，1840 年 9 月 22 日の『ロングアイランド・デモクラット』に発表した「万物の終わり」を少々書き改め，翌年 6 月 22 日，再び同紙に発表した「終わり」("The Winding-Up")と題する詩にも認めることができる。彼は，ここでも「夜に厳粛な星を見に行きたまえ」と述べると，以下のように作品を締

― 30 ―

2. ホイットマンの初期創作活動

めくくっている。「まったく貧弱に見えるにちがいない，この世が名づけることのできるもっとも強大な名誉は／そしてとりわけ名声という泡を求めるこの世の争いは！」（*EPF* 15）。

いずれの作品の場合も，ホイットマンの眼差しは，「厳粛な星」に象徴され

マーティン・ヴァン・ビューレン
（米国議会図書館蔵）

る永遠不滅の存在にひたすら注がれている。伝記的事実に照らして言えば，1840年のホイットマンは，この年の大統領選挙で民主党候補のマーティン・ヴァン・ビューレン（Martin Van Buren）を応援し，地方の政治ジャーナリストとしてすでに名声を博していたと言われている（Erkkila 20）。またここで詳しく述べる余裕はないが，1840年代初めのホイットマンも，初期の詩に加えて，『デモクラティック・レビュー』（*The United States Magazine, and Democratic Review*）を初めとする著名な雑誌に短編を次々と発表し，短編作家として確固たる名声を築きつつあったことが知られている（Zweig 33）。しかし，こうした外面的な成功にもかかわらず，詩人としてのホイットマンは，地上の名声よりも天上の輝きに心を奪われ，そこに人生の本質を見ているのである。

このことに加えて，もう1つ指摘しておきたい詩人ホイットマンの重要な特性は，死に対する異常なまでの関心の高さであ

第1章　ロングアイランド時代

る。再度「野心」という作品を引き合いに出すと,「幻影」は,先の引用に続けて以下のように語っている。

「それに, 考えてみよ, 人はすべて, 卑しい者も金持ちも,
　　　頭の悪い愚か者も, 豊かな感性の持ち主も,
同じように永遠の眠りにつかなければならない,
　　　これから何年もの間。」

「それゆえに, はかなき者よ, もう2度と愚痴をこぼしてはならない,
　　　たとえ汝が無名のまま, 人知れずに生き続けるとしても,
たとえ死後, 探し出すことができないとしても,
　　　ひっそりと立つ汝の墓石を。」
(*EPF* 22)

　ホイットマンは,「人はすべて,（…）永遠の眠りにつかなければならない」と書くことによって,「無名のまま」終わってしまうかもしれない彼自身の人生を弁護しているのではない。そうではなく, 万人が不可避の運命として受容すべき死の現実を提示し, その現実を生きていながらも,「名声という泡」を求めてやまない人間の哀れな姿に冷ややかな視線を浴びせているのである。

　これと同じ主題は「終わり」という詩でも繰り返されている。ホイットマンは, 名声を求めて奮闘するさまざまな人物を登場させると, 彼らに対して厳しい言葉で死の現実を突きつけてい

2. ホイットマンの初期創作活動

る。例えば、「強大な名声」を追い求める「兵士」には、「思いとどまるがよい、ああ、愚か者よ！ 君がどのようになっているのか考えてみたまえ／ほんの数年先に」と戒めている（*EPF* 14）。また「疲れた顔を曇らせ」、「『哲学』の暗い道」を歩む「学生」については、「彼もまた土に帰らなければならない」と説き、「国家の命運を立案する」「政治家」についても、「しかし彼の高貴な名声は束の間のものだ ── ／彼は他の者と同じように死を迎えなければならない」と語っている（*EPF* 14）。

さらに例を挙げてみよう。以上見てきた作品が人間の不可避の運命として死を提示しているのに対して、1841年12月18日、パーク・ベンジャミン（Park Benjamin）の週刊大衆紙『ニューワールド』（*The New World*）に掲載された「高慢の罰」（"The Punishment of Pride"）は、「非常に美しい姿をして、足音も立てずに忍び寄るこの上なく魅力的な使者」として死を描いている（*EPF* 19）。また1841年11月20日、やはり『ニューワールド』に掲載された「誰にでも悲しみはある」（"Each Has His Grief"）という詩では、死は「1日中、野原や森をうろつき回った疲れた子供」が身体を休める場所として描かれ（*EPF* 17）、さらに「われわれの未来の運命」では「悲しみに沈む心」が依存すべき「安息の家」という言葉で表現されている（*EPF* 28）。

このように見てくると、詩人ホイットマンの輪郭がある程度浮かび上がってくるであろう。彼は、地上の世界よりも天上の世界に関心を寄せて、死ゆえに生がはかなく空虚なものであることを切々と語っているだけでなく、まるで強迫観念のごとく死に取り憑かれ、そこに運命、救済、安息などの主題を見ているのである。20歳そこそこの若者が、なぜこれほどまでに死

パーク・ベンジャミン
(Ⓒニューヨーク公立図書館蔵)

ウィリアム・カレン・ブライアント
(米国議会図書館蔵)

の世界に埋没しなければならなかったのであろうか？

3. 理想と現実の狭間で

　以上の問いに対して，批評家の多くは，エドワード・ヤング（Edward Young）やトマス・グレイ（Thomas Gray）など，18世紀のイギリスで流行した「墓場派」詩人の流れを汲んで，「夜の家」("The House of Night") を書いたフィリップ・フレノー（Philip Freneau），あるいは「死観」("Thanatopsis") を書いたウィリアム・カレン・ブライアント（William Cullen Bryant）などの影響を挙げている。例えば，ジャスティン・キャプラン（Justin Kaplan）は，ホイットマンがブライアントの詩を念頭に置いて，「われわれの未来の運命」を書いたことを指摘し (93)，アレンは，「主題，イメージ，比喩は，18世紀の『墓場派』詩人からの借り物であった。(…) 彼 (ホイットマン) は詩を書き

2. ホイットマンの初期創作活動

たかったが，彼にはこれまでのところ彼自身の主題がなかった。感情の深みも表現すべき経験もなかった」と書いている (38)。

ホイットマンが貧しい農家に生まれ，文学とほとんど無縁の環境で育った事実に着目するとき，初期の詩のルーツを同時代の作家やイギリスの詩人に求める解釈は的を射ているように見える。しかしこれらの解釈は詩人ホイットマンのほんの一面を説明したものに他ならない。われわれは，人生の迷路にさまよい込み，悪戦苦闘の日々を強いられていた1830年代後半のホイットマンに目を向けて，もう少し大きな枠組みの中でこの問題を考える必要がありそうだ。

1835年の2度にわたるニューヨーク大火とそれに続く経済不況の影響で，ニューヨーク進出の夢を挫かれた30年代後半のホイットマンは，意に反してロングアイランドの田舎で小学校の代用教員をして生計を立てなければならなかった。彼は，1836年から38年にかけてノーウィッチ，ウエストバビロン，ロングスワンプ，スミスタウンの各地を，そして39年から41年にかけてはリトルベイサイド，トリミングスクエア，ウッドベリー，ホワイトストーンの各地を転々と渡り歩いた。教壇を離れた50年後に，教え子は，教師ホイットマンの素顔について「『20の扉』というゲームを活用して生徒に刺激を与える有能な教師であった」，あるいは「(彼は) 適任ではなかった。教師にふさわしい仕事をしないで，いつも物思いにふけったり，ものを書いたりしていた」などと語っているが (Golden 344)，当のホイットマンは，教員生活を楽しむどころか，極度の倦怠と憂鬱に陥っていた。このことを示す有力な証拠として，例えば，次の1節を挙げることができる。

第 1 章　ロングアイランド時代

　　ああ，ぼくは，2，3時間，君たちといっしょにいること
　　ができればと思う。このひどい，いまいましい場所に疲れ，
　　うんざりしているのだ。——ぼくは，邪悪な亡霊のように，
　　丘や谷間を，森や野原や沼地をさまよい歩いているのだ。

　　　　　　　　　　　　　　　　　　　　　　　（Golden 350）

　　人間本性の美と完成について，ぼくはこれほど低俗な考え
　　をこれまでに1度も抱いたことがない。この土地ほど堕落
　　している人間の姿をこれまでに1度も見たことがない。
　　——無知，下品，無礼，虚栄，無気力が，この絶望のひど
　　い巣窟を支配している神々なのだ。

　　　　　　　　　　　　　　　　　　　　　　　（Golden 350）

　以上の引用は，小学校の代用教員として不毛な現実を生きていたホイットマンが，1840年8月11日，赴任先のウッドベリーから友人に宛てた手紙の一部である。不本意な人生を強いられていたこともおそらく影響して，彼は田舎教師の生活にどうしてもなじめなかった。また「無知で愚かな」田舎の人々に見られる「首をかしげたくなるような道徳」，「大酒飲みの習慣」，「不敬な言葉遣い」などを受け入れることもできなかった（Rubin 34）。田舎暮らしがもたらしたものは精神の著しい低迷であった。ホイットマンは，幻滅の果てに「邪悪な亡霊」と化し，「この絶望のひどい巣窟」に囚われた人生を「畜生，地獄だ，地獄だ！　この教職とウッドベリーという場所は」という言葉で呪うことしかできなかった（Golden 350）。

2. ホイットマンの初期創作活動

　この種の否定的な体験はホイットマンを徐々に追い詰めていった。彼は，懐疑と不安に取り憑かれ，もはや人生を肯定的に捉えることができなかった。「人生とは，せいぜいのところ，わびしい道」でしかなかった（Golden 348）。こうしたホイットマンの中から噴出する感情表現として，以下に引用する「われわれの未来の運命」からの1節は限りなく興味深い。

　　人間よ！　そして汝の高揚する魂は
　　　　生きていけるのであろうか？
　　人生がことごとく不安と涙と争いからなる
　　　　この地上檻の真っ直中に閉じ込められているのに。
（EPF 28）

　この問いかけは重要である。なぜなら，これは，自己存在の不安にとりつかれ，悪戦苦闘の人生を強いられている若者の胸中から発せられる偽りのない感情の表出であると考えられるからである。先にアレンは，若いホイットマンを評して，「彼にはこれまでのところ彼自身の主題がなかった。感情の深みも表現すべき経験もなかった」と述べたが，しかしこの指摘には修正の余地があると言わなければならない。ホイットマンの内部では，「地上の檻」に縛りつけられた「高揚する魂」の行方をめぐって，激しい対立と葛藤のドラマが展開されているのである。

　ホイットマンが「地上の檻」に囚われた「高揚する魂」の行方をどこまで深く見つめていたのか，この短い引用からだけではそれを見定めることはできないが，はるか理想の世界を目指す願望と，その願望を阻む現実の制約という2つの意識の相に

第1章　ロングアイランド時代

挟まれて，彼が深い低迷状態に沈み込んでいたことは容易に想像することができるであろう。この低迷状態のもとで出現したのは，人生は空しく，はかないものであるという暗澹たる認識であった。若いホイットマンにとって，それはどこまで行っても変わりようのない厳然たる事実であった。彼に残された唯一の道は，以下の引用が示すように，死の世界に「安息の家」を求め，「永遠なるもの」の「汚れなき鋭い光」に包まれて再生する自らの姿を夢見ることでしかなかった。

　そのようなことはない。汝の悲しむ心は
　　　　まもなく安息の家を見つけるだろう。
　汝の体は，再び清められ，起き上がるであろう，
　　　　美の衣に包まれて。

　ちらちらと燃えるロウソクの明りは変化するだろう
　　　　まばゆい星のような壮麗なものへと，
　汚れなき鋭い光を受けて輝くであろう
　　　　「永遠なるもの」の目から！

(EPF 28-29)

　以上のことからすれば，初期の詩に見られる死の主題は，人生の著しい低迷期に差しかかっていたホイットマン自身の主題であった。繰り返して言えば，それは，理想と現実という2つの逆方向の間で引き裂かれ，深刻な内面の危機に直面させられていたホイットマンから出現した主題であった。この意味では，死の主題は「借り物」ではなかった。それは，必然的な主題と

して，いわば不可避の運命のごとくホイットマンの前に出現したのであった。

4. 初期の詩と『草の葉』の類似性

　ホイットマンの語る死は，「この上なく魅力的な使者」,「安息の家」,「永遠なるもの」など，さまざまなかたちに具象化されているが，興味深いことに，死は新たな「愛」との出会いを約束する場としても意識されている。1840年5月19日,『ロングアイランド・デモクラット』に掲載された「あの世の愛」("The Love That Is Hereafter") にはその出会いが以下のように描き出されている。

　　ああ，「運命」の強大な力よ！
　　私がこの肉体の呪縛から自由になるとき ──
　　私が第2の生をさまようとき，
　　せめて1人の愛する人を見つけさせたまえ，
　　　　私は愛することを願っているのだから。

　　せめてひとつの胸と出会わせたまえ，
　　その胸にこの疲れた魂がその希望を託すことができるように，
　　決して終わることのない信頼のうちに，ああ，その時，
　　至福が生まれるであろう，苦しみと
　　　　心の病からすっかり解放されて。
　　　　　　　　　　　　　　（*EPF* 9. 傍点は原文イタリック）

第 1 章　ロングアイランド時代

　「肉体の呪縛」から解放されたホイットマンが「第 2 の生」に求めるのは,「１人の愛する人」との出会いである。これによってホイットマンが何を意味しているのかについては, 具体的な細部が描かれていないため, この引用からだけではその実態がはっきりしているとは言いがたい。しかし肉体的存在と決別した後の「第 2 の生」で実現される出会いであることを前提とすれば, それは, 実在する人物を指しているのではなく, 純粋な抽象観念を表しているはずである。すなわち, ホイットマンは, 地上を超えたはるか彼方に「疲れた魂」が回帰すべき純粋な精神的存在を想定し, その存在との合一の中に「苦しみと心の病からすっかり解放」された「至福」の瞬間を夢見ているのである。

　こうしてホイットマンは,「疲れた魂」が安堵することのできる唯一の空間として死後の世界を想定し, 純粋な精神との内密な結合関係に「至福」を見出しているのであるが, ここで見落としてならないのは,「疲れた魂」が目指すべき純粋なものが,「１人の愛する人」というきわめて具体的なイメージで提示されている点である。このような想像力のあり方は, 1855 年の『草の葉』初版の代表作である「私自身の歌」("Song of Myself") にほとんど直結している。「私自身の歌」の 45 節には「自己」の目指すべき究極が次のように書かれている。

　　私が待ち合わせる場所は指定されている, これは確かなことだ,
　　主がその場所にいて, 私が完璧な条件を備えてやって来るまで待っていてくれるであろう,
　　偉大なる「僚友」が, 私が思い焦がれる真の恋人が, その

2. ホイットマンの初期創作活動

場所にいてくれるであろう。

(*LG* 83)

　ここで「主」は「偉大なる『僚友』」と表現され，さらに「私が思い焦がれる真の恋人」という言葉に置き換えられている。このホイットマンは，「魂」が回帰すべき人間精神の根源を「1人の愛する人」と書き，その胸中に身を委ねようとするホイットマンと精神構造を共有している。若いホイットマンの中には，『草の葉』に直結する詩的想像力がすでに豊かに息づいているのである。

　以上の点に加えて，もう1つ指摘したいのは，先に引用した「あの世の愛」には「カラマス」("Calamus") 詩群を読むための有益な手がかりが含まれていることである。1860年の『草の葉』3版に新たに加えられた「カラマス」詩群は，周知の通り，ホイットマンの「ホモセクシャルな愛」の表現であるとの評価をしばしば受けている (Cowley 14)。この評価に有力な根拠を提供しているのは，「私の愛する人」と称する「彼」なる人物とホイットマンとの間に見られる親密な関係である。例えば，「私がその日の終わりに聞いたとき」("When I Heard at the Close of the Day") には，「水」と「砂地」が仲睦まじく身を寄せ合う海岸を背景に，両者の睦み合いが以下のように描写されている。

　　そしてその日の夜，あたりがすっかり静まりかえっていた
　　　とき，私は，海がゆっくりと終わることなく岸辺を洗う
　　　音が聞こえた，
　　水と砂地が身を寄せ合い，まるで私に向かって，私を祝福

第1章 ロングアイランド時代

　するかのようにささやいているのが聞こえた,
　私がもっとも愛する人は,夜の冷気の中で同じ掛布に包まれて私のそばで眠っていた,
　静寂の中,秋の月光に照らし出されて,彼の顔は私の方を向いていた,
　彼の腕は軽やかに私の胸を抱き,——そしてその夜私は幸せであった。

(*LG* 123)

　批評家の多くは,以上のように描かれる「彼」と「私」の関係を額面通りに解釈し,これを論拠に「カラマス」詩群がホイットマンの倒錯した愛のかたちを描いた作品であると結論している。[3] しかしこの結論はいささか性急すぎるのではなかろうか。なぜなら,少なくとも初期の詩に関する限り,ホイットマンの言う「私がもっとも愛する人」とは,特定の個人を指すのではなく,地上の世界で追い詰められた「疲れた魂」を優しく受けとめ,彼に「至福」を与えてくれる人間精神の根源を象徴的に表していると思われるからである。

　この延長線上で考えると,「カラマス」詩群を「ホモセクシャルな愛」の告白詩とする考えはあまりにも短絡的であると言わなければならない。「カラマス」詩群は,やや結論的に言えば,「生命の海とともに退きながら」(As I Ebb'd with the Ocean of Life"),「いつまでも揺れやまぬ揺りかごの中から」("Out of the Cradle Endlessly Rocking"),「先頃ライラックが前庭に咲いたとき」("When Lilacs Last in the Dooryard Bloom'd") など,『草の葉』3版以降のホイットマンに顕著な象徴詩の手法を用いた

— 42 —

2. ホイットマンの初期創作活動

作品であり，したがって，それを「額面通りに受け入れるのは，きわめて危険であり，誤解を招く恐れがある」だけでなく (Miller, Jr. 59)，詩群の基本的な性格を歪めてしまうことにもなりかねないのである。[4]

このように見てくると，1840年前後の詩には，それが優れた作品であるかどうかは別にして，『草の葉』に直結する要素が濃厚に漂っている。若いホイットマンの想像力は，『草の葉』におけるホイットマンの詩的想像力と断絶しているのではなく，確実に連続しているのである。むろん，連続しているとは言っても，『草の葉』の出版までにはまだ遠く険しい道のりが続いている。この道のりをさらに追跡していくには，次の段階として1840年代のホイットマンを取り上げ，その多彩な活躍を見ていかなければならない。

注

1. LeMaster and Kummings によれば，*The Early Poems and the Fiction* に収録されている19編の詩に加えて，最近，新たに2編の詩が発見されている。1つは，1844年3月31日の *New York Sunday Times & Noah's Weekly Messenger* に掲載された "Tale of a Shirt" であり，他の1つは，42年12月の *The New World* に掲載の "A Sketch" である。前者は1982年に Herbert Bergman によって，後者は93年に Jerome Loving によって発見された (546)。

   The Early Poems and the Fiction に収められている『草の葉』以前の詩は以下の通り。カッコ内は前身作。

   (1) "Young Grimes." *Long-Island Democrat*, January 1, 1840.
   (2) "The Inca's Daughter." *Long-Island Democrat*, May 5, 1840.
   (3) "The Love That Is Hereafter." *Long-Island Democrat*, May 19, 1840.

第 1 章 ロングアイランド時代

⑷ "The Spanish Lady." *Long-Island Democrat*, August 4, 1840.
⑸ "The Columbian's Song." *Long-Island Democrat*, October 27, 1840.
⑹ "The Winding-Up." *Long-Island Democrat*, June 22, 1841. ("The End of All." *Long-Island Democrat*, September 22, 1840.)
⑺ "Each Has His Grief." *The New World*, November 20, 1841. ("We All Shall Rest at Last." *Long-Island Democrat*, July 14, 1840.)
⑻ "The Punishment of Pride." *The New World*, December 18, 1841.
⑼ "Ambition." *Brother Jonathan*, January 29, 1842. ("Fame's Vanity." *Long-Island Democrat*, October 23, 1839.)
⑽ "The Death and Burial of McDonald Clarke." *New York Aurora*, March 18, 1842.
⑾ "Time to Come." *New York Aurora*, April 9, 1842. ("Our Future Lot." *Long-Island Democrat*, October 31, 1838, and labeled "from *The Long Islander*.")
⑿ "Death of the Nature-Lover." *Brother Jonathan*, March 11, 1843. ("My Departure." *Long-Island Democrat*, November 27, 1839.)
⒀ "The Play-Ground." *The Brooklyn Daily Eagle*, June 1, 1846.
⒁ "Ode." *The Brooklyn Daily Eagle*, July 2, 1846.
⒂ "The House of Friends." *New York Tribune*, June 14, 1850.
⒃ "Resurgemus." *New York Tribune*, June 21, 1850.
⒄ "Sailing the Mississippi at Midnight." *New Orleans Crescent*, March 6, 1848.
⒅ "Song for Certain Congressman." *New York Evening Post*, March 2, 1850.
⒆ "Blood-Money." *New York Tribune Supplement*, March 22, 1850.

2．自伝的要素は，詩だけでなく初期の短編にも認めることができる。例えば，Kaplan は，1840 年代に書かれた短編の意義を以下のように述べている。「他のどんな伝記的証拠よりも，それら（短編）は，21 歳ぐらいから 26 歳にかけての彼（ホイットマン）の内面生活をはっきりと照らし出している」(117)。Zweig の解釈もこれに近い。彼は，

「ホイットマンは，彼の青年期を —— 実際には全生涯を —— 支配していた強迫観念としての家庭を，彼の偉大な詩で扱ったよりもはるかに公然と扱っている」と書いて (35)，短編の意義を「強迫観念としての家庭」に求めている。さらに Black は，1840年代に書かれた短編の意義を以下のように書いている。「『草の葉』初版以前のホイットマンの想像力に関する入手可能なもっとも詳しくかつもっとも直接的な情報は，詩人の青年期に書かれた短編の中にある」(16)。

なお，初期の短編については，本書収録の拙論「短編作家ホイットマン —— 1840年代前半の短編を中心に ——」を参照されたい。
3．「カラマス」詩群を額面通りに読む解釈については，例えば，Asselineau (116, 121)，Miller (141-42)，Martin (5)，Erkkila (179) などを参照されたい。
4．「ホモセクシャル」なアプローチに反対を唱える「カラマス」論については，Hunt (483)，Wells (133-34)，Hutchinson (98)，Greenspan (200) を参照されたい。

引用文献

Allen, Gay Wilson. *The Solitary Singer: A Critical Biography of Walt Whitman.* 1955. New York: New York UP, 1969.

Asselineau, Roger. *The Evolution of Walt Whitman: The Creation of a Book.* Cambridge: Harvard UP, 1962.

Black, Stephen A. *Whitman's Journey into Chaos: A Psychoanalytic Study of the Poetic Process.* Princeton: Princeton UP, 1975.

Cowley, Malcolm. *The Works of Walt Whitman.* Vol. 1. New York: Funk and Wagnalls, 1968. 2vols.

Erkkila, Besty. *Whitman the Political Poet.* New York: Oxford UP, 1989.

Golden, Arthur. "Nine Early Whitman Letters, 1840-1841." *American Literature* 58 (1986): 342-60.

Greenspan, Ezra. *Walt Whitman and the American Reader.* Cambridge: Cambridge UP, 1990.

第1章　ロングアイランド時代

Hunt, Russell A.　"Whitman's Poetics and the Unity of 'Calamus'." *American Literature* 46 (1975): 482–94.

Hutchinson, George B.　*The Ecstatic Whitman: Literary Shamanism and the Crisis of the Union.* Columbus: Ohio State UP, 1986.

Kaplan, Justin. *Walt Whitman: A Life.* New York: Simon, 1980.

LeMaster, J. R., and Donald D. Kummings, eds.　*Walt Whitman: An Encyclopedia.* New York: Garland, 1998.

Martin, Robert K. *The Homosexual Tradition in American Poetry.* Austin: U of Texas P, 1979.

Miller, Edwin Haviland.　*Walt Whitman's Poetry: A Psychological Journey.* New York: New York UP, 1968.

Miller, James E., Jr.　*A Critical Guide to* Leaves of Grass. 1957. Chicago: U of Chicago P, 1966.

Reynolds, David S. *Walt Whitman's America: A Cultural Biography.* New York: Knopf, 1995.

Rubin, Joseph Jay.　*The Historic Whitman.* University Park: Pennsylvania State UP, 1973.

Wells, Elizabeth.　"The Structure of Whitman's 1860 *Leaves of Grass*." *Walt Whitman Review* 15 (1969): 131–61.

Whitman, Walt.　*Leaves of Grass: Comprehensive Reader's Edition.* Ed. Harold W. Blodgett and Sculley Bradley. New York: New York UP, 1965.

―. *The Early Poems and the Fiction.* Ed. Thomas L. Brasher. New York: New York UP, 1963.

―. *The Journalism, 1834–1846.* Ed. Herbert Bergman, et al. Vol. 1. New York: Peter Lang, 1998.

Zweig, Paul. *Walt Whitman: The Making of the Poet.* New York: Basic, 1984.

第2章

ニューヨーク時代

イーストリバーから見た1844年頃のニューヨーク(米国議会図書館蔵)

1. 短編作家ホイットマン
―― 1840年代前半の短編を中心に ――

　1840年代初めのウォルト・ホイットマン（Walt Whitman）は精力的に短編を書いた。その多くは，ラルフ・ウォルドー・エマスン（Ralph Waldo Emerson），ナサニエル・ホーソーン（Nathaniel Hawthorne），ウィリアム・カレン・ブライアント（William Cullen Bryant），エドガー・アラン・ポウ（Edgar Allan Poe）など，当時の優れた作家が投稿する『デモクラティック・レビュー』（*The United States Magazine, and Democratic Review*）と呼ばれる月刊誌に掲載された。これにより，ホイットマンは著名な作家の仲間入りを果たし，詩人やジャーナリストだけでなく，短編作家としても確固たる地位を築き始めていたのである。
　本論では1840年代前半に書かれた短編を中心に，そこに織り込まれた共通の主題に着目しながら，伝記的な側面から若いホイットマンの作品世界を明らかにすることにしたい。

1. 短編の自伝的側面
　『初期の詩と短編』（*The Early Poems and the Fiction.* 以下 *EPF* と略す）の編者トマス・L. ブラッシャー（Thomas L. Brasher）によれば，ホイットマンは1841年から48年にかけて合計24の短編を書いた。[1] その基本的な性格を「独創性がなく，ありきたりで，うまく書かれていない」と語るブラッシャー（xvii），あるいは「借用的，模倣的，説教的，教訓的」（117）という言

第2章 ニューヨーク時代

葉で説明するジャスティン・キャプラン（Justin Kaplan）など，初期の短編に対する批評家の評価は概して低いのが現状である。[2]

　初期の短編が独創性を欠くのは，1つには，若いホイットマンの境遇にその原因があるのかもしれない。1819年5月31日，ロングアイランドのハンティングトン近くに位置するウエストヒルズで貧しい農家の次男として生まれたホイットマンは，十分な教育を受けることなく，わずか11歳で社会に出た。そして医者や法律事務所のボーイ，印刷工や植字工の見習い，小学校の代用教員など，さまざまな仕事を経験しながら，ほとんど独力でジャーナリストとしての道を歩き始めた。1838年から39年にかけてハンティングトンで週刊新聞『ロングアイランダー』（*The Long Islander*）を創刊し，自作の詩を発表することもあったが，作家として本格的な訓練を受けたわけではなかった。この限りにおいて，ホイットマンの作品が「借用的，模倣的」になるのはやむを得ないことであった。われわれは，少し視点をずらして，別の角度から短編の意義を探る必要がありそうだ。

　今ここで思い出したいのは，初期の短編には，1840年前後に書かれた詩と同様，[3] 若いホイットマンの境遇や人生経験など，いわゆる自伝的な要素が多分に含まれている点である。以下に具体例を示すと，1841年11月，『デモクラティック・レビュー』に掲載された「荒くれ者フランクの帰還」（"Wild Frank's Return"）の場合，主人公フランク（Frank）はホイットマンの自己投影である。彼は，「多くの創作ノートや『私自身の歌』で理想化されている『粗野な人物』」の1人であり（Fone 48），その容姿は1855年の『草の葉』（*Leaves of Grass*. 以下 *LG* と略す）初版に掲載されたホイットマン自身の肖像画と共通す

— 50 —

1. 短編作家ホイットマン

1855年の『草の葉』初版に掲載されたホイットマンの肖像
（米国議会図書館蔵）

るところが多い。

　この点では1842年11月，パーク・ベンジャミン（Park Benjamin）の週刊大衆紙『ニューワールド』（*The New World*）の特別号として出版された『大酒飲みフランクリン・エヴァンズ』（*Franklin Evans; or The Inebriate. A Tale of the Times*）と題する禁酒小説についても同じことが言える。作品の冒頭には仕事を求めてニューヨークに旅立つロングアイランド出身の若者フランクリン（Franklin）が登場するが，この若者の旅立ちは，1841年5月，職を求めてニューヨークに出発したホイットマン自身の経験が下敷きになっている。さらに1844年4月20日，『ローヴァー』（*The Rover*）に発表した「私の息子と娘」（"My Boys and Girls"）には，ホイットマンの弟や妹が実名で登場し，45年12

月の『アリスティーディアン』(*The Aristidean*) に投稿した「本当の話」("Some Fact-Romances") も，幼い頃に母親から聞いた話がそのまま再現されている (*EPF* 325)。

　短編が意義深いのはこれだけではない。自伝的な要素と並んで注目すべきは，短編に色濃く影を落としている若いホイットマンの内なる世界である。この点について，例えば，キャプランは次のように書いている。「他のどんな伝記的証拠よりも，それら（短編）は，21歳ぐらいから26歳にかけての彼（ホイットマン）の内面生活をはっきりと照らし出している」(117)。ポール・ツワイク（Paul Zweig）の考えもこれに近い。ツワイクは，「ホイットマンが1840年代に書いた悪夢のような物語は，単純な意味において自伝的であると考えてはならない」と慎重論を唱えながらも，「それでも，予測できない結論とともに，常に強迫観念のごとく同一の主題に戻るのは，確かに当時の彼の隠された感情について何かを物語っている」と結んでいる (37)。

　ホイットマンが執拗に追い求める「同一の主題」とは，結論から先に言えば，家庭内暴力である。24の短編は，ベツィ・アーキラ（Betsy Erkkila）の言う「共和国の美徳の種子を広める」政治色の濃い作品を別にすれば (29)，家庭生活に題材を求めたものが多いが，ホイットマンの描く家庭は，ほとんどの場合，衝突と暴力の世界である。父親は常に厳格で残虐な暴君として登場し，息子は父親の不可解な暴力の犠牲となり，不幸な人生を辿るよう運命づけられている。しかも，この種の主題は，代理の父親による不正や暴力も含めると，ある種の「強迫観念」のごとく何度も繰り返され，短編全体でひときわ大きな主題に成長しているのである。初めに，父親と息子が登場する代表的

な作品を紹介し，父親の暴力がどのようなものなのか，その実態を概観することにしたい。

2. 不正と暴力の父親

1841年11月，『デモクラティック・レビュー』に掲載された「荒くれ者フランクの帰還」は，父親の不正に反発して，いったんは家を飛び出すものの，死んで家に帰る次男フランクの悲劇を描いた作品である。フランクが家を飛び出すのは父親の長男偏愛が原因である。彼が世話をするはずになっている純血種の愛馬ブラック・ネル（Black Nell）を，長男のリチャード（Richard）が横取りしそうになったとき，仲裁に入った父親は不正にも長男の味方をする。フランクはこれに腹を立て，その日のうちに家を出る。その後，彼は船員になり，2年ぶりに故郷へ帰ってくるのである。

しかし故郷で彼を待っているのは家族との再会ではない。フランクは，すでに結婚・独立している兄リチャードから愛馬を借りて，家路に就く。帰路の途中，久しぶりに故郷の土地を踏んだ気のゆるみから，彼は，嵐が近づいているのにもかかわらず，1本の紐で馬と手首を固く結びつけ，ぐっすりと寝込んでしまう。フランクとの再会を楽しみにして，家では母親が好物や着替えを用意して待っている。しかし突然の雷鳴に驚いた愛馬は，フランクを引きずったまま疾走し，彼は死んで家に帰るのである。

1841年12月，『デモクラティック・レビュー』に掲載された「バーヴァンス」（"Bervance: or, Father and Son"）には，長男を偏愛し，次男を虐待する父親の姿がさらに露骨に描かれている。

第 2 章　ニューヨーク時代

　父親のバーヴァンス（Bervance）は，亡き妻に似ている長男に愛情を注ぎ，なぜか自分に似ている次男のルーク（Luke）には憎しみを抱いている。ある日の夕方，父親は，ルークを家に残して，家族とともに芝居見物に出かける。しかし，いよいよ幕が上がり，今にも芝居が始まろうとするとき，ルークが「騒々しく，大声を張り上げ，よろめきながら」突然姿を現す（*EPF* 83）。その日の夜，2 人は激しく衝突する。ルークは父親を殴り倒し，父親は復讐のため彼を精神病院に入れることを決意する。

　家族がコンサートに出かけたある日の夜，父親は，居間でひとり物思いにふけりながら，自分の犯した罪の深さゆえに後悔の念にとらえられていると，病院を逃げ出したルークが，突然，「狂った人間のうつろで，ぎらぎら光る，野獣のように荒々しい表情」を浮かべて，彼の前に姿を現す（*EPF* 85. 傍点は原文イタリック）。ルークは，精神病院に監禁されることによって，本当の精神障害者になってしまったのである。彼は，次の言葉を吐いて，闇に消える。「おれは狂っていなかった。でも目を覚まし，あの場所の空気を吸って，いろいろな物音を聞いて，あそこで目に入るものを見ていたら——ああ，おれは本当に狂ってしまったのだ！　おまえを呪ってやる！　おまえのせいだ。呪ってやる！」（*EPF* 86）。

　以上の短編は，いずれも残虐な父親に拒絶され，破滅する次男の悲劇を描いているが，残虐な父親の主題はこれがすべてではない。この種の主題は，「教室における死（事実）」（"Death in the School-Room (a Fact)"），「子供と放蕩者」（"The Child and the Profligate"），「最後の王党派」（"The Last Loyalist"）などの作品にもかたちを変えて繰り返されている。これらの作品に登場す

1. 短編作家ホイットマン

るのは，父親ではなく，教師，雇い主，叔父である。しかし彼らは，異常なまでの冷酷・非情な性格によって若者を破局に追い込む役割を演じており，この限りにおいて，先に見た残虐な父親の変奏であると考えることができる。

1841年8月，『デモクラティック・レビュー』に掲載された「教室における死（事実）」に登場するルガール（Lugare）とティム（Tim）は教師と生徒の関係である。ルガールは，むちで生徒を威嚇し，「処罰を与えることに喜びを感じているように見える」サディスティックな教師である（EPF 58）。一方，ティムは「13歳ぐらいの細身の美しい顔をした少年」である（EPF 55）。ルガールは午前中の授業でティムに盗みの疑いをかける。そして他の生徒の目前で彼の背中を籘のむちで強打する。ティムは何の反応も示さない。彼はショックのあまりすでに死んでいるのである。それを知らずに死体を殴打し続けるルガールの異常な暴力は，復讐のために息子を精神病院に送り，精神障害者にしてしまうバーヴァンスの狂気と本質的に同じものである。

「子供と放蕩者」は，1841年11月，『ニューワールド』に掲載された「子供の擁護者」（"The Child's Champion"）を大幅に書き直し，44年10月に『コロンビアン・マガジン』（*Columbian Magazine*）に，そして47年1月には民主党機関紙『イーグル』（*The Brooklyn Daily Eagle, and Kings County Democrat*）に発表した短編である。この作品で残忍な父親を演じているのは農場主のエリス（Ellis）である。彼は，13歳のチャールズ（Charles）を年季奉公人として雇い，夜明け前から重労働に就かせている。1日の辛い仕事を終えた後，実家に立ち寄り，次のように母親に打ち明けるチャールズの言葉には，「魂を持ち合わせていな

い拝金主義者の苛酷な支配」のもとで,「奴隷」として生きる悲惨な人生が要約されている (*EPF* 70)。「あいつの家に初めて入ったその日から,ぼくはずっと奴隷さ。そして今よりも長く働かなければならないのなら,ぼくは逃げ出して,船員か何かになるよ。あんなところにいるくらいなら,墓に入ったほうがましだ」(*EPF* 70)。

もともと「子供の幽霊」("The Child-Ghost; a Story of the Last Loyalist") という表題で,1842年3月,『デモクラティック・レビュー』に掲載された「最後の王党派」では,叔父が残虐な父親の役割を果たしている。両親に先立たれ,孤児となったヴァンホーム (Vanhome) 家の少年は,父親の遺言で叔父に預けられる。「彼を知るすべての人に嫌われ,怒りっぽく,執念深く,そして子供の時からとても強欲であると言われている」叔父は,少年が受け継いだ財産に目をつけ,彼を虐待・殺害する (*EPF* 104)。大人による子供殺しの主題は,すでに見たように,「荒くれ者フランクの帰還」や「教室における死(事実)」に共通のものであるが,この作品では財産を狙う大人の貪欲さが無垢な少年の命を奪っている。

3. ウォルター・ホイットマンの実像

以上見てきた短編に登場する残虐な父親とその犠牲者のモデルとして多くの批評家が注目するのは,他ならぬ父親のウォルター・ホイットマン (Walter Whitman) とウォルトである。キャプランは,「厳格で専制的な父親(あるいは象徴的な父親)により文字通り破滅する」作中人物をためらうことなく「ウォルト」と呼んでいる (118)。デイヴィッド・ケイヴィッチ (David

1. 短編作家ホイットマン

父ウォルター・ホイットマン（米国議会図書館蔵）

Cavitch）も同じ立場に立って，「16歳から書いているメロドラマ的な物語で，彼（ホイットマン）は家族とそのストレスを繰り返し書いた」と述べている（18）。エドウィン・ハヴィランド・ミラー（Edwin Haviland Miller）に至っては，「荒くれ者フランクの帰還」や「バーヴァンス」のような長男の偏愛を描いた短編を評して，「ウォルトは次男であったので，おそらく，これはジェシーと父親の関係に対する自伝的な言及である」と断言しているほどである（49）。

　批評家の一致した見方では，ウォルターは人生の落伍者であった。彼は先祖から受け継いだロングアイランドの農場を維持することができなかった。1823年5月27日，ホイットマンが4歳の誕生日を迎える3日前に，彼は，妊娠中の妻と3人の幼い子供を連れて，ロングアイランドのウエストヒルズからブルッ

第2章　ニューヨーク時代

クリンに引っ越した (Reynolds 24)。ブルックリンは，当時，田舎町から都会に変貌する過渡期を迎えていた。ウォルターは，投機目的で土地を購入し，家を建て，住宅販売業を営んだ。しかし生活は少しも楽にならなかった。ツワイクによれば (36)，ウォルターのような熟練大工にとって，1830年代と40年代は不運な年であった。外国人労働者の増加によって熟練工はその地位を失いつつあった。その上，彼は目先の利くビジネスマンではなかった。

このためであろうか，ウォルターは「無口で，不機嫌で，不満の多い男」であった (Stovall 18)。「いったん刺激を受けると，『忘れることのできない激情』をあらわにする」男でもあった (Kaplan 62)。ホイットマン自身が父親から暴行を受けたという伝記的事実は存在しないが，それでも彼は父親と激しく対立することがあったようだ。家業を拒否して，代用教員と創作活動の道を選択した17歳のとき，「嵐のような大騒動」を起こして，父親とひどく衝突したという逸話が残されている (Kaplan 62)。『草の葉』初版に収録された「かつて出かける子供がいた」("There Was a Child Went Forth") には，「頑丈で，うぬぼれが強く，男らしく，下品で，怒りっぽい，不正の父親，／殴打，早口で大声のしゃべり方，欲の深い取引，ずるい罠」という1節が含まれているが (*LG* 365)，ここに登場する父親はウォルターの実像にかなり近いのかもしれない。

ウォルターがアルコール依存症であったことも深刻な問題であった (Black 31-32; Reynolds 23)。その影響で長男ジェシー・ホイットマン (Jesse Whitman) と三男アンドルー・ジャクソン・ホイットマン (Andrew Jackson Whitman) もアルコール依存症

1. 短編作家ホイットマン

であった (Miller 48)。こうした個人的な事情もあって，1840年代前半のホイットマンは熱心に禁酒運動と取り組んだ。1842年3月30日の日刊新聞『オーロラ』(*New York Aurora*) には「消防士の禁酒運動！」("Temperance among the Firemen!") という記事を書いて，ニューヨークで行われた消防士，市民，禁酒団体によるデモ行進を大きく報じた (*J* 87)。また同年11月24日のペニー紙『サン』(*The Sun*) に投稿した「都会で暮らす田舎の若者への危険」("Dangers to Country Youth in the City") と題するエッセーでは，自作の禁酒小説『大酒飲みフランクリン・エヴァンズ』を引き合いに出して，都会に憧れる田舎の若

「酒・死・悪魔」と題された1830年代の禁酒運動ポスター（米国議会図書館蔵）

第 2 章　ニューヨーク時代

者を対象に飲酒の悲劇を訴えかけた (J 164-65)。

　一方，短編作家としてのホイットマンは，いわゆる禁酒小説を書いて，飲酒癖の恐怖を世間に訴えた。1842 年 5 月 21 日，ニューヨークの禁酒新聞『ワシントニアン』(*New York Washingtonian*) に発表した「ルーバンの最後の願い」("Reuben's Last Wish") では，酒の勢いで長男を殴りつけ，病弱な次男のルーバン (Reuben) を一晩中雨の中に放置する父親を登場させることによって，飲酒が招く家庭崩壊の悲劇を描いた。また『大酒飲みフランクリン・エヴァンズ』では飲酒の弊害を次のように告発した。「家長の飲酒癖は邪悪な影響力のようなものだ――それは大きな暗雲であり，すべてのものの上に覆いかぶさり，家庭の隅々までその暗さを押し広げ，そして家族の平和を毒してしまうのだ」(*EPF* 130)。この 1 節は 1840 年代のニューヨークで流行した禁酒運動に対する単なる共感ではなかった。ホイットマンは，アルコール依存症の悲劇を自らの家庭に求め，「家長の飲酒癖」に苦しめられた個人的な経験から「邪悪な影響力」について語っているのである。

　父親ウォルターと関連してもう 1 つ注目しておきたいのは，「私の息子と娘」と題する短編である。この短編の場合，父親に対するホイットマンの感情は，これまで見てきた作品とは別のかたちで現れている。ホイットマンは，冒頭を「私は独身だが，自分の子供だと思われる娘と息子が数人いる」と書き出し，次女ハナ・ルイーザ・ホイットマン (Hannah Louisa Whitman)，三男アンドルー，四男ジョージ・ワシントン・ホイットマン (George Washington Whitman)，五男トマス・ジェファスン・ホイットマン (Thomas Jefferson Whitman) など，弟や妹を実名

で登場させると，彼らに対してさながら父親のごとく接している（*EPF* 248）。このホイットマンが何を意味するのかについては，父親のウォルターと長男のジェシーが作品に登場していない点を思い起こすとき，おのずと明らかになるであろう。ホイットマンは，作品から父親と長男を排除することによって，彼ら2人に対する根強い不信や不満をあらわにする一方，自らが理想的な父親として振る舞い，彼自身が享受することのなかった豊かな愛情を弟や妹に注いでいるのである。

4. 孤児の主題

以上見てきた残虐な父親と並んでもう1つ見落としてならないのは，作中人物の多くが，孤児あるいは精神的な意味での孤児として登場している点である。このような人物設定も，まるで「強迫観念」のごとく何度も繰り返され，短編全体の中で大きな位置を占めている。

例えば，『大酒飲みフランクリン・エヴァンズ』の主人公フランクリン，「最後の王党派」のヴァンホーム家の少年，「生と愛の伝説」("A Legend of Life and Love") に登場する2人の兄弟ネイサン (Nathan) とマーク (Mark)，「復讐と報復」("Revenge and Requital; A Tale of a Murderer Escaped") に手を加え，「ある邪悪な衝動！」("One Wicked Impulse!") と改題された作品に登場する兄フィリップ (Philip) と妹のエスター (Esther)，彼らはすべて名実ともに孤児である。一方，「教室における死（事実）」のティムと「子供と放蕩者」のチャールズはともに母子家庭の少年であり，逆に「バーヴァンス」のルークは父子家庭の若者である。彼らは純然たる孤児ではないが，それでも，

第 2 章　ニューヨーク時代

これらの作品の母親と父親には子供を保護する本来の役割がまったく与えられておらず，ティム，チャールズ，ルークの3名はそれぞれ孤立無援の状態に置かれている。この点では「ルーバンの最後の願い」も同じである。この作品には両親がそろって登場するものの，アルコール依存症の父親のために家庭は崩壊し，ルーバンは孤児同然の精神生活を余儀なくされている。

　孤児の多くは，死，虐待，追放，放浪など，不幸な人生を歩むよう運命づけられている。[4] ニューヨークでの成功を夢見て，ロングアイランドを出発するフランクリンは，都会の誘惑に負けて，飲酒と放浪の生活を繰り返し，挙げ句の果てに仲間と強盗を働く。「生と愛の伝説」のマークは，他人を信用してはならないという叔父の遺言を忠実に守り抜き，商売には成功するものの，その代償として恋人の愛を失わなければならない。ヴァンホーム家の少年は，すでに述べたように，父親が残した財産を狙う貪欲な叔父の犠牲となり，「ある邪悪な衝動！」のフィリップは，財産目当てで妹に言い寄る悪徳弁護士を殺害する。

　ホイットマンは，なぜ孤児とその不幸な人生を描くことに終始するのであろうか。この点に関するミラーの解釈は興味深い。彼は，デイヴィッド・S・レイノルズ（David S. Reynolds）と同様（61），短編と当時の大衆文学の類似性に注目しながらも，最終的にはホイットマン自身が直面していた不幸な境遇に解釈の手がかりを求め，「自分自身を孤児と見なす，同じような環境に生きる人間だけが，このような主題を繰り返す」と書いている（50）。1836年から41年にかけてのホイットマンを思い浮かべるとき，以上のミラーの言葉は示唆に富んでいる。なぜなら，この時期のホイットマンは，家庭内に多くの問題を抱える

1. 短編作家ホイットマン

母ルイーザ・ヴァン・ヴェルサー・ホイットマン
(米国議会図書館蔵)

一方,社会的には放浪生活を繰り返し,孤独で不安定な人生を送っていたように思われるからである。

　家庭内に目を向けると,ホイットマンにとって家庭とは憩いと団欒の場ではなかった。先に述べた父親に加えて,長男のジェシーも問題の多い人物であった。ジェシーは,幼年期から気むずかしく不安定な性格で,若いときは船員をし,特に酒が入ると暴力を振るった (Black 33)。彼は,1864年12月にキングズ郡の精神病院に入院し,5年後梅毒で死亡したと言われている (Black 33)。母親のルイーザ・ヴァン・ヴェルサー・ホイットマン (Louisa Van Velsor Whitman) も例外ではなかった。ホイットマンは,ルイーザについて「この上なく完璧で魅力的な性格,実践的なものと道徳的,精神的なものが類まれに結びつき,私が知るすべての人,いやどんな人よりも利他的であった」

— 63 —

第2章　ニューヨーク時代

(*Prose Works* 467) と書いているが，実際のルイーザは理想的な母親ではなかった。彼女が子供たちに書いた手紙を調査したミラーによると，ルイーザは，自己中心的で怒りっぽく，子供の自立を阻む強情な母親であった (55)。家庭内の問題はこれだけではなかった。最愛の妹ハナ・ルイーザ・ホイットマン (Hannah Louisa Whitman) は，16歳で風景画家のチャールズ・ルイ・ハイド (Charles Louis Heyde) と駆け落ちをし，不幸な結婚生活を送っていた (Black 33)。また六男のエドワード・ホイットマン (Edward Whitman) は心身ともに障害を患っていた。

　一方，1836年から41年にかけてホイットマンが歩いた人生の道のりは平坦ではなかった。1835年の春，16歳のホイットマンはジャーナリズム界での成功を夢見てニューヨークに進出したが，不運なことに，翌年5月にはロングアイランドに戻らなければならなかった。ニューヨークは，8月と12月の大火により印刷・出版地区が壊滅的な打撃を受け，仕事に就くことができなかったのである。これを機に，彼の人生は大きな後退を強いられた。故郷に戻ったホイットマンは，1836年から38年にかけてイーストノーウィッチ，ヘンプステッド，バビロン，ロングスワンプ，スミスタウンの各地で小学校の代用教員をすることになった (LeMaster and Kummings xiii)。1838年6月5日には，冒頭で述べたように，週刊新聞『ロングアイランダー』を創刊し，故郷の町ハンティングトンで新聞を編集・発行する機会に恵まれたが，経済的な理由により『ロングアイランダー』の発行は1年と続かなかった。彼は，再度ロングアイランドの僻地を転々と移り歩き，1840年から41年にかけてトリミングスクウェア，ウッドベリー，ディックスヒルズ，ホワイトストー

1. 短編作家ホイットマン

ンの各地で，代用教員として不本意な生活を送らなければならなかった (LeMaster and Kummings xiii)。

　ニューヨーク進出の夢を阻まれ，田舎の小学校の代用教員としてロングアイランドの奥地を転々と渡り歩く生活がもたらしたものは，著しい精神の低迷であった。1838年10月31日，ジェイムズ・J. ブレントン (James J. Brenton) の尽力により『ロングアイランダー』から『ロングアイランド・デモクラット』(*Long-Island Democrat*) に転載された「われわれの未来の運命」("Our Future Lot") と題する詩には，人生の不安にとりつかれ，悪戦苦闘するホイットマンの姿がはっきりと写し出されている。彼は次のように書いている。「それにしても，どこだ，ああ，『自然』よ！　どこにあるのだ，／私の精神の永遠の住処は？」，「人間よ！　そしておまえの高揚する魂は／生きていけるのであろうか？／人生がことごとく不安と涙と争いからなる／この地上の檻の真っ直中に閉じ込められているのに」(*EPF* 28)。これらの問いかけは，人生の迷路にさまよい込み，低迷を余儀なくされている若者の胸中から発せられる偽りのない真情の表白であった。ホイットマンの中では，「高揚する魂」は「地上の檻」に行く手を阻まれ，夢に向かって上昇する飛翔力が根本から欠落しているのである。

　教員時代はまた，ホイットマンから貴重な青春を奪うことになった。1840年2月29日，彼は，『ヘンプステッド・インクワイアラー』(*The Hempstead Inquirer*) と呼ばれる地方新聞に投稿したエッセーで，1830年代後半の人生を次のように総括している。「地球がもう少し回転すると，私は歳をとった大人の道を歩むことになろう。これが私の恐れていることだ。という

のは，私は青春を楽しまなかったからだ。人生の最盛期と美酒を逃してしまったからだ」(J 14)。

以上のホイットマンの言葉に偽りはなかった。その証拠に，1840年7月30日，赴任先のウッドベリーから友人エイブラハム・ポール・リーチ（Abraham Paul Leech）に宛てた手紙で，彼は，片田舎で青春を浪費していることに対する不満や苛立ちを次のように告白している。「こんな熊の巣のような場所で，神が創造したこの見放された場所で，短い人生のかなりの部分を少しずつすり減らし，使い果たしてしまうのはうんざりなんだ」(Golden 348)。憂鬱な気分に支配されていたためであろうか，ホイットマンはもはや人生を肯定的に捉えることができなかった。「人生とは，せいぜいのところ，わびしい道」のようなものであった (Golden 348)。彼は，「ぼくは今，人生の旅路のもっとも石ころの多い，ごつごつとした，荒れ果て，起伏の多い，見るも痛ましいところに差しかかっているのだ」と書いて (Golden 348)，自らを慰める以外になす術を知らなかった。

以上のように見てくると，1840年前後のホイットマンは，精神的に追い詰められ，孤独で不安定な人生を生きていたと考えてまず間違いないであろう。彼の精神は，都会での成功を夢見る渇望とその夢を阻む現実との間で葛藤を繰り返し，最終的には人生を悲観的にとらえざるを得ないほど深く沈み込んでいたのである。先に指摘した孤児あるいは孤児同然の作中人物がホイットマンとの関連においてその意味を明らかにするのは，以上の点を念頭に置くときである。彼らは，人生について懐疑と不安を深め，確かな心の拠り所もないままに，ひとり不毛な精神生活を余儀なくされていたホイットマンの分身として限り

1. 短編作家ホイットマン

なく意味深いのである。

注

1. *The Early Poems and the Fiction* によると (335-39), 24の短編は以下の通りである。

 (1) "Death in the School-Room (a Fact)"

   初出は1841年8月の *Democratic Review*。41年8月10日の *Long Island Farmer*, 41年9月の *Ladies Garland*, 47年12月24日の *The Brooklyn Daily Eagle* に転載。

 (2) "Wild Frank's Return"

   初出は1841年11月の *Democratic Review*。42年1月11日の *Long Island Farmer* に転載。多少の改訂を施し, 82年の *Specimen Days and Collect* に収録。

 (3) "The Child and the Profligate"

   原作は1841年11月20日の *The New World* に掲載された "The Child's Champion"。大幅な改訂を加え, 表題を最終の "The Child and the Profligate" に改め, 44年10月の *Columbian Magazine* に転載。これに多少の改訂を施し, 47年1月27-29日の *The Brooklyn Daily Eagle* に転載。さらなる改訂の末, 82年の *Specimen Days and Collect* に収録。

 (4) "Bervance: or, Father and Son"

   初出は1841年12月の *Democratic Review*。

 (5) "The Tomb Blossoms"

   初出は1842年1月の *Democratic Review*。改訂後, 50年に James J. Brenton 編集による *Voices from the Press; A Collection of Sketches, Essays, and Poems* に転載。

 (6) "The Last of the Sacred Army"

   初出は1842年3月の *Democratic Review*。51年11月の

第2章　ニューヨーク時代

Democratic Review に転載。

(7) "The Last Loyalist"

"The Child-Ghost; a Story of the Last Loyalist" という表題で，1842年5月の *Democratic Review* に掲載。改訂後，表題を最終の "The Last Loyalist" に改め，82年の *Specimen Days and Collect* に収録。

(8) "Reuben's Last Wish"

初出は1842年5月21日の *New York Washingtonian*。

(9) "A Legend of Life and Love"

初出は1842年7月の *Democratic Review*。42年7月6日の *New York Tribune* と42年7月9日の *Brother Jonathan* に転載。多少の改訂を加え，46年6月11日の *The Brooklyn Daily Eagle* に転載。

(10) "The Angel of Tears"

初出は1842年9月の *Democratic Review*。ごくわずかな改訂を施し，46年2月28日の *Brooklyn Evening Star* に転載。

(11) *Franklin Evans; or The Inebriate. A Tale of the Times*

初出は1842年11月の *The New World* 特別号。おそらく43年に *The New World* からの抜刷としてリプリント版が作られ，*Franklin Evans: Knowledge is Power. The Merchant's Clark, in New York; or Career as a Young Man from the Country* と改題。大幅な改訂と削除を経て3度目のリプリント版が完成し，*Fortunes of a Country-Boy; Incidents in Town ― and his Adventures at the South* という新しい表題のもと，"A Tale of Long Island" として46年11月16-30日の *The Brooklyn Daily Eagle* に転載。

(12) "The Madman"

初出は1843年1月28日の *New York Washingtonian and Organ*。連載の予定であったが，続編は発見されていない。

(13) "The Love of Eris: A Spirit Record"

1844年3月の *Columbian Magazine* に "Eris: A Spirit Record" という表題で掲載。改訂後，表題を最終の "The Love of Eris: A Spirit Record" に改め，46年8月18日の *The Brooklyn Daily Eagle* に転載。

1. 短編作家ホイットマン

⒁ "My Boys and Girls"
初出は 1844 年 4 月 20 日の *The Rover*。

⒂ "Dumb Kate"
"Dumb Kate. — An Early Death" という表題で 1844 年 5 月の *Columbian Magazine* に掲載。46 年 7 月 13 日の *The Brooklyn Daily Eagle* に転載。改訂を加え、最終の "Dumb Kate" という短い表題に改め、82 年の *Specimen Days and Collect* に収録。

⒃ "The Little Sleighers. A Sketch of a Winter Morning on the Battery"
初出は 1844 年 9 月の *Columbian Magazine*。

⒄ "The Half-Breed: A Tale of the Western Frontier"
"Arrow-Tip" という表題で 1845 年 3 月の *The Aristidean* に掲載。改訂を加え、表題を最終の "The Half-Breed: A Tale of the Western Frontier" に改め、46 年 6 月 1 - 6 日、8 日、9 日の *The Brooklyn Daily Eagle* に転載。

⒅ "Shirval: A Tale of Jerusalem"
初出は 1845 年 3 月の *The Aristidean*。

⒆ "Richard Parker's Widow"
初出は 1845 年 4 月の *The Aristidean*。

⒇ "The Boy Lover"
初出は 1845 年 5 月の *American Review*。48 年 1 月 4 - 5 日の *The Brooklyn Daily Eagle* に転載。改訂を施し、82 年の *Specimen Days and Collect* に収録。

(21) "One Wicked Impulse!"
"Revenge and Requital; A Tale of a Murderer Escaped" という表題で、1845 年 7 - 8 月の *Democratic Review* に掲載。45 年 8 月 16 日、John L. O'Sullivan 編集の *New York Weekly News* に転載。ごくわずかな改訂の後、"One Wicked Impulse! (a tale of Murderer eacaped)" という表題で、46 年 9 月 7 - 9 日の *The Brooklyn Daily Eagle* に転載。大幅な改訂を施し、"One Wicked Impulse!" という最終の表題で 82 年の *Specimen Days and Collect* に収録。

第 2 章　ニューヨーク時代

㉒　"Some Fact-Romances"
　　初出は 1845 年 12 月の *The Aristidean*。序と表題のない 5 編の物語から構成されている。"Fact-Romance" の I は，改訂後，"A Fact Romance of Long Island" という表題で，46 年 12 月 16 日の *The Brooklyn Daily Eagle* に転載。"Fact-Romance" の II は，改訂後，"The Old Black Widow" という表題で，46 年 11 月 12 日の *The Brooklyn Daily Eagle* に転載。"Fact-Romance" の V は，改訂後，"An Incident On Long Island Forty Years Ago" という表題で，46 年 12 月 24 日の *The Brooklyn Daily Eagle* に転載。

㉓　"The Shadow and the Light of a Young Man's Soul"
　　初出は 1848 年 6 月の *Union Magazine of Literature and Art*。

㉔　"Lingave's Temptation"
　　初出の雑誌および発表年月日は不詳。

2．短編の「借用的」,「模倣的」性格を指摘する批評家は多い。例えば，Chase は，"Bervance: or, Father and Son" に「ポウのような心理的メロドラマ」を，そして "A Legend of Life and Love" に「ホーソーンのようなモラルアレゴリー」を読み取っている (31)。Kaplan も，ホイットマンがポウのよき弟子であったとする Asselineau の評価を受け入れ，「1841 年から 45 年の間に発表された 24 の短編は，ホーソーン的であると同時に，ポウ的でもある」と述べている (116)。比較的最近の研究でも，Clark が初期の短編とポウを関連づけ，"Death in the School-Room (a Fact)" は「とりわけ『ウィリアム・ウィルソン』のエコーである」と結論している (31)。

3．初期の詩については，本書収録の拙論「ホイットマンの初期創作活動 ― 1840 年前後の詩を中心に ―」を参照されたい。

4．孤児あるいは孤児に匹敵する作中人物は，ほとんどの場合，不幸な一生を送るよう運命づけられているが，2, 3 の短編において例外的な結末が用意されていることも見落としてはならない。例えば，*Franklin Evans; or The Inebriate. A Tale of the Times* の主人公 Franklin は，放浪生活の果てに，ある紳士から手厚い保護を受け，禁酒運動

1. 短編作家ホイットマン

の活動家として新しい人生を踏み出している。また "One Wicked Impulse!" では，Philip は妹の Esther を守るために悪徳弁護士を殺害するが，彼の場合には自然との一体感の中に自己救済の可能性が暗示されている。さらに "The Child and the Profligate" では，「放蕩者」の孤児 Langton は，些細なことから酒場で暴力に巻き込まれた Charles を救出し，その後は Charles との友情を深め，無目的で怠惰な生活から立ち直る機会が与えられている。この短編はまた，以下の指摘の通り，"Calamus" 詩群との関係においても興味深い。「ホイットマンの短編には "Calamus" 詩群の曖昧性が時々現れると言ってよい。短編を吟味すればするほど，"The Child and the Profligate" の原作と向かい合った後では特にそうなのだが，"Calamus" 詩群が単なる骨相学上の "adhesiveness" 以上のものを表現していることがますます明瞭に感じられる」(*EPF* xviii)。

引用文献

Asselineau, Roger. *The Evolution of Walt Whitman: The Creation of a Book.* Cambridge: Harvard UP, 1962.

Black, Stephen A. *Whitman's Journey into Chaos: A Psychoanalytic Study of the Poetic Process.* Princeton: Princeton UP, 1975.

Cavitch, David. *My Soul and I: The Inner Life of Walt Whitman.* Boston: Beacon P, 1985.

Chase, Richard. *Walt Whitman Reconsidered.* New York: William Sloane, 1955.

Clark, Graham. *Walt Whitman: The Poet as Private History.* New York: ST. Martin's, 1991.

Erkkila, Besty. *Whitman the Political Poet.* New York: Oxford UP, 1980.

Fone, Byrne R. S. *Masculine Landscape: Walt Whitman and Homoerotic Text.* Carbondale and Edwardsville: Southern Illinois UP, 1992.

Golden, Arthur. "Nine Early Whitman Letters, 1840-1841." *American Literature* 58 (1986): 342-60.

第 2 章 ニューヨーク時代

Kaplan, Justin. *Walt Whitman: A Life*. New York: Simon, 1980.

LeMaster, J. R., and Donald D. Kummings, eds. *Walt Whitman: An Encyclopedia.* New York: Garland, 1998.

Miller, Edwin Haviland. *Walt Whitman's Poetry: A Psychological Journey*. New York: New York UP, 1968.

Reynolds, David S. *Walt Whitman's America: A Cultural Biography*. New York: Knopf, 1995.

Stovall, Floyd. *The Foreground of* Leaves of Grass. Charlottesville: UP of Virginia, 1974.

Whitman, Walt. *Leaves of Grass: Comprehensive Reader's Edition*. Ed. Harold W. Blodgett and Sculley Bradley. New York: New York UP, 1965.

―――. *Prose Works 1892*. Ed. Floyd Stovall. Vol. 2. New York: New York UP, 1964.

―――. *The Early Poems and the Fiction*. Ed. Thomas L. Brasher. New York: New York UP, 1963.

―――. *The Journalism, 1834-1846*. Ed. Herbert Bergman, et al. Vol. 1. New York: Peter Lang, 1998.

Zweig, Paul. *Walt Whitman: The Making of the Poet*. New York: Basic, 1984.

2. ジャーナリスト・ホイットマンの活躍
── 『オーロラ』の編集を中心に──

　1840年代に入ると，ウォルト・ホイットマン（Walt Whitman）の人生は大きく好転した。彼は，代用教員の仕事から解放され，念願のニューヨーク進出を果たした。しばらくの間，印刷工として働いたが，『デモクラティック・レビュー』（*The United States Magazine, and Democratic Review*）に次々と短編を発表し，短編作家としての地位を確立する一方，社会派ジャーナリストとしてさまざまなニューヨーク紙にエッセーや記事を投稿した。ジャーナリズム界での活躍はめざましく，1855年の『草の葉』（*Leaves of Grass*）初版の出版までに8種類の新聞を単独で編集し，20種類以上もの新聞に投稿した（*The Journalism* xxv. 以下 *J* と略す）。

　本論では，ニューヨークに移り住んだホイットマンが初めて本格的な編集を担当した日刊新聞『オーロラ』（*New York Aurora*）を中心に，ジャーナリスト・ホイットマンの精力的な活躍を明らかにすることにしたい。

1.『オーロラ』の編集

　1840年代初めのホイットマンは人生の大きな転換期を迎えていた。彼は，短編作家として文壇にデビューする一方，ニューヨークを舞台に本格的なジャーナリズム活動を開始した。この転換期は偶然の産物ではなかった。彼は，1840年9月29日，

第 2 章　ニューヨーク時代

週刊新聞『ロングアイランド・デモクラット』(*Long-Island Democrat*) に「なぜ人々は自分の才能を謙遜して隠すのであろうか，その理由が私には分からない。そうだ，私は本を書こう！」と書いて (*J* 22)，作家になることを夢見ながら，ニューヨーク進出の時機をうかがっていたのである。

　ホイットマンがニューヨークに進出したのは，『草の葉』の創作ノートによれば，1841 年 5 月，22 歳のときであった (*Notebooks* 217)。彼は，しばらく『ニューワールド』(*The New World*) で印刷工やフリーランサーとして働いたが，やがて『デモクラティック・レビュー』に代表される一流の文芸誌に短編を発表する機会に恵まれた。[1] 活躍はこれだけではなかった。彼は本格的なジャーナリズム活動に乗り出し，『サンデータイムズ』(*Sunday Times*)，『ブラザー・ジョナサン』(*Brother Jonathan*)，『ウイークリー・メッセンジャー』(*Sunday Times & Noah's Weekly Messenger*)，『ブロードウェイ・ジャーナル』(*The Broadway Journal*)，『アメリカン・レビュー』(*The American Review: A Whig Journal of Politics, Literature, Art and Science*) など，多種多様な新聞・雑誌に記事やエッセーを投稿した。それに加えて，1842 年には『オーロラ』と『タトラー』(*Evening Tattler*)，43 年には『ステーツマン』(*New York Statesman*) と『サンデータイムズ』，44 年には『デモクラット』(*The New-York Democrat*) といった具合に，次々と新聞編集を引き受け，着々とジャーナリストの地位を固めていった。

　単身でニューヨークに移り住んだホイットマンを魅了したのは，華やかな都会の生活やそこで暮らす裕福な人々だけではなかった。彼は，大都会の片隅で貧困にあえぐ社会的弱者に目を

2. ジャーナリスト・ホイットマンの活躍

向け，彼らの惨状を訴えた。またアメリカ精神に寄せる揺るぎない信念から，国内問題について政治的発言を繰り返すこともためらわなかった。『オーロラ』のホイットマンが意味深いのはこのためである。彼は，ニューヨークの生活のさまざまな局面を自ら体験，吸収しながら，より大きな自己の形成に向かって貴重な一歩を踏み出しただけでなく，当時のアメリカが抱える難題と正面から向かい合うことによって，ジャーナリストとしての社会的使命をますます強固なものにしていったのである。

『オーロラ』は，1841年11月，日曜版『アトラス』(*Atlas*) で成功を収めたアンソン・ヘリック（Anson Herrick）とジョン・F. ロープス（John F. Ropes）が創設した2ペニーの日刊紙であった。[2] 当時のニューヨークは，ホイットマン自らが「ニューヨーク市で印刷されている新聞の数を算出するのはまず不可能である」と書いているように（*J* 81），いわゆるペニーペーパーの全盛期を迎えていた。11月24日の創刊号によれば，『オーロラ』の方針は，「『外国人によって』部分的あるいは全面的に支配されているほとんどのニューヨーク紙とは異なる『アメリカの新聞』」を発行することであった（*J* xlix）。発行人は，外国人の多くが「アメリカおよびその諸制度と国民について『嘆かわしいほど無知』である」点を憂い（*J* xlix），自らの役割を次のように表明した。

> この新聞を発行している事業所は，特にアメリカ的である —— 編集主幹から下層の従業員まですべてがアメリカ生まれで，アメリカ魂の持ち主である。われわれは，外国の岸部を離れ，栄光ある共和国によりよい住処を探し求めた人々

第 2 章　ニューヨーク時代

に対して，寛大な心と友情の温かさを持ち合わせているが，狡猾（こうかつ）なヨーロッパの哲学がわれわれの間に普及し，教えられていることに対しては終わることのない戦いを行うであろう。

(*J* 1. 傍点は原文イタリック)

「アメリカ魂」に支えられた「アメリカの新聞」であることを標榜する『オーロラ』は，初代編集主幹トマス・ロウ・ニコルズ（Thomas Low Nichols）のもとで順調に読者を集めた。ペニー紙としては，ジェイムズ・ゴードン・ベネット（James Gordon Bennett）の『ヘラルド』（*New York Herald*），ホーレス・グリーリー（Horace Greeley）の『トリビューン』（*New York Tribune*），モーゼス・Y. ビーチ（Moses Y. Beach）の『サン』（*The Sun*）に次ぐ，発行部数 5 千部の新聞に成長していた（Allen 49）。しかし，1842 年 2 月 22 日，誹謗記事を書いたことが災いして，ニコルズが編集職を追われると（*J* xlix-1），3 月 28 日，『オーロラ』は新しい編集主幹を次のように発表した。

　　『オーロラ』の発行人は，大胆で，活力にあふれ，独創的作家として好評を博しているウォルター・ホイットマン氏を編集主幹としてお迎えしたことを，謹んで友人ならびに皆さまにお伝えしたい。W 氏が『オーロラ』の編集部に加われば，健全で，恐れを知らない，自立した日刊紙を確立するという当初の計画を遂行することができる，と発行人は確信している（…）。アメリカの大衆は，真のアメリカ精神に染め抜かれた新聞の必要性を痛感している。

(*J* 1)

2. ジャーナリスト・ホイットマンの活躍

ジェイムズ・ゴードン・ベネット
（米国議会図書館蔵）

ホーレス・グリーリー
（米国議会図書館蔵）

モーゼス・Y. ビーチ
（©ニューヨーク公立図書館蔵）

第 2 章　ニューヨーク時代

　1842 年 2 月頃からフリーランサーとして『オーロラ』に記事を提供していたホイットマンは，以上の発表により，ニューヨークのジャーナリズム界に編集主幹として正式にデビューした。ホイットマンの指揮のもとで，『オーロラ』は発行部数を伸ばした。4 月 9 日，彼は，「これまでの 1 週間でオーロラはほとんど前例のない成功を収めた。定期的に発行されるものは毎朝 8 時か 9 時までには売り切れる。来週はこれまでよりも 1 千部増刷する手はずを整えた」と書いて (*J* 105)，読者に感謝の気持ちを伝えた。

　『オーロラ』の編集は，1838 年に自ら編集・発行した週刊新聞『ロングアイランダー』(*The Long Islander*) とは異なり，責任の重い仕事であった。ホイットマン自身の言葉によれば，ニューヨークの読者は，「朝食と同じように規則正しくオーロラを待ち受け」ていた (*J* 105)。読者が『オーロラ』に求めたのは，「知的な食事を —— ぴりっとするもの，確かなもの，センチメンタルなもの，ユーモアのあるものを見つけること」であった (*J* 105. 傍点は原文イタリック)。彼は，「責任は重いが，進んで『この責任を果たし』たい」と書いて (*J* 105)，さまざまな読者層の要求を満たすため自らニューヨークを歩き，情報の収集に努めた。そして「編集のペンが使える限り，考える頭がある限り，動く指がある限り，われわれは正しいと信じることを発言するのを決して恐れない」と書いて (*J* 89. 傍点は原文イタリック)，力強いメッセージを発信し続けた。

　「真のアメリカ精神」を編集方針とする『オーロラ』は，ホイットマンにとってうってつけの仕事場であった。彼は建国の理想

2. ジャーナリスト・ホイットマンの活躍

を旗印とするアメリカニズムの熱烈な信奉者であった。ニューヨークで発行されている新聞の「6分の5が，直接，間接に外国人の支配下にある」との認識のもとで (J 82)，彼は以下のように訴えた。

> われわれは真の・ア・メ・リ・カ・人であることを光栄に思う。そしてわれわれは同じ精神をオーロラに刻みつけることを宣言する。われわれは高尚なアメリカの立場に立っている —— 排斥や不公平の立場とか，出生地がここから3千マイル離れている人々に対する頑固な偏見の立場ではなく —— それ自体とその市民に対する適切な尊敬の念と，それ自体の能力とそれ自体の尊厳に対して当然与えられるべきものを，共和国に所有させたいとの願望に根ざした立場に立っている。われわれの間にはあまたの危険な影響力が —— 思想や社会習慣，そしてある程度政府さえも含めて，この国を旧世界の古びた体制に同化させてしまうような影響力が働いている。オーロラはこれらすべての影響力に対する激しい憎しみで染め抜かれている。これらの影響力に対しては，誰の目にも分かる強烈で終わることのない戦いを行うだろう。
>
> (J 105-06. 傍点は原文イタリック)

以上がホイットマンの編集方針であった。彼は，以上の立場に立って旧世界の価値観を排除し，アメリカニズムの美徳を鼓舞することに終始した。ホイットマンの理解では，ペニーペーパーの役割とは，学校のそれとほぼ同じであり，「もっとも必

第 2 章　ニューヨーク時代

要としている人々に光と知識を与え」,「無知の暗雲を追い払い,大多数の人々を知的で,有能で,共和国の自由人としての義務を果たすにふさわしい人間に育て上げる」ことであった (J 74)。新聞に寄せるこの使命感ゆえに,彼は,「われわれは,人々の意見に従うのではなく,人々の意見を導き,浄化し,新しい活力と生命と新鮮さで活気づけるつもりだ」と書いて (J 89. 傍点は原文イタリック),とりわけ大衆の教育に情熱を注いだ。

2. 複眼の社会派ジャーナリスト

　ホイットマンはニューヨークを書くことに専念した。ニューヨークは活気に満ちた魅力的な場所であった。ホイットマンにとって,そこは,1つの都市というよりも,「心臓,頭脳,焦点,源泉,頂点」という言葉で置き換えることのできる世界の中心であった (J 53)。こうしたニューヨークを目前にしたホイットマンの驚きと興奮は,記事やエッセーの多くにそのまま反映された。

　例えば,1842年3月14日の「ニューヨークの生活」("Life in New York") と題するエッセーで,ホイットマンは,大勢の人々が行き交うブロードウェイの1日を取り上げた。彼は,牛乳配達,仕事に向かう労働者の流れ,新聞売りの少年,事務所のボーイ,アイルランド系の召使い女などが見られる,夜明け前から早朝にかけてのブロードウェイから始め,高位高官の人々や美しく着飾った男女が姿を見せる昼間のブロードウェイ,帰宅する人々の流れが早朝とほぼ同じ光景を繰り広げる夕方のブロードウェイへと話を進めて,その印象を次のように語った。「仮に世界中を旅行したとしても,心地よい1日の午後2時から4

2. ジャーナリスト・ホイットマンの活躍

時にかけてブロードウェイの歩道が見せる光景よりも生き生きとして,きらびやかで,派手な光景を思い出すことはまずないであろう」(J 54)。

これと同様に刺激的であったのは,『オーロラ』の仲間と一緒に出向いた食料品市場での1日であった。ホイットマンは,

華やかなブロードウェイ (©ニューヨーク公立図書館蔵)

第 2 章　ニューヨーク時代

その際の経験を 3 月 16 日の「ニューヨーク市場の生活」("Life in a New York Market") というエッセーで克明に報告した。彼は，熟練工の石工とその妻，身なりのよい赤ら顔の女，顔色の悪いやせこけた病人のような中年男，太った陽気な女，息子を連れた寡婦，夫に子供を預けてきた妻，召使い女，料理人など，さまざまな階層や年齢の買い物客を次々と登場させて，彼らが混雑した市場で買い物を楽しむ様子を鮮やかに再現した。買い物客に気楽に声をかける肉屋も注目に値する人物であった。「晴れやかな顔の表情，健康な様子，輝く目，威勢のよい人の良さそうな人柄，ブルドッグのような勇気，無礼なユーモア」など，肉屋に見られるこれらの特徴は，どれをとっても，魅力的なものであった (J 56)。

　市場は，刺激的であっただけでなく，人々の生気に直接触れることのできる場所でもあった。そこは，「誇らしい特権をそなえた，位の高い人々の金ぴかのホールや上流社会の洗練された社交界」とはまったく無縁の，人間本来の活力が豊かに息づく生命活動の場であった (J 57)。この生命活動を「人間本性の働き，心に宿る感情の無骨で自然な発露」と表現するとき (J 57)，ホイットマンが言わんとしたのは，抑圧されることも拘束されることもなく，おのずと出現する生命力の驚異であった。ニューヨークとは，まさにこの種の生命力を肌で感じ取ることのできる格好の場所であった。

　しかしながら，ニューヨークはもう 1 つの顔を持っていた。ホイットマンは，商業都市ニューヨークの悪徳や貧困について書くことも忘れなかった。計略的に大金を盗んで，贅沢の限りを尽くす上流階級の紳士を扱った記事では，窮地に陥った庶民

2. ジャーナリスト・ホイットマンの活躍

の苦しみを代弁すると同時に，ひとかたまりのパンを盗んだ罪で投獄され，獄中で死んでいく盗人と対比しながら，特権階級の悪徳ぶりを厳しく攻撃した (J 39-41)。またバプテストの墓地の盗掘事件を扱った「拝金主義者」("Money Worshippers") と題する記事では，「もしこの国にとって最大の害悪と思われる国民性の特徴を尋ねられたら，われわれは，ためらうことなく昨今のアメリカ人に際立っている利益を求める争いを挙げるだろう。この汚らわしい精神はとどまるところを知らないようだ」と書いて (J 97)，世間の拝金主義的な風潮を戒めた。そして墓泥棒に対しては「こんな奴らはロープを買って，首をくくればいいのだ」と痛罵を浴びせた (J 97)。

社会的弱者に寄せる共感と連帯の気持ちから，ホイットマンはしばしば横柄な権力者に対しても攻撃の矛先を向けた。公園で遊ぶ貧しい子供たちをむちで打つ管理者に対しては，「バッテリー公園やその他の公園で大勢の金持ちや上流階級の子供たちが毎日遊んでいるのが見受けられるが，文句を言う者は誰もいない」と書いて (J 112)，貧しい子供たちを弁護した。ブロードウェイで売春婦の手入れがあったときは，あまりにも痛烈な言葉で警官を非難したため，3月16日，次のような弁解を余儀なくされた。

> われわれが言いたかったのは，水曜日の夜の，これらの女性の連行と投獄は，法律，正義，人間性，美徳，宗教によって認められていない，乱暴者やならず者がやるような，極悪で，恥知らずの，横柄な手口であったということだ (…)。その手口はすべて残酷で間違っていた。しかしわれわれはそ

第 2 章　ニューヨーク時代

れを非難するにあたり少々厳しく言い過ぎたかもしれない。

(J 74)

　ホイットマンは都会の片隅で貧困に苦しむ不幸な人々にも目を向けた。例えば，彼は，知人に案内され貧民街を訪れたときの経験を題材にして，3月21日，「元気のよいフランクの最期」("The Last of Lively Frank") と題するエッセーを書いた。粗末な家の屋根裏部屋で彼が目撃したのは，かつて幸運に恵まれながらも，今は破滅し，粗末なベッドで最期を待つ孤独な男フランクの姿であった。この男のためにできる限り手を尽くしてやったことを報告した後，彼は大都会の暗い街路や路地裏で日常的に起きている惨状を次のようにまとめた。

　　家を出ると，われわれはこの大都会で毎日起きている同じような出来事をごく自然に考えた。もし有能な魔術師が，横道，暗い街路，路地裏，他の多くの貧民街で毎日起きている悲惨な生活を包み込むベールを持ち上げることができるならば，その光景を見た者は深く悲しみ，震え上がるであろう。養っている家族が苦しむことのないよう，病気になるまで働くひ弱な女の姿が見えるであろう。幼い子供たちは，生まれついた境遇により労働を強いられ，悪徳や邪悪なものに染まり，娘たちは，何ともしがたい飢えのため，ついに飢え以上にひどい破滅へと追いやられ，男たちは，希望を奪われ，死を迎え入れる覚悟がほぼできている。
　　——これらすべてのことが明らかになるであろう (…)。

(J 63-64)

2. ジャーナリスト・ホイットマンの活躍

　これがホイットマンの見たニューヨークのもう1つの顔であった。ニューヨークを見つめる彼の目は複眼であった。そこは，世界中からやってきたさまざまな人種，階級，職業の人々が集い，「無知と学識，徳行と悪徳，富と貧困，流行と粗雑，しつけと蛮行，上昇と堕落，無礼と礼節」が混然と一体化していた (J 44)。このいずれの要素も排斥することなく，社会正義に訴えつつ，すべてをありのままに伝える，これがジャーナリスト・ホイットマンの基本姿勢であった。

3. 教育問題への取り組み

　ホイットマンは批判精神旺盛なジャーナリストであった。彼がその能力を大いに発揮したのは教育と政治の分野であった。折しも，当時のニューヨークでは，カトリックの司祭ジョン・ヒューズ (John Hughes) が，教徒に対する差別の廃止と教育の機会均等を唱え，公立学校の資金を教区の学校運営に導入する運動を展開していた。この運動は，プロテスタントとカトリック，アメリカ人とアイルランド系移民との対立を深め，政界を巻き込んだ一大論争へと発展した (Rubin 72-79)。

　ホイットマンの理解するところでは，学校改革はヨーロッパによるアメリカ政策の一環であった。彼は以下のように書いた。「最近，合衆国でローマカトリック教を推進するため，強力かつ精力的な運動を起こすことが，オーストリアやヨーロッパ各地におけるカトリックの有力者により決定された」(J 42)。この限りにおいて，ヒューズは旧世界からの回し者であった。ホイットマンはここに問題の本質を見た。そのために，学校問題

第 2 章　ニューヨーク時代

ジョン・ヒューズ（米国議会図書館蔵）

は，単なる教育の問題であることをやめて，新世界と旧世界の対立という構図の中で論じられることになった。

　ホイットマンは，ことの真相を確かめるためニューヨークの公立学校を視察し，学校問題に関する公文書や報告書を読みあさった。そして 1842 年 3 月 3 日にその結果を「現制度は維持を要す」("The System Must Stand") という記事で報告した。この報告によれば (J 41-42)，生徒は教室内で生き生きと学習し，学校の資金は政党から独立し，正しく運用されていた。カトリックの子供たちは，出席者全体の 5 分の 1 から 5 分の 2 以上を占め，かなりの数の教師がカトリック教徒であった。ホイットマンの見る限り，公立学校の運営は正常であった。カトリック教徒への差別も認められなかった。彼は，「現制度を廃止するの

2. ジャーナリスト・ホイットマンの活躍

は,非常に優れたものを,すなわちこれまで十分に繁茂し,すばらしい果実をつけてきた高貴な樹木を切り倒すことに他ならない」と結論した (J 48)。

ホイットマンのヒューズ批判は,学校改革を訴える請願書に署名を集める汚い手口を攻撃することから始まった。彼は,3月7日,「宗派と公立学校」("Sectarianism and Our Public School")という長いエッセーで署名の不当性を暴露した。彼は以下のように書いた。「請願書に署名した大多数の人々は,自分で文字を書くことができなかった。女たちの名前が書き込まれたが,クリスチャンネームの頭文字だけであった。そして多くの未成年者の名前が請願書を署名で一杯にするためつけ加えられた」(J 43)。ホイットマンは,こうした性格の請願書が「ニューヨークからの感情表現としてオルバニーに届けられること」を認めるわけにはいかなかった (J 43)。

市の行政職員がカトリックの学校を視察したときにヒューズがとった行動も,許しがたいものであった。ホイットマンによれば,視察に先立ってヒューズらが講じた策とは,「カトリックの子供たちを公立学校の慣れ親しんだ状況から連れ出し,カトリックの学校に入れるよう,あらゆる方面に緊急命令を出す」ことであった (J 43)。彼らのねらいは,子供たちが公立学校から閉め出され,差別を受けている証拠として,カトリックの学校を視察させることにあった。「視察後1週間も経たないうちに,ほとんどのカトリックの学校が閉鎖され,生徒がもとの学校に戻った」ことを知ると (J 43),ホイットマンの怒りは最高潮に達した。彼は,ヒューズを「このずるがしこい,変幻自在に姿を変える,蛇の舌を持つ司祭」と呼んで激しく罵った (J 43)。

第 2 章　ニューヨーク時代

　ホイットマンの怒りは増大するばかりであった。彼は，「たまたま 3 千マイル離れたところで生まれたという理由で，何人たりとも公民権を奪われてはならない。(…) これらの外国人をわが国の岸辺に，そしてわが国の公職に受け入れよう」と書いているように (J 124)，決して移民排斥主義者ではなかった。しかし，話がヒューズの一件に及ぶと，態度を一変させた。『オーロラ』のヒューズ批判を非難する投書に対しては，「オーロラはこの一件についてこれまで通りの大胆で精力的な姿勢を維持するつもりである」と反論した (J 60)。外国人に対する厳しい態度や辛辣な言葉遣いに抗議する投書に対しても萎縮することはなかった。彼は，「われわれは強烈な言語を使っていることを十分承知している。もとよりその つ も り なのだ」と書いて (J 86. 傍点は原文イタリック)，最後まで徹底抗戦の構えを崩さなかった。

　ホイットマンの怒りは，ニューヨークの民主党本部タマニーにも向けられた。彼はヒューズの政治的圧力に屈する民主党を次のように攻撃した。

　　恐ろしいことに，わが国は，政党が投票を目当てにその勢力を公然と陰謀団に売り渡す段階に達してしまった。タマニーの新聞は，党とヒューズ一派とのスキャンダラスな取引をごまかすかもしれない。しかしこれは，明らかに，この国の歴史に泥を塗る，これまでにないまったくの政治的ごまかしである。

(J 108)

2. ジャーナリスト・ホイットマンの活躍

　それでも、ホイットマンは政治への期待を失ったわけではなかった。彼は、「民主党は、アメリカ市民としての尊厳、自由人としての権利、リパブリカンや愛国主義者としての祖国愛を放棄するはずはないし、今後も放棄することはないだろう」(J 89)、「タマニーにはア・メ・リ・カ・の民主主義者と呼べるような人々がい・る・に・ち・が・い・な・いと確信している。忌まわしいゲームが続いている間、彼らはどこへ行ってしまったのだ」と書いて（J 108. 傍点

タマニーと呼ばれるニューヨーク民主党本部のあった建物
（©ニューヨーク公立図書館蔵）

第 2 章　ニューヨーク時代

は原文イタリック),「真のアメリカ精神」に立脚する民主党の建て直しを訴えた。

　言うまでもなく,以上見てきたホイットマンの主張を支えていたのは,アメリカニズムへの熱烈な信仰であった。すでに述べたように,アメリカニズムはこの時期のホイットマンの政治信念であり,その宣揚は『オーロラ』の随所に見受けられるが,彼は,1842 年 4 月 18 日の「アメリカニズム II」("Americanism II")と題する記事で,新世界アメリカに対する信念を次のように表明した。

　　政府と国に対してそれ相応の誇りを持つのがわが国の国民にはふさわしい。われわれは,これまでこの世に存在した国の中で,もっとも名誉ある憲法,もっともうらやましがられる自由,もっとも幸福でもっとも教育のある市民集団を持っている。われわれがこのことに歓喜するのは当然である。

(*J* 124)

　こうした考えがホイットマンの主張の拠り所であった。この限りにおいて,ヒューズの影響下に置かれた民主党主流派は,アメリカをアメリカたらしめている新世界の理想を自ら放棄しているようなものであった。

　ホイットマンは 1 カ月ほどで『オーロラ』の編集から身を引いた。[3] 1842 年 5 月 3 日の『オーロラ』は次のように書いた。「われわれの事務所には,話をするとき,男が 2 人がかりで口を開けてやらねばならないほどの怠け者がいる。その男は追い

— 90 —

2. ジャーナリスト・ホイットマンの活躍

出されても，怠け者だから泣くこともないであろう」(Loving 57)。この文面からも分かるように，ホイットマンが『オーロラ』を辞めたのは発行人との不和が原因であった。発行人のヘリックは，ホイットマンの怠惰な仕事ぶりに苦慮していた (Allen 53)。一方，ホイットマンの方でも，ホイッ

ジョン・タイラー（米国議会図書館蔵）

グ党のジョン・タイラー（John Tyler）大統領を支持した見返りに，税関の地位を射止めたヘリックに対して反発を強めていた (Loving 56)。

短期間ではあったものの，『オーロラ』の編集はホイットマンにとって有意義な経験であった。1842年4月1日の「信条」("Credo")というエッセーで表明した以下の信念は，1840年代に本格化するホイットマンのジャーナリズム活動に1つの明確な方向を与えることになった。

> われわれは新聞のあるべき姿について高尚な考えを持っている。われわれは，人々の心を強く動かすことを —— 思考の泉の水脈を動かすことを願っている。そしてこれらの目的のため，われわれが意見の表明を控えることは決してない —— 名誉が前進せよと合図を送れば，決してためらう

第 2 章　ニューヨーク時代

ことはない。(…) われわれの動機は正しく，われわれの目的は神聖であり，したがってわれわれは非難を免れることが分かっている。

(*J* 89)

またこの時期のホイットマンが，急速な都市化の波が押し寄せるニューヨークを舞台に，特定の分野だけに注意を払うのではなく，政治から日常的な社会問題まで幅広い領域に関心を寄せて，これらの問題を鋭い目で観察しながら，積極的な反応を示した点も評価しなければならない。こうした経験は，ジャーナリスト・ホイットマンの今後の方向や課題を予示しているだけではなかった。それは，アメリカを代表する詩人としてあるいは包括的なヴィジョンの歌い手として，彼が『草の葉』の詩人へと成長していく上で不可欠の経験であった。

注

1. *The Early Poems and the Fiction* によれば，ホイットマンは1841年から48年にかけて24編の短編を書いた。例えば，1841年には「教室における死（事実）」("Death in the School-Room (a Fact)")，「荒くれ者フランクの帰還」("Wild Frank's Return")，「子供の擁護者」("The Child's Champion")，「バーヴァンス」("Bervance: or, Father and Son")，42年には「墓の花」("The Tomb Blossoms")，「聖なる軍隊の最後の1人」("The Last of the Sacred Army")，「子供の幽霊」("The Child-Ghost; a Story of the Last Loyalist")，「ルーバンの最後の願い」("Reuben's Last Wish")，「性と愛の伝説」("A Legend of Life and Love")，「涙の天使」("The Angel of Tears")，『大酒飲みフランクリン・

2．ジャーナリスト・ホイットマンの活躍

エヴァンズ』(*Franklin Evans ; or The Inebriate. A Tale of the Times*) を発表し，精力的に創作活動に取り組んだ。
2．Allen (45) および LeMaster and Kummings (213) は，『オーロラ』の創設者の1人を Nelson Herrick としているが，本論では *Journalism* (xlix), Reynolds (98), Kaplan (102) に従い，Anson Herrick と表記する。
3．ホイットマンが『オーロラ』で編集を担当したのは，5月16日の『オーロラ』に掲載された以下の記事から判断すると，1カ月ぐらいであることが推測できる。「ウォルター・ホイットマン氏は，過去3，4週間勤務したが，現在は『オーロラ』の編集部と完全に関係を絶ったことを公表してもらいたいと言っている」(*J* liv)。

引用文献

Allen, Gay Wilson. *The Solitary Singer: A Critical Biography of Walt Whitman.* 1955. New York: New York UP, 1969.

Erkkila, Besty. *Whitman the Political Poet.* New York: Oxford UP, 1989.

Kaplan, Justin. *Walt Whitman: A Life.* New York: Simon, 1980.

LeMaster, J. R., and Donald D. Kummings, eds. *Walt Whitman: An Encyclopedia.* New York: Garland, 1998.

Loving, Jerome. *Walt Whitman: The Song of Himself.* Berkeley: U of California P, 1999.

Reynolds, David S. *Walt Whitman's America: A Cultural Biography.* New York: Knopf, 1995.

Rubin, Joseph Jay. *The Historic Whitman.* University Park: Pennsylvania State UP, 1973.

Whitman, Walt. *Notebooks and Unpublished Prose Manuscripts.* Ed. Edward F. Grier. Vol. 1. New York: New York UP, 1984. 6 vols.

—. *The Early Poems and the Fiction.* Ed. Thomas L. Brasher. New York: New York UP, 1963.

—. *The Journalism, 1834-1846.* Ed. Herbert Bergman, et al. Vol. 1. New

第 2 章　ニューヨーク時代

York: Peter Lang, 1998.

3. ホイットマンの見たニューヨーク
── 1840年代前半のジャーナリズム活動 ──

　日刊新聞『オーロラ』(*New York Aurora*) の編集を通してジャーナリストとしての信念や方向を固めたウォルト・ホイットマン (Walt Whitman) は，その後も鋭い目でニューヨークの現実を観察し続けた。彼は革新的な社会派ジャーナリストであった。新聞の一義的な使命を大衆や青少年の教育に求め，啓蒙的な記事を書くことに情熱を注いだ。ニューヨークの発展に魅了されながらも，発展がもたらすさまざまな社会問題に目を向け，都市化の弊害を広く世間に訴えかけた。

　本論では，1840年代前半に書かれた記事やエッセーを手がかりにして，ニューヨーク時代におけるホイットマンのジャーナリズム活動の一端を明らかにするのがねらいである。初めにニューヨーク時代の多彩な活躍を概観し，次に社会派ジャーナリストとしてのホイットマンが見つめるニューヨークの現実を報告し，最後に貪欲な商業主義のもとで変質するアメリカに危機感を抱いて，建国精神の回復を執拗に訴えるホイットマンの活動を追跡することにしたい。

1. ニューヨーク時代の活動概観

　1842年の春，ホイットマンは，『オーロラ』の編集を機に，ニューヨークのジャーナリズム界で本格的な活動を開始した。当時の新聞の多くは短命であった。廃刊になるものもあれば，

他紙に吸収されるものもあった。『ジャーナリズム』(*The Journalism*. 以下 *J* と略す) によれば，1833年から71年までの間にニューヨークで創刊された111の日刊紙のうち，71年の時点で継続発行されていたのは18紙に他ならなかった (lvii)。しかも18紙のうちの3紙は33年以前の創刊であった (*J* lvii)。

変転きわまりないジャーナリズム界で，ホイットマンは，短編や詩の創作に精を出す一方，さまざまな新聞に記事やエッセーを投稿した。彼が書いたものは，上で述べた事情によりすべて残っているわけではないが，『オーロラ』の場合と同様，特定の分野に偏ることなく，政治から日常的な社会問題まで幅広い分野を対象にしたものであった。初めに，1842年の春からニューヨークを去る45年の夏までの活動を中心に，ジャーナリスト・ホイットマンが歩いた道筋を簡単に振り返っておくことにしたい。

1842年5月，発行人との不和により『オーロラ』の編集職を失ったホイットマンは，その後，日刊『タトラー』(*Evening Tattler*) に迎えられ，しばらくの間，編集を担当した。1839年7月8日の創刊号によれば，『タトラー』の編集方針は，「徹底した政治的『中立』」の立場を堅持しつつ，「公徳心を植えつけ，行動の規範を正すことに努め，両親のしかめ面を誘ったり，美女が顔を赤らめたりするようなものは何も掲載しない」ことであった (*J* lv)。ホイットマンは，文書偽造に関する裁判，パーク劇場の興行，独立記念日の式典準備を記した「都会の事情」("City Matters")，壮美なニューヨーク湾の光景を紹介した「海水浴場での1時間」("An Hour at a Bath") など，比較的身近な話題を選んで記事にした。その反面，「われわれに関するボズの意見」("Boz's Opinions of Us") というエッセーを書いて，ア

3. ホイットマンの見たニューヨーク

メリカ人の利益優先主義や民主主義の実態を厳しく非難するチャールズ・ディケンズ (Charles Dickens) の手紙を引用しながら，鋭いアメリカ批判を展開した。

『タトラー』の編集と平行して，ホイットマンは他紙にも記事や詩を提供した。8月の『サンデータイムズ』(*Sunday Times*) には，不幸を乗り越えて最後まで果敢に生きることを訴える「振り返るな」("No Turning Back") と題する寓意詩，ニューヨークの劇場情報やロングアイランドにおける教師時代の思い出を綴った「ガッド通信」("Gad Correspondence") などを投稿した。10月と12月には，パーク・ベンジャミン (Park Benjamin) の週刊大衆紙『ニューワールド』(*The New World*) に2編の詩，「スタンザ」("Stanzas") と「スケッチ」("A Sketch") を発表した。前者では子供を亡くした父親の癒しがたい悲しみを歌い，後者では，荒れ狂う波が押し寄せる海岸を背景に，愛する女性を失った孤独な男の絶望を描いた。『ニューワールド』はまた，11月の特別号としてホイットマンの数少ない中編小説『大酒飲みフランクリン・エヴァンズ』(*Franklin Evans; or The Inebriate. A Tale of the Times*) を出版した。25章からなるこの小説は，「アメリカの流行作家による」「独自の禁酒小説」と宣伝され，2万部ほどが売れた (*The Early Poems and the Fiction* 124)。

1842年の終わりから43年にかけて，ホイットマンは2紙のために筆を振るった。10月から翌年3月まで関係した，モーゼス・Y・ビーチ (Moses Y. Beach) のペニー紙『サン』(*The Sun*) では，学校教育，死刑の廃止，道徳教育，都会の誘惑，公衆浴場，ギャンブルなど，ニューヨークが直面する社会問題を幅広く取り上げた。これらの記事は，多種多様な社会問題に関心を

第2章　ニューヨーク時代

寄せて，都会の現実を隅々まで観察するホイットマンの成果であった。1842年6月に創刊された民主党系の新聞『プレビーアン』(*Daily Plebeian*) では，州知事や州議会の選挙に出馬する民主党候補，子供らしさをすっかり失った都会の子供たちに関する記事に加えて，アメリカ生まれの歌手グループ，ハッチンソン一家の興行を伝えた。彼は，「これこそまさにわれわれが求めているもの，国を代表するメロディーだ」と書いて (J 176)，アメリカ独自の音楽の誕生を大いに祝福した。

　1843年のホイットマンは，引き続き2紙と関係した。1つは，3月14日に創刊された日刊紙『ステーツマン』(*New York Statesman*) であった (Rubin 102)。彼は編集を担当した。「次期大統領にマーティン・ヴァン・ビューレンを熱烈に支持し，ジョン・タイラーを非難する」との方針を固めて活動を開始したが (J lviii)，『ステーツマン』は2カ月と続かなかった (Rubin 104)。他の1つは，7月15日にマイク・ウォルシュ (Mike Walsh) が始めた週刊『サブタレニアン』(*The Subterranean*) であった (Rubin 104)。ホイットマンは創刊号に「2つの象徴の教訓」("Lesson of the Two Symbols") と題する詩を発表した。「66行からなるこの無韻詩は，バンカーヒル記念碑の除幕式の時期に書かれたため，ボストンから広がった『神聖な愛国心の輝き』」に染め抜かれた作品となった (Rubin 104)。

　1844年に入ると，3月には『ウィークリー・メッセンジャー』(*Sunday Times & Noah's Weekly Messenger*) に，「消防士の夢」("The Fireman's Dream: With the Story of His Strange Companion. A Tale of Fantasie") と呼ばれる，消防士ジョージの荒唐無稽な夢を中心に展開される荒削りな短編の1章と2章を発表した。

3. ホイットマンの見たニューヨーク

同じく3月に、夭折したお針子の娘を追悼する詩「シャツの物語」("Tale of a Shirt: A Very Pathetic Ballad")を発表し、5月には共同墓地を訪問した際の印象を感傷的に綴った「グリーンウッド共同墓地への訪問」("A Visit to Greenwood Cemetery")を書いた。

　この年の夏、ホイットマンは『デモクラット』(*The New-York Democrat*)の編集を担当した。『デモクラット』は、大統領と副大統領にジェイムズ・ポーク(James Polk)とジョージ・ダラス(George Dallas)を支持し、州知事にはサイラス・ライト(Silas Wright)を推す民主党の機関紙であった (*J* lix)。政治的な記事に加えて、機械工や労働者階級に有益な読み物を提供することも編集方針の1つであった (*J* lx)。しかし、ホイットマ

ジェイムズ・ポーク
(米国議会図書館蔵)

ジョージ・ダラス
(米国議会図書館蔵)

第 2 章　ニューヨーク時代

サイラス・ライト
（米国議会図書館蔵）

ジョージ・ポウプ・モリス
（Ⓒニューヨーク公立図書館蔵）

ンの編集による『デモクラット』で現存するのは 8 月 12 日のものしかなく（*J* lx），ここには彼の手による 5 編の記事が掲載された。これらの記事は，民主党の機関紙にふさわしく，ライトと 11 月の州知事選挙，商人を標的にした選挙支援の呼びかけ，テキサス併合問題，労働の倫理，ロードアイランドにおける婦人参政権運動を内容とするものであった。

『草の葉』の創作ノートによれば，ホイットマンは「1844 年 10 月の半ばから後半にかけて『ニューミラー』で働いた」と記されているが（*Notebooks* 209），ジョージ・ポウプ・モリス（George Pope Morris）とナサニエル・P. ウィリス（Nathaniel P. Willis）の編集・発刊による週刊『ニューミラー』（*The New Mirror*）は，9 月 28 日で廃刊になった（*J* lxii）。10 月 7 日，同紙は日刊『イブニング・ミラー』（*Evening Mirror*）に吸収されたが，10 月の『イブニング・ミラー』はホイットマンが記事を担当し

3. ホイットマンの見たニューヨーク

た痕跡をとどめていない (*J* lxii)。

　1845年のホイットマンは，夏までにニューヨークを離れ，ブルックリンで家族と合流した。この年にホイットマンが関係したニューヨークの新聞は『ブロードウェイ・ジャーナル』(*The Broadway Journal*)，そして雑誌は『デモクラティック・レビュー』(*The United States Magazine, and Democratic Review*)と『アメリカン・レビュー』(*The American Review: A Whig Journal of Politics, Literature, Art and Science*)の2誌であった。これらの新聞や雑誌に投稿したエッセーは，1編を除いてすべて11月に集中しているため，厳密に言えば，ニューヨーク時代ではなく，ブルックリンに移ってから書かれたものであった。

　『ブロードウェイ・ジャーナル』には，ニューヨーク港の魅力をたっぷり紹介した記事「心地よい景色」("Delightful Sights")，アメリカ固有の音楽を歓迎するエッセー「技の歌と心の歌」("Art-Singing and Heart-Singing")の2編が掲載された。「当時ニューヨークに出現したニューハンプシャー州出身のカルテット，チェニー一家」(LeMaster and Kummings 78)の歌声を称えた後者のエッセーは，11月14日，「心の音楽と技の音楽」("Heart-Music and Art-Music")と題して，日刊『イブニング・スター』(*Brooklyn Evening Star*)に発表したエッセーの書き直しであった。

　『デモクラティック・レビュー』には，死刑の廃止を唱える「対話」("A Dialogue")が掲載された。1842年11月の『サン』で死刑廃止論を展開して以来，この問題は，禁酒運動と並んで，この時期のホイットマンの大きな関心事であった。受刑者と社会との対話によって展開されるこの長いエッセーで，ホイットマンは，受刑者の立場から死刑制度の問題点を浮き彫りにする

と同時に，廃止論者としての考えをはっきりと表明した。

『アメリカン・レビュー』には，都市化のもとで解体が進む歴史的建造物を惜しむエッセー「取り壊しと建て直し」（"Tear Down and Build Over Again"）が掲載された。『アメリカン・レビュー』はホイッグ党の機関誌であったため，『アドヴァタイザー』（*Brooklyn Advertiser*）から「政治的背徳者」の烙印を押されたが（Rubin 122），ホイットマンは，1850年代まで『アメリカン・レビュー』を読み続け，超越主義や東洋哲学に関する評論に親しんだ（Rubin 123）。

2. 社会派ジャーナリストが見た都市化の弊害

以上の活躍からも分かるように，ホイットマンは，敏感に時代に反応しながら，ニューヨークが抱える問題を幅広く取り上げた。当時のニューヨークは，急速に進行する都市化のもとで大きな変化を遂げていた。人口の増加を例にとると，1820年の時点で12万4千人ほどであった人口は，50年には51万5千人へと膨れあがり，60年までに100万人を突破する勢いであった（Reynolds 107）。先に紹介した「取り壊しと建て直し」は，ニューヨークのこうした急激な変化を背景に書かれた象徴的なエッセーであった。

変化したのは都市の人口や景観だけではなかった。殺人，暴力，強盗，ギャンブル，売買春など，都会特有の悪徳がはびこり，無知な若者がしばしばその餌食になった。1842年11月24日の『サン』に掲載された「最近の悲劇の教訓」（"The Moral of the Recent Tragedy"）というエッセーによれば，ホイットマンの目に映ったニューヨークは以下の通りであった。

3. ホイットマンの見たニューヨーク

孤独というものが荒野の孤独よりも受け入れがたく —— 罪が街角の至る所に待ち伏せ —— 若者が歩く小道には誘惑の魔手が「秋の落ち葉さながらにたくさん」散乱し —— 風という風が，人の心を惹きつけて離さない悪徳の魔力をいっぱい含んで吹きつけ，人間の激情の炎をあおる。

(J 162)

　こうした都会の魔力から若者を保護するため，ホイットマンは，1842 年 12 月 1 日の『サン』に「都会で暮らす田舎の若者への危険」("Dangers to Country Youth in the City") というエッセーを書いた。彼は，自作の禁酒小説『大酒飲みフランクリン・エ

ギャンブルサロン（©ニューヨーク公立図書館蔵）

第 2 章　ニューヨーク時代

ヴァンズ』を引き合いに出して，金儲け目当てに都会に出てくる田舎の若者を以下のように戒めた。

> ニューヨークには，分別のない若者の無節制から絶大な支持を得ている場所がいくつもある。——これらの若者の大部分は新たに都会に出てきた者たちだ。音楽とアルコールに心惹きつけられる者もいれば，憎悪すべきあらゆる種類のギャンブルに魅了される者もいる。大勢の人々が押し寄せ，人生を台無しにするあらゆる種類の邪悪なものがここでは見つかるであろう。経験と分別のない若者は，いとも簡単に，取り返しのつかないほど，これら渦巻く罪の餌食になってしまうことがしばしばあるのだ。
>
> (*J* 165)

　急速な都市化がもたらした弊害は他にもあった。それは自然で純真な性質を持った子供たちが姿を消した点であった。ホイットマンは，1843 年 3 月 1 日の『プレビーアン』に投稿した「少年少女」("Boys and Girls") と題するエッセーでこの問題を取り上げた。彼は以下のように書いた。「彼らはどこにいるのだ。大空を陽気な笑い声で響かせていた少年少女，幸せな少年や少女の，自由でのびのびした楽しみごとや快活で無邪気な娯楽はどうなってしまったのだ」(*J* 175)。都会では，「美しい髪をした，バラ色の頬の，健康で，健全な少年」，「森の妖精のようなしなやかで優美な足取りをした，歌っている小鳥のさえずりよりも甘美な笑い声をあげる，暖かく光り輝く太陽のような少女の顔」を認めることはできなかった (*J* 175)。ホイットマンの

3. ホイットマンの見たニューヨーク

見た都会の子供たちは,すべて「大人のミニチュア」であった (*J* 176)。彼は,「何たることだ! もはや少年も少女もいない。誕生,幼児,男,女,そして死があるだけだ」と書いて (*J* 175),都会の子供たちの変容ぶりを嘆いた。

ホイットマンの理解では,以上の若者や子供を都会の悪徳から守り,彼らに行動規範を示すのは新聞の仕事であった。彼は青少年の教育に熱心なモラリストであった。「われわれは,度重なる熱心な記事をこれら教育の問題に,わが国の学校の支援と激励に費やしている。われわれはそうするのが義務だと思っている」との信念を抱いて (*J* 166),「宗教と同様に,真実を注視することなく,うわべだけの形式や外面的な枝葉末節を見るのが長い間の習慣になっている」学校に対して厳しい注文をつけた (*J* 160)。

1842年10月28日の『サン』に投稿した「学校,そして若者の訓練」("Schools, and Training of the Young") というエッセーによると,ホイットマンが学校に期待したのは知識の習得ではなかった。彼は,知識偏重主義や丸暗記教育を排して,「適正なバランスをとってすべての能力を開花,発展させる」ことを訴えた (*J* 159)。また「生徒が自己信頼を教えられるのは,教育において重要なことだと考える。(…) 教育のこの部分は,一定量の学校の知識を習得することよりもはるかに注目に値する」と書いて (*J* 159. 傍点は原文イタリック),自立した人間の育成を要求した。さらに1843年3月22日の『サン』に投稿した「勉学」("Our Study") と題する長いエッセーでは,子供たちが「学問の小さな怪物」になるのを危惧して (*J* 168),以下のように音楽と体育を学校教育に導入するよう提言した。

第2章　ニューヨーク時代

われわれは子供たちの小さな頭を一杯にしすぎている。（…）肺は声楽を練習することにより強くなる。そして声にも力と柔軟性が生まれる。行進や展開は，正しく注意を払って行えば，手足に優美さと力を与える。人体の持久力がすばらしいものでなければ，諺にもあるような，十分な教育を受けた，完璧な肉体を持つ本当に健康な若い男女は生まれないであろう。

(*J* 167-68)

　この時期のホイットマンが取り組んだもう1つの大きな社会問題は死刑の廃止であった。彼は死刑の廃止を唱えて3編のエッセーを書いた。1つは，1842年11月2日の『サン』に投稿した「死刑と社会の責任」("Capital Punishment and Social Responsibility") であった。他の2つは，11月22日，同じく『サン』に投稿した「死刑に関するさらなる提言」("A Few Words More on Capital Punishment") と1845年11月の『デモクラティック・レビュー』に発表した「対話」であった。

　「死刑と社会の責任」では，「邪悪で，弾圧的で，非人間的で，残酷で，専制的な法律」という言葉で死刑制度を語り (*J* 160)，とりわけ牧師を槍玉に上げて，その道義的責任を以下のように追及した。「人間の魂に対して合法的な殺人が行われているのに，なぜ牧師は無用な装飾品や無関心な傍観者のように見えるのであろうか？」(*J* 160)。「死刑に関するさらなる提言」では，死刑を廃止した他の国々の成果や聖書を引き合いに出して，死刑に反対する理由を次のように説明した。「死刑が間違った政策

3. ホイットマンの見たニューヨーク

であるのは，その廃止によって他の国々で生み出されたすばらしい効果により久しく証明されてきたことだ。敬虔で賢明な人々は，わ・れ・わ・れ・がこのような刑罰を採用する根拠が聖書には存在しないことをずっと証明してきた」(*J* 161. 傍点は原文イタリック)。

以上の死刑廃止論は，「対話」と題する長いエッセーで頂点を迎えた。ホイットマンは，衝動的に隣人を撲殺した男と威圧的な態度で死刑制度の維持を唱える社会を登場させ，両者の議論を通して死刑の残虐性を主張する彼自身の立場をさらにはっきりと表明した。興味深いことに，ホイットマンは，ここでも政治家や法律家ではなく，「キリスト教の寛容や愛」の代わりに「報復と暴力」を支持する教会に非難の言葉を浴びせた (*J* 209)。彼は以下のように書いた。

> 私は，教会を通り過ぎるとき，その壁が時々「神の名において絞め殺せ！」と反響しているのではないか，と思わずにはいられない。牧師の手を握りしめると，なんだか首を絞められているような気がするのだ。
>
> (*J* 209)

教会に対する怒りと不信は実に根深いものであった。ホイットマンは，上の引用の少し前でも，ジョン・カルヴァン，ヘンリー8世，エドワード6世，メアリー1世の名前を挙げ，彼らの時代を以下の言葉で振り返った。「私は，もっとも野蛮な残虐行為や殉教が，神と神の聖なる言葉の名において行われたのを知った —— 私は哀れみで体が震え，気分が悪くなった」(*J* 209)。教会不信の背景に広がっているのはこの歴史認識であっ

た。ホイットマンは,「キリスト教の寛容や愛」の精神を旨とする教会が, 神の名において「もっとも野蛮な残虐行為」に手を染めてきた歴史的事実を根拠に, 教会への不信と怒りをあらわにしたのである。

3. アメリカ精神の衰退

　以上の問題に加えて, ニューヨークではさらに憂慮すべき事態が発生していた。商業主義のもとで建国精神の空洞化が進展し, アメリカ人の気質までもが大きな変化を遂げていたのである。ホイットマンは, 1842年8月11日の『タトラー』に「われわれに関するボズの意見」を書いて, この問題を取り上げた。ホイットマンのねらいは, 以下の言葉が示すように, ディケンズの率直なアメリカ批判を借用して, アメリカ人の愚行を正すことであった。

　　アメリカ人は一時的な感情に左右されすぎるところがある——外国の名士を大切にし, 機嫌をとる傾向が大いにある——要するに, あまりにも馬鹿げたまねをしすぎる傾向がある, これは否定できないことだ。ディケンズが教えている類の教訓は, すぐにこれらの愚行を取り除いてくれるであろう。

(J 148)

　ディケンズは歯に衣着せぬ言葉でアメリカを批判した。彼は, 拝金主義, 利益優先主義, うわべだけの平等主義, 模倣癖, 悪趣味, 人物崇拝など, 彼の目に映ったアメリカ人の特徴を次々

3. ホイットマンの見たニューヨーク

と列挙し，商業主義と文化的劣等感に取り憑かれたアメリカの姿を浮き彫りにした。ホイットマンの現実認識もディケンズとほぼ同じであった。ディケンズが以下の言葉で建国精神の衰退を指摘するとき，ホイットマンに反論の余地はなかった。

チャールズ・ディケンズ
（米国議会図書館蔵）

　独立という結果に終わった母国に対する反逆が続いている間，勇敢な男たちによって行われた偉業を，これまでと同様に私は高く評価しているので，現在の住民の中にあの精神の高貴さの名残が見られるものと思っていた。私は何も見つけることができなかった。

(J 149. 傍点は原文イタリック)

　時代は，明らかにディケンズの期待とは逆の方向に進んでいた。新旧の交代が著しい大都会ニューヨークでは，「あの精神の高貴さ」は，「外観がすべてである」とする新たな価値観の出現によって (J 213. 傍点は原文イタリック)，人々の心から忘れ去られる運命にあった。ホイットマンは，建国当初のアメリカにまつわるエピソードを記事に織り込んで，市民に警鐘を鳴らし続けた。

　例えば，1845年11月，『アメリカン・レビュー』に発表した「取り壊しと建て直し」では，「今日われわれが享受しているあ

— 109 —

第 2 章　ニューヨーク時代

の自由のために勇敢に戦った兵士」の墓を取り上げた（J 212）。ホイットマンは，建国以来，兵士の墓を見守り続けている1本のニレの古木に彼自身の気持ちを託して，古い教会の「取り壊しと建て直し」を要求する市民を以下のようにたしなめた。

> 長い間，見張り役を務めてきた神聖な墓が，こぎれいで新しい教会のために，「先祖の墓地を忘れてしまう」世代のために，多量の煉瓦と石灰によって汚されるのを見たら，その荒々しい枝は，恐怖のあまり，こぶのある，風雪に耐えてきた幹から引き裂かれてしまうであろう。
>
> (J 212-13)

1842年11月25日の『サン』には「11月25日」("Twenty-Fifth November") と題する記事を書いて，イギリス軍がアメリカから引き揚げた1783年11月25日の撤退記念日を取り上げた。彼は，「ほんの数年前にこの町で独立記念日よりもはるかに大きな熱狂ぶりで祝福した日」が不当に扱われている点を憂慮して（J 163），次のように苦言を呈した。

> われわれは，苦労の種であったこの町が，初めて外国勢力から解放され，イギリスの干渉から自由になった記念日をこんなにも見過ごしてしまう市政を恥ずかしく思う。われわれは，このようなひどい，非愛国的な，大いに非難すべき軽視の繰り返しが，2度とわれわれの時代や世代に目撃されることがないよう期待している，心の底から期待している。
>
> (J 164)

3. ホイットマンの見たニューヨーク

　ホイットマンの理解では，こうした事態を招いた原因の1つはニューヨークの成長と繁栄であった。彼は，利益の追求に奔走する時代の低落ぶりを以下のようにいぶかった。

　　なぜだろうか？　重大な1783年11月25日と結びついた思
　い出は，われわれの町と国のどちらにとっても，本来の意
　義を失ってしまったのだろうか？　あるいは，外国勢力の
　束縛から永遠に解放された当時の小さな町が，偉大さと富
　に向かって前進することによって，市民の愛国心が鈍くな
　り，気が抜けてしまったためなのだろうか？　それとも，
　当時，植民地の主要な町であったにすぎないニューヨーク

1783年11月25日，イギリス軍の撤退後，ニューヨークで歓迎を受けるワシントン
（米国議会図書館蔵）

が，北半球の大都会に，新世界の商業中心地に成長したため，われわれが「まるまる太って，くたばってしまった」からなのだろうか？

(*J* 163-64. 傍点は原文イタリック)

　以上がホイットマンの時代認識であった。ニューヨークは，「新世界の商業中心地」に成長したものの，ホイットマンの期待を裏切る方向に向かって一人歩きを始めていた。この方向の行き着く先は軽薄な時代でしかなかった。建国の精神は，「取り壊しと建て直し」のもとで過去の遺物と化し，アメリカの伝統は人々の心から急速に忘れ去られようとしていた。1840年代前半のホイットマンはここに自らの中心課題を見つめていた。彼は，建国精神の空洞化をくい止め，アメリカの伝統を人々の心に焼き付けることに精力を注いだ。1845年8月，ブルックリ

1846年のウォール街 (©ニューヨーク公立図書館蔵)

3. ホイットマンの見たニューヨーク

ンに移り住んだホイットマンが,『イブニング・スター』で熱心に取り組んだのもこの課題に他ならなかった。

しかし,ホイットマンは,アメリカ精神の形骸化を憂い,軽薄な時代を批判していただけではなかった。ニューヨークではアメリカ固有の大衆文化が台頭していた。特にホイットマンが注目したのはアメリカ生まれの歌い手であった。彼は,アメリカ独自の歌唱グループを歓迎し,彼らの歌声を称えることによってアメリカ精神の高揚に努めた。

1843年12月4日の『プレビーアン』には「ハッチンソン一家」("The Hutchinson Family")を書いた。彼は,「アメリカの思想の勝利を歌う魅惑的な歌声に耳を傾けていると,彼らはすばらしい仕事をしていると感じる」と書いて(J 176),ハッチンソン一家に賛辞を贈った。1845年11月29日の『ブロードウェイ・ジャーナル』には「技の歌と心の歌」を発表した。旧世界に属するさまざまな種類の音楽を列挙した後,彼は,「このようなものを聞いたり受け入れたりするのが終わりとなる時代が到来した」と断言した(J 202)。

旧世界の音楽に代わってホイットマンの心をとらえたのは,チェニー一家の歌声であった。彼は,「ついにわれわれは,アメリカ音楽の興行様式に独創的で美しいものを見つけ,聞き,そして見物したのだ」と興奮気味に叫んだ(J 202)。ホイットマンを魅了した「独創的で美しいもの」とは,簡潔に言えば,「優雅な素朴さ」であった(J 202)。これこそが,「共和国の若い趣味を汚してしまう,派手な振る舞い,ばかげた涙もろさ,反共和国の精神,へつらいの影響力」に取って代わるべき真のアメリカの表現法であった(J 202)。ホイットマンは,こうし

第2章 ニューヨーク時代

たチェニー一家の歌声を「心の歌」と呼んで，彼らを以下のように紹介した。

　　チェニーの若者たちは，日曜日に片田舎のほとんどのアメリカの教会でも見かけるような，日焼けした顔と頑丈な

ハッチンソン一家（米国議会図書館蔵）

3. ホイットマンの見たニューヨーク

肩をした連中だ。娘の身のこなし方には不思議なほど素朴で未熟なところさえある。あるいは，ひょっとすると，彼女は，微笑みによる通常の人気取り，投げキス，ダンス学校で習うお辞儀を軽蔑しているのかもしれない。われわれの好みからすれば，こういったやり方には何か新鮮なところがある。（…）これらヤンキーの若者たちには彼らの様式をずっといつまでも持ち続けてほしいものだ。彼らの姿を，彼らのありのままの姿を眺めていると，日の出時の田舎の健康と新鮮な空気を —— 日の出時に湿った大気の中に立ち上る，もっとも発明の才に富む化学者が作り出すどんな芳香よりも心地よく鼻孔をくすぐる，さわやかな土のにおいを思い出す。

(J 202-03)

　一読して明らかなように，「日焼けした顔と頑丈な肩」を持つチェニーの若者たちは，かつてのアメリカ人の典型であった。「田舎の健康と新鮮な空気」に加えて，「心地よく鼻孔をくすぐる，さわやかな土のにおい」を喚起する自然で飾らない姿は，彼らが旧世界とは区別されるべきアメリカ固有の美徳を宿していることの証拠であった。ニューヨークの人々の変容ぶりを憂い，アメリカ精神の回復を唱えたホイットマンの目から見れば，この点がチェニー一家の最大の魅力であった。彼らは，商業都市ニューヨークが繁栄と引き替えに失ったアメリカ人の伝統的な気質を見事に体現していたのである。

　『オーロラ』の編集に始まるニューヨーク時代のホイットマンは，大都会ニューヨークの魅力を語ることから始めながらも，

第2章　ニューヨーク時代

最終的には急速に進展する都市化がもたらした社会問題に目を向けた。彼が目の当たりにしたのは，建国の理想やジェファソニアン・デモクラシーの伝統までもが都市化の波に飲み込まれ，急速に衰退していく軽薄な時代の到来であった。こうした時代を是正するため，彼はアメリカ精神の回復を執拗に訴え続けた。にもかかわらず，商業主義が圧倒的な優勢を誇る時代の中で，彼の主張は，現実の場に根を下ろすどころか，孤立化の道を歩まなければならなかった。1840年代後半のブルックリン時代を迎えても，この傾向に歯止めがかかることはなかった。

引用文献

LeMaster, J. R., and Donald D. Kummings, eds.　*Walt Whitman: An Encyclopedia.*　New York: Garland, 1998.

Reynolds, David S.　*Walt Whitman's America: A Cultural Biography.*　New York: Knopf, 1995.

Rubin, Joseph Jay.　*The Historic Whitman.*　University Park: Pennsylvania State UP, 1973.

Whitman, Walt.　*Notebooks and Unpublished Prose Manuscripts.*　Ed. Edward F. Grier. Vol. 1. New York: New York UP, 1984. 6 vols.

―――. *The Early Poems and the Fiction*. Ed. Thomas L. Brasher. New York: New York UP, 1963.

―――. *The Journalism, 1834-1846*. Ed. Herbert Bergman, et al. Vol. 1. New York: Peter Lang, 1998.

第3章

ブルックリン時代

1840年代のホイットマン
(ウォルト・ホイットマン・アーカイブ)

1. ホイットマンの見たブルックリン
──『イブニング・スター』の記事を中心に ──

　1845年の夏，ウォルト・ホイットマン (Walt Whitman) はニューヨークからブルックリンに移り住んだ。ブルックリンのホイットマンが特に強い関心を示したのは，「実用本位の時代」のもとで変質するアメリカ社会であった (*The Journalism* 1: 213. 以下 *J* と略す)。建国以来のアメリカ精神は形骸化の一途を辿り，人々は外面的で華やかな流行を追い求め，勤勉と倹約の伝統は失われる一方であった。こうした社会を改善するため，彼は，とりわけ若者に的を絞って，アメリカ人固有の気質や価値観を訴え続けた。

　本論では，ブルックリンに移り住んだ直後のホイットマンが半年ほど関係した『イブニング・スター』(*Brooklyn Evening Star*) と呼ばれる日刊新聞を中心に，彼がアメリカ精神回復のためにどのような活動を展開したのか，その一端を明らかにすることにしたい。

1. 『イブニング・スター』との出会い

　1845年8月，ホイットマンは，4年間過ごしたニューヨークを離れ，ブルックリンに戻った (Reynolds 113)。彼は引き続きジャーナリズム活動に邁進し，同年9月から翌年3月まで『イブニング・スター』という日刊紙に雇われ，50編以上の記事やエッセーを書いた。

第3章　ブルックリン時代

　『イブニング・スター』はホイットマンにとって思い出深い新聞であった。その前身は，1832年，実社会に出て間もない13歳のホイットマンを印刷見習工として雇った週刊新聞『ロングアイランド・スター』（*The Long-Island Star*）であった。発行人兼編集者オールデン・スプーナー（Alden Spooner）のもとで積み重ねた少年時代の経験は，「そこでじかに教養を身につけた。借り物からではない教養を」という言葉で当時を振り返っていることからも分かるように（Loving 36），十分な教育の機会に恵まれなかったホイットマンにとって学校教育以上に貴重なものであった。

　ブルックリンに戻ったホイットマンを雇ったのは，オールデンの息子エドウィン・スプーナー（Edwin Spooner）であった。彼は，ホイットマンの政治姿勢に難色を示したものの，その反面，ジャーナリストとしてのホイットマンの才能を高く評価した（LeMaster and Kummings 407）。スプーナー親子は市民運動の熱心な指導者でもあった。2人は，「次の世代に思いやりを持て。そうすれば，彼らは感謝するであろう」との信念を抱いて（Rubin 126），病院，歩道，公園の建設を議会に要求した。また安全な飲料水の確保，用水路の清掃や拡張工事など，幅広く市民運動を展開した（Rubin 126）。

　ホイットマンが書いたものを概観すると，その多くは，『イブニング・スター』の方針を反映して，市民生活の改善をねらいとするものであった。彼は，禁酒，倹約，植樹，防災などを市民に呼びかける一方，医療技術，演劇，コンサート，新刊書など，幅広く最新の情報を提供した。市民生活の改善と並んで，彼が頻繁に取り上げたのは青少年問題であった。若者への助言

を内容とする6編のエッセーでは,都会慣れしたブルックリンの若者に勤勉と倹約を熱心に説いた。また学校教育を扱った10編以上のエッセーでは,既存の施設や制度よりも教育の内容に目を向けて,音楽教育の推進,女性教師の採用,むち打ちの禁止を強く訴えた。

本題に入る前に,まずは1840年代半ばに書かれたエッセーを取り上げ,この時期のジャーナリスト・ホイットマンの中心課題を明らかにしておくことにしたい。

2. 建国精神の空洞化

1840年代半ばのブルックリンは,45年の時点で4万人にすぎなかった人口が5年後に10万人になり,55年にはほぼ25万人へと膨張したことからも分かるように,飛躍的な成長期に差しかかっていた (Reynolds 113-14)。人口の増加は未曾有の建設ラッシュをもたらした。ロングアイランドで農業を営んでいた父親のウォルター・ホイットマン (Walter Whitman) が,ホイットマンとほぼ同じ時期に家族を連れてブルックリンに移り住み,大工仕事を再開したのもこのためであった。

建設ラッシュに沸くブルックリンでは,古い建物は取り壊される運命にあった。1845年11月,ホイットマンは,ホイッグ党機関誌『アメリカン・レビュー』(*The American Review: A Whig Journal of Politics, Literature, Art and Science*) に「取り壊しと建て直し」("Tear Down and Build Over Again") と題するエッセーを発表した。彼は以下のように書いた。

　さようなら,古い家々よ!(…)確かに,お前たちには,

今日の建物のように，粋であか抜けた雰囲気や真鍮とワニス塗りの外観は見られないけれども，私はそのためにかえってお前たちが好きだ。

(*J* 1: 212)

ホイットマンにとって建物の本質は「外観」ではなかった。「精神的，道徳的な性質」こそがすべてであった (*J* 1: 213)。彼は，「もっとも裕福な資本家が所有するこの上なく立派な大邸宅」よりもむしろ，「不滅の天才が遠い昔を過ごした人目につかない通りの場所」に共感を寄せて，アメリカ人が回帰すべき心の拠り所を切々と訴えた (*J* 1: 213)。

「取り壊しと建て直し」のもとで解体が進んだのは市民の住宅だけではなかった。歴史的価値の高い建造物までもがその餌食になろうとしていた。独立革命の戦士が眠る聖パウロ教会の建て替えを市民が要求したとき，ホイットマンは断じてこれを許さなかった。彼は，周囲からの影響もあって少年時代から一貫して建国精神の熱心な礼賛者であった。

幼少のホイットマンは，祖母ハナ・ブラッシュ・ホイットマン（Hannah Brush Whitman）から独立革命のエピソードを聞かされて育った（*Notebooks* 19）。1831年に印刷見習工として雇われた民主党機関紙『パトリオット』（*The Long Island Patriot*）の印刷所では，ジョージ・ワシントン（George Washington）やトマス・ジェファスン（Thomas Jefferson）など，建国当初の偉大な人物の名前を「少年らしい情熱的な魂と熱心な耳」で聞くのが無類の楽しみであった（Christman 47）。

1840年代に入ると，ホイットマンの愛国心は1編の短編となっ

1. ホイットマンの見たブルックリン

て具体化した。彼は，1842年3月，雑誌『デモクラティック・レビュー』(*The United States Magazine, and Democratic Review*) に独立革命の残存者を題材にした「聖なる軍隊の最後の1人」("The Last of the Sacred Army") を発表し，登場人物の1人である学者に自らの信念を以下のように代弁させた。

聖パウロ教会（米国議会図書館蔵）

> 若者よ，われわれは，説教や何度も繰り返される教義によって，偉大な性格や善良な性格を形成すると思ってはならない。歴史の指針として生きる，純粋で誠実な性格を持つ模範的な人物こそ，幾千もの理論家の見苦しい文章からなる大著よりもためになるのだ。
>
> (*The Early Poems and the Fiction* 99)

以上の点を念頭に置けば，ホイットマンが古い教会の「取り壊しと建て直し」に異議を唱えたのはごく当然のことであった。彼は，教会を訪れた際の個人的な体験を織り交ぜながら，以下のようにその保存を訴えた。

— 123 —

第3章　ブルックリン時代

　私たちは，教会のかたわらの座席の1つに座りながら，近くにいた数名の老人を，独立革命の残存者を，古い時代の生き証人を見まわした。背筋を伸ばし，毅然として，年齢に屈することもなく，ある老人は，その目にバンカーヒルの戦火に気落ちした様子を映し出していなかったし，ロングアイランドの不幸な戦いの後にひるんでしまった気配もなかった。その上，視力の落ちた灰色の目は，その栄光がほとんどこの世のものとは思えない，人々の模範となるあの人物をじっと見つめていた。1時間後に，私は彼がこんなふうに言うのが聞こえた。「イギリス軍がこの町から撤退した後，謝辞を述べるため私はここであの方とご一緒しました。」ワシントンとここでご一緒したとは！　彼が降り立ったこの場所が，神聖なものとしてあがめられますように！　愛国者の胸の内から捧げられたもっとも清らかな

バンカーヒルの戦い（米国議会図書館蔵）

1. ホイットマンの見たブルックリン

　祈りが天国に舞い上がるこの礼拝堂が，聖なるものとして大いにあがめられますように！

(*J* 1: 213. 傍点は原文イタリック)

　この時期のホイットマンが歴史的建造物の保存を訴えたのはこれだけではなかった。彼は，1846年8月27日，民主党機関紙『イーグル』(*The Brooklyn Daily Eagle, and Kings County Democrat*) に「思い出」("A Reminiscence") と題するエッセーを書いて，再びこの話題を取り上げた。彼は以下のように読者に訴えかけた。

　われわれは，アメリカにとって，そして人類の自由にとって，悲しくはあるがもっとも名誉あるあの日のための目に見える記念物として，少なくとも1カ所ぐらい保存してもよいのではなかろうか？

(*J* 2: 35. 傍点は原文イタリック)

　ホイットマンの言う「悲しくはあるがもっとも名誉あるあの日」とは，1776年8月27日，イギリス軍司令官ウィリアム・ハウ (William Howe) の率いる軍勢により苦戦を強いられた「ロングアイランドの戦い」の日であった。曾祖父の息子の1人が戦死し (*Leaves of Grass* 295)，敬愛するワシントンが敗退を余儀なくされたこの戦いは，後に「眠れる人々」("The Sleepers") や「百歳の古老の話」("The Centenarian's Story") と呼ばれる詩の中でその様子が再現されるように，ホイットマンの理解ではアメリカ人が永遠に記憶すべき重大な出来事であった。彼は，

— 125 —

第3章　ブルックリン時代

ウィリアム・ハウ
（米国議会図書館蔵）

ロングアイランドの戦い
（©ニューヨーク公立図書館蔵）

1. ホイットマンの見たブルックリン

「今日はロングアイランドの戦い記念日 ── われわれにとって,先祖が国の独立のために行った長い戦いの間に起きたもっとも痛ましい合戦の日だ」と訴えながら (J 2: 34),窮地に立つワシントンを以下のように描写した。

> 70年前の今日,ワシントンは,わがロングアイランドの岸辺に立ち,両手を固く握りしめ,一方,頬にはこの上なく激しい悲痛の涙が流れ ── 後にも先にも,他のどんな場合にも,1度も漏らしたことがないと言われる激しく動揺した溜息をついた。
>
> (J 2: 34)

ワシントンに寄せる惜しみない共感は,愛国心の単なる表明ではなかった。それは,「ロングアイランドの戦い」に代表される建国精神の原点が,「取り壊しと建て直し」のもとで人々の心から忘れ去られ,形骸化していくことに対する危機感と表裏一体のものであった。1840年代半ばのホイットマンはここに自らの課題を厳しく見つめていた。彼は,建国精神の空洞化をくい止め,アメリカの伝統を人々の心に焼きつけることに精力を注いだ。『イブニング・スター』のホイットマンが熱心に取り組んだのも,この課題に他ならなかった。

3. 若者への助言

　『イブニング・スター』のホイットマンは,1840年代前半のニューヨーク時代と同様に,市民の生活を鋭く観察した。生活は大きな変化を遂げていた。人々の関心は,精神から物質,内

面から外面,倹約から消費,素朴から華美へと移り変わり,新しい価値観が誕生していた。彼は,1845年10月11日,「贅沢すぎる生活」("Living Too High")と題するエッセーを書いて,いたずらに流行や贅沢を張り合う人々を戒めた。ホイットマンのねらいは,彼らの愚行を正し,アメリカ人固有の美徳を説くことであった。

「贅沢すぎる生活」によれば,市民の多くは,必要以上に華やかさを追い求める生活の虜(とりこ)になっていた。若い男女は派手な服装を競い合い,庶民でさえ,居間にソファ,ピアノ,飾り棚を並べるありさまであった。ホイットマンは,「倹約を踏みにじってはならない,基本的に金持ちでないのなら,金持ちにだけ許されるような生活をしてはならない」と書いて,分別ある生活を訴えた (J 1: 224)。ホイットマンが模範としたのは先祖

1841年のニューヨークファッション(米国議会図書館蔵)

— 128 —

1. ホイットマンの見たブルックリン

の生活であった。彼は、「着ている人の社会的地位にふさわしくない格別の服装で着飾るのは、どんな場合であっても、低俗な趣味の印である」と述べて (J 1: 224)、その後を次のように結んだ。「われわれの先祖はそうではなかった。われわれは、彼らのたくましい美徳だけでなく、彼らの外見の素朴さも真似るとよいだろう」(J 1: 224)。

　ホイットマンが市民生活以上に大きな関心を示したのは、ブルックリンにおいて「良くも悪くも、やがて常に最高の支配力を行使する階級となる」見習工や若い機械工であった (J 1: 222)。彼らもまた、都市化の洗礼を受け、これまでの労働者階級には見られない新しいタイプの階層へと変化していた。この階層の中でホイットマンが特に注目したのは、ニューヨークやブルックリンの街角に群れ集まり、「低俗な会話やみだらな悪ふざけにふけったり、すべての通行人の面前で安物の葉巻をふかしたりする」若者のグループであった (J 1: 223)。彼は、1845年10月10日、「見習工や若者への助言」("Some Hints to Apprentices and Youth") という記事を書いて、以下のように呼びかけた。

　　この記事を目にしている少年、あるいは若者よ！　君たちは多くの暇な時間を怠惰に過ごしていないだろうか？　葉巻を吸ったり、噛みたばこをかんだり、不敬で下品な言葉をしばしば使ったりする俗悪な習慣をすでに身につけてしまったのではなかろうか？　将来、邪悪と恥辱を生み出すことになる、交友関係や欲望にいたずらに身を落とそうとしているのではないだろうか？　すべての一般人にではなく、とりわけ君たちに向けられたこれらの質問をよく考え

— 129 —

第3章 ブルックリン時代

街角にたむろする怠惰な若者
(©ニューヨーク公立図書館蔵)

てみよ —— そして自分自身の心に忠実に答えよ。

(*J* 1: 223. 傍点は原文イタリック)

　ホイットマンは以上の引用で取り上げた若者たちに向けて助言を書き続けた。1845年10月から翌年1月にかけて，若者への助言を内容とする6編のエッセーを発表し，怠惰，金銭欲，服装，喫煙，言葉遣い，礼節など，主に日常的な事柄を題材にして，彼らの目に余る行動を厳しく戒めた。怠惰を例にとると，彼は以下のように書いた。「怠け癖（この言葉が使うことのできるもっとも当を得た表現なので，このように呼ぶことにする）は，道徳的，精神的，肉体的に若者の活力にとって有害である」(*J* 1: 223)，「繁栄したければ，勤勉が大切だ。——『怠けるな！』

1. ホイットマンの見たブルックリン

を11番目の戒めにせよ。実際に仕事をする機会がないとしても，毎日決まった時間だけ働き続けよ。本当に，いかなる場合でも，怠惰は決して勧められるものではない」(J 1: 227)。言うまでもなく，「怠惰」に代わって「勤勉」を説くこれらの助言は，伝統的な価値観に根ざしたアメリカの回復を願うホイットマンの強い気持ちから発せられたものであった。

　ホイットマンの手厳しい批判は，金銭欲に取り憑かれたり，高価で派手な服装を張り合ったりする若者にも向けられた。彼は，物欲に執着する若者に対して，「世間では金が強い力を持っている。しかし肉体が魂に劣るように，それは精神的，道徳的な性質のものよりもはるかに劣っている」と諭した (J 1: 227)。服装に関する考え方も基本的にこれと同じであった。彼は，「華やかな服装の誘惑に耳を貸したり，目を向けたりしてはならない。優美な装いは貧しい若者には関係のないことだ」と書いて，「こぎれいさ，清潔，それに用心深い趣味が，衣装ダンスを支配すべきである」と結んだ (J 1: 227. 傍点は原文イタリック)。

　ブルックリンの都市化がもたらしたものは，物質が圧倒的な優位を占める社会の出現であった。人々は猛威を振るう物質の餌食となり，質素や勤勉を旨とするアメリカの伝統的な価値観は後退するばかりであった。ホイットマンの見る限り，こうした風潮に歯止めがかかることはなかった。「結局，われわれが優美とか『上品』とか呼ぶほとんどすべてのものは心から生まれる」(J 1: 242)，「内なる心から外側に向けて働きかけよ」(J 1: 243) と訴えるホイットマンとは対照的に，ほとんどの新聞は，市民の教育に紙面を割くというよりは，口汚い言葉で他紙の欠

点を攻撃することに終始していた。「双方の党からなるニューヨークの政治新聞は，その半分以上が，(…) すべての人々の共通の敵に向かって反対するのではなく，悪意や中傷の気持ちから相手の欠陥，愚行，短所について集めることのできるものを全部寄せ集め，暴露すること」に専念していた (J 1: 251)。「中層階級や下層階級に属する若者の向上を目的とする」本やエッセーでさえ，若者の「内面的，精神的な育成に重点を置いていない」のが実情であった (J 1: 242)。

4. 学校教育への提言

こうした実情を反映してであろうか，ホイットマンは学校教育に対してこれまで以上に大きな関心と期待を寄せた。彼は，「ブルックリンは対岸の大都会にさえ引けをとることはない。大きな窓としゃれた外観をそなえた，たくさんの立派な3階建ての校舎を見る部外者は，公教育の発展についてもっとも好ましい印象を受ける」と書いて (J 1: 217)，ブルックリンの公立学校の施設を誇らしげに自慢することもあったが，全体として眺めれば，当時の学校が抱えていた問題に目を向けて，さまざまな角度から改革を提案した。

例えば，1845年9月15日の「ブルックリンの学校と教師」("Brooklyn Schools and Teachers") では，以下のように教師の資質を問題にした。

> しかし，問題を正しく見つめると，校舎はこの大いなる仕事において二次的な問題にすぎない。確かに，校舎に関する限り立派ではあるが，(…) 教師と，心を発達させる実

1. ホイットマンの見たブルックリン

際の過程こそが肝要だ。教師を任命する計画は嘆かわしいほどずさんである。そのため，その職務にまったくふさわしくない人物が頻繁に選ばれている。

(*J* 1: 217)

3階建ての校舎
(©ニューヨーク公立図書館蔵)

以上のホイットマンによれば，学校の外観は「二次的な問題」であった。大切なのは教師の資質と教育の内容であった。「十分な本の知識はあっても，それを伝える技量のない人物」，「形式と規則だけの人物」，「暗唱の儀式やそのような類のこと」だけに終始する人物，これらの人物は教育者として論外であった (*J* 1: 217)。ホイットマンの理解では，教育の本質は生徒の内面に向かって働きかけることであった。「生徒の心を清らかで，新鮮で，強固なものにし，ほどよく刺激を与えてやること」，これが彼の考える教師の真の仕事であった (*J* 1: 217. 傍点は原文イタリック)。

1840年代半ばのロングアイランドやブルックリンでは，常勤の教師の数はきわめて少なかった。その大半は，「大学が休暇中の若者，貧しい学生，冬に数カ月の休閑期があり，わずかな金儲けを願うかなり知的な農夫など」，短期契約の臨時教師

第3章　ブルックリン時代

であった (J 1: 221)。教育の質的向上を訴えるホイットマンにとって、この点は不満であったが、このこと以上に大きな問題は、むち打ちの体罰を科す教師の存在であった。彼は、むち打ちの禁止を内容とする5編のエッセーを発表して、この種の教師を徹底的に糾弾した。

1845年10月22日の「学校でのむち打ち」("The Whip in Schools") では、「おそらく猟犬係か野獣の調教師にふさわしいのであって、永遠不滅な人間の魂をつくる神聖な職務には適していない」と書いて (J 1: 226)、むちを振るう教師を激しく非難した。「人間本性をむち打ちによって教え込むものと見なすのが好きで —— すべての失敗に対してそれ相応の処罰を見舞い —— ついには傷を負わせることに喜びを感じる」ような教師に「生徒の心」を預けることは断じてできなかった (J 1: 229)。この時期のホイットマンが女性教師の採用を提案したのも、1つには「野獣の調教師」から子供を守るためであった。彼は、「性格の優しさ、子供の感情に対する生まれつきの共感、子供の従順さと善意を引き出す最善の方法を本能的に知っている」ことなどを引き合いに出して、これらの性格ゆえに「女性は常に最良の教師として推薦できる」と結んだ (J 1: 217-18)。

むち打ちの廃止と並んで、ホイットマンが熱心に取り組んだもう1つの課題は音楽教育であった。1846年1月7日の「若者の教育 —— ブルックリンの学校 —— 子供に対する音楽の影響」("Educating the Young —— Brooklyn Schools —— Effect of Music on Children") というエッセーで、彼は、「すべての学校に接ぎ木をし、つけ加えたい2つの特徴」として (J 1: 241)、体罰の全廃と音符による音楽教育を掲げた。ホイットマンの考えでは、こ

1. ホイットマンの見たブルックリン

れら2つのものは,「きちんと調和し,実際,優れた学校の基準において対をなすもの」であった (*J* 1: 241)。具体的な成果が得られないという理由で音楽教育の導入に反対する人々に対しては,以下のように反論した。

> 子供たちに及ぼすもっとも発達しそうな影響力は,すぐさまはっきりとしたかたちをとって現れると思ってはならない。それとは逆に,想像もつかないような,そしてしばしば目には見えない多くのことが,すばらしい力で行動に影響を与え,若者の性格をつくるのだ。
>
> (*J* 1: 241)

ホイットマンが音楽教育に期待したのは,都市化のもとで荒廃した子供の心を救済することであった。彼は,音楽の霊妙な力を信じて,「アメリカの未来の男女を形成することになる若者の間に音楽をあまねく普及させるのは,心と礼儀に磨きをかける上で計り知れないほど役に立つであろう」と書いた (*J* 1: 255)。音楽の「神聖な影響力」に寄せる信頼は絶大であった (*J* 1: 252)。その信頼の大きさゆえに,彼は,「これまでペンで書かれた,あるいは人間の口によって語られた,すべての説教,エッセー,講義,無味乾燥な訓戒にもまして,若者の大きな完璧なまでの道徳的,知的改善を生み出す」という言葉で (*J* 1: 259),音楽の神秘的な浄化力を語るほどであった。

第 3 章　ブルックリン時代

5．音楽による社会の浄化

　ホイットマンが訴えたのは，学校教育の一環としての音楽だけではなかった。彼は，音楽を主題とする 9 編のエッセーを書いて，広く社会全体に向かって音楽の意義を訴えた。社会との関係においてホイットマンが音楽に期待したのも，学校教育の場合と同じく，浄化作用であった。彼は，音楽の「神聖な影響力」を通して「インチキと金ぴかの時代」を浄化し (J 1: 235)，市民の道徳的，知的改善を図ることにエネルギーを費やした。

　1845 年 11 月 14 日の「心の音楽と技の音楽」("Heart-Music and Art-Music") では，チェニー一家と呼ばれる歌唱グループを取り上げた。彼は，チェニー一家の自然で素朴な歌声を称えると同時に，「流行しているというだけの理由で，理解できないものを見に行き，思い焦がれ，拍手喝采する」人々の軽率な振る舞いを戒めた (J 1: 236)。11 月 28 日の「聖パウロ教会のオラトリオ」("The Oratorio of St. Paul") では，聖パウロ教会でオラトリオと呼ばれる宗教音楽を聞いた自らの体験を引き合いに出して，音楽に秘められた浄化作用を次のように説明した。「よい音楽とは，確かに，他のどんな影響力にもそなわっていない方法で魂の微妙な琴線に触れる」(J 1: 236)。ホイットマンの理解するところでは，「われわれが心の奥底に抱いている休止状態の神秘的共感」や「美と完成を求める渇望」に確実に応えてくれる芸術は，音楽を除いて他にはなかった (J 1: 236)。

　音楽の浄化作用を唱える一方，ホイットマンはアメリカ生まれの歌唱グループを歓迎する 3 編のエッセーを書いた。1 つは，1845 年 11 月 5 日の「アメリカの音楽，新しくて本物！」("American Music, New and True!") であり，他の 2 つは，「心の音楽と技の

1. ホイットマンの見たブルックリン

音楽」と46年1月13日の「『本物のアメリカの』歌」("'True American' Singing") であった。アメリカ精神の高揚をねらいとする以上のエッセーは，「インチキと金ぴかの時代」のもとでアメリカ固有の価値観が失われていく事態を何としてでもくい止めようとする使命感の表れであった。

「アメリカの音楽，新しくて本物！」で取り上げたのは，「心の音楽と技の音楽」の場合と同様，チェニー一家であった。彼は，「月曜日の夜，初めて，うれしい驚きでわれわれを圧倒するアメリカの音楽らしきものを聞いた」，「彼らは，確かにわれわれの好みに合致し，そこで見かけた大げさに称賛されているすべての外国の音楽家を，テンプルトンも含めて，凌駕している」と書いた (J 1: 233)。チェニー一家の若者は，「あるがまま

チェニー一家が興行を行ったニブロ劇場の舞台風景
(©ニューヨーク公立図書館蔵)

第 3 章　ブルックリン時代

のすばらしい自然の子供」であり，彼らの技術は「自然を思わせるあの完璧の域にまで磨き抜かれ」ていた（J 1: 236）。とりわけホイットマンを魅了したのは，若い女性メンバーの「気取らない素朴な態度」であった（J 1: 236）。この女性に集約された自然な素朴さこそ，旧世界の音楽とは区別されるべきアメリカ音楽の原点であった。

「『本物のアメリカの』歌」では，ニューヨークで活躍中のハーモネオンと呼ばれる別の歌唱グループを取り上げた。黒人を含む4人の男女からなるハーモネオンは，それぞれが異なったパートを担当し，「4人が1つになると，独特の楽しい効果をつくり出す」グループであった（J 1: 244）。ソプラノは，「われわれがこれまでに人間の喉から聞いたどんなソプラノよりも高く，透明で，甘美な」歌声で歌い，「一般的に『劣っている』と思われている」黒人の歌い手でさえ「光輝く才能」を発揮していた（J 1: 244）。ホイットマンは以下のように彼らを絶賛した。「われわれがアメリカの音楽についてやや気むずかしい考えを持ち——うわべだけのこびへつらう物まねを軽蔑しているのは，読者もご存じの通りである。ハーモネオンはわれわれのもっとも高い基準に十分到達している。音楽都市の名において，われわれは，彼らが近隣地域から立ち去る前に，ブルックリンでコンサートをするよう依頼する」（J 1: 244）。

とは言うものの，当時の劇場の実態はホイットマンの理想とはあまりにもかけ離れていた。彼は，1845年10月27日，「1つの提案——ブルックリンの娯楽」("A Suggestion. — Brooklyn Amusements") を書いて，ニューヨークの劇場に対する不満を以下のように記した。「それ（劇場）は，刷新され，新たな活

1. ホイットマンの見たブルックリン

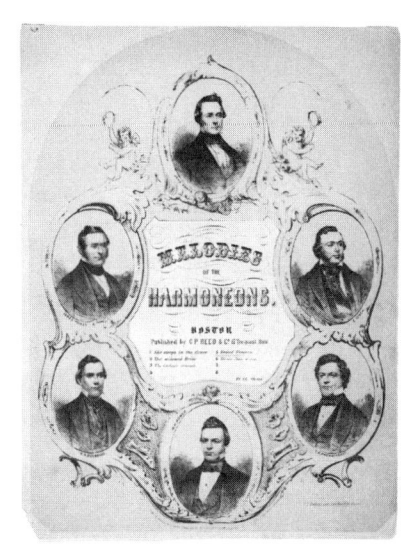

ハーモネオンの興行ポスター
(Ⓒニューヨーク公立図書館蔵)

力が与えられ,『再生され』なければならない。もっと新しいものに,もっと自然なものに,もっと今日的な好みと合致するものにならなければならない,——そしてとりわけ,もっと劇場を建設せよ,と主張する前に,アメリカ的なものにならなければならない」(J 1: 228)。

ホイットマンの見る限り,劇場の多くは,新世界アメリカにふさわしい娯楽を提供するというよりも,旧態依然としてヨーロッパの模倣に甘んじていた。他の劇場よりも高尚な出し物を提供していることを自負するパーク劇場でさえ,「古いもののかなり愚かな模倣者」,「反共和国的な挿話や感情が染み込んだイギリス演劇の運び屋」にすぎなかった (J 1: 228)。こうした

第3章　ブルックリン時代

ニューヨークのバワリー劇場（©ニューヨーク公立図書館蔵）

パーク劇場（©ニューヨーク公立図書館蔵）

1. ホイットマンの見たブルックリン

不満が解消される気配はいっこうになかった。『イブニング・スター』後のホイットマンは，1846年3月から48年1月まで『イーグル』の編集を担当し，民主党政治の代弁者として主に政治の舞台で活躍することになるが，アメリカ固有の芸術を求める内的要求は，この間もホイットマンから消え去ることはなかった。

引用文献

Christman, Henry M. ed. *Walt Whitman's New York*. New York: Macmillan, 1963.

LeMaster, J. R., and Donald D. Kummings, eds. *Walt Whitman: An Encyclopedia*. New York: Garland, 1998.

Loving, Jerome. *Walt Whitman: The Song of Himself*. Berkeley: U of California P, 1999.

Reynolds, David S. *Walt Whitman's America: A Cultural Biography*. New York: Knopf, 1995.

Rubin, Joseph Jay. *The Historic Whitman*. University Park: Pennsylvania State UP, 1973.

Whitman, Walt. *Leaves of Grass: Comprehensive Reader's Edition*. Ed. Harold W. Blodgett and Sculley Bradley. New York: New York UP, 1965.

——. *Notebooks and Unpublished Prose Manuscripts*. Ed. Edward F. Grier. Vol. 1. New York: New York UP, 1984. 6 vols.

——. *The Early Poems and the Fiction*. Ed. Thomas L. Brasher. New York: New York UP, 1963.

——. *The Journalism, 1834-1846*. Ed. Herbert Bergman, et al. Vol. 1. New York: Peter Lang, 1998.

——. *The Journalism, 1846-1848*. Ed. Herbert Bergman, et al. Vol. 2. New York: Peter Lang, 2003.

2.『イーグル』のホイットマン
── 政党政治との関わりと『草の葉』初版の創作ノート ──

　1840年代後半のウォルト・ホイットマン（Walt Whitman）は，民主党機関紙『イーグル』（*The Brooklyn Daily Eagle, and Kings County Democrat*）を拠点とする政治ジャーナリストであった。彼は，変動著しいアメリカ社会の最前線に生きるジャーナリストとして，積極的に国内外の諸問題に関与し，新世界アメリカのあるべき姿を懸命に訴え続けた。にもかかわらず，ほぼ2年間にわたる『イーグル』の編集から彼が学んだのは，建国の理念を大きく逸脱した民主党政治の実態であった。『イーグル』時代のホイットマンが残した『草の葉』（*Leaves of Grass*. 以下 *LG* と略す）初版の創作ノートは，こうした危機的な状況を乗り越えようとする1つの試みであった。それは，民主党政治に対して深い幻滅を抱きながらも，「不信と虚飾と軽薄に向かってさまよい込んでいく時代を，確固たる信念によってくい止め」ようとする悲痛なまでの決意の証であった（*LG* 713）。

　本論では，以上の立場に立って，『イーグル』のホイットマンを追跡するのがねらいである。初めに『イーグル』時代のホイットマンを概観し，次に『イーグル』の編集方針と民主党革新派としてのホイットマンの活動を明らかにし，最後に1847年の創作ノートを手がかりに，ホイットマンの内部で起きている『草の葉』の詩人に向けての方向転換について論じることにしたい。

第 3 章　ブルックリン時代

1. 『イーグル』時代のホイットマン概観

　1845年8月，ニューヨークからブルックリンに移ったホイットマンは，引き続きジャーナリズム活動に専念した。彼は，同年9月から翌年3月まで日刊『イブニング・スター』(*Brooklyn Evening Star*) に雇われ，この間に50編以上の記事を書いた。その多くは，1840年代前半のニューヨーク時代に書かれた記事とほぼ同じ内容であった。彼は，急速な都市化のもとで変貌するブルックリンを正面にすえて，建国精神に根ざしたアメリカの伝統をねばり強く訴えかけた。

　1840年代半ばのブルックリンは，ホイットマン自らが「『取り壊しと建て直しの精神』」という言葉で要約しているように (*The Journalism* 1: 211. 以下Jと略す)，急激な都市化の波が押し寄せ，新旧が交代する大きな転換期を迎えていた。ホイットマンにとって，この転換期は，ブルックリンの成長と繁栄の証というよりは，利益優先主義に毒された軽薄な時代の到来を意味していた。貪欲な商業主義のもとで出現したのは，「外観がすべてである」とする新しい価値観であった (*J* 1: 213. 傍点は原文イタリック)。この価値観の出現により，古い住居だけでなく，歴史的価値の高い建造物までもが取り壊しの対象となった。人々は，精神から物質，倹約から消費，質素から華美へとその関心を移し，分別なく流行と贅沢を競い合った。庶民でさえ，倹約の精神を忘れ，華やかな生活を追い求めるありさまであった。

　アメリカ固有の価値観が失われていく時代に対するホイットマンの危機感は尋常ではなかった。建国精神の熱烈な信奉者として，彼は時代の流れに立ち向かった。アメリカ人本来の美徳を忘れた市民に対しては，先祖の素朴な生活を模範にするよ

2.『イーグル』のホイットマン

う忠告した（J 1: 224）。都会慣れした若者には，派手な服装や怠惰を戒め，勤勉と公徳心を説いた（J 1: 223）。学校教育の改革を扱った記事では，学校の外観よりも，教育の内容に目を向けて，教師の資質改善，音楽教育の推進，女性教師の採用，体罰の廃止を訴えた（J 1: 217, 241）。

　このようにして幕を開けたホイットマンのブルックリン時代は，1846年3月，新たな局面を迎えることになった。彼は，キングズ郡の民主党機関紙『イーグル』の編集を引き受け，政治ジャーナリストとしての道を歩み始めたのである。

　1841年10月26日，ヘンリー・C. マーフィー（Henry C. Murphy）によって設立された『イーグル』は，「その地域における党のもっとも重要な機関紙の1つ」であった（Greenspan 54）。創刊号の社説によれば，『イーグル』の編集方針は，「ジェファ

『イーグル』のオフィス（©ニューヨーク公立図書館蔵）

第3章　ブルックリン時代

スン派のすべての立派な旧跡を神聖なものとして保存することに熱烈な貢献をなし」,「天下御免の独占と特権に異議を唱え」,「油断することなく平等な権利を熱心に要求する」ことであった (J 1: lxiv)。1846年2月に病死したウィリアム・B. マーシュ (William B. Marsh) の後継者としてホイットマンを雇った社主アイザック・ヴァン・アンデン (Isaac Van Anden) は，民主党保守派の有力な一員であった (Reynolds 114)。

　ホイットマンは，1848年1月まで編集を担当し，ほぼ2年間の在職中に800以上の記事を書いた (LeMaster and Kummings 80)。そのほとんどは社説やトップ記事であった (J 1: lxiv)。彼は，愛国心の高揚，教育改革，死刑の廃止，都市化の弊害，市民生活の改善など，すでにニューヨーク時代から関心を深めていた問題を引き続き記事にした。これらの記事に加えて，メキシコ戦争，領土拡張，奴隷制，移民政策，女性労働者の地位向上，労働条件や刑務所の改善，言論の自由など，当時のアメリカが抱えていた国内外の難題を幅広く扱った。書評，オペラ，演劇，博物館など，文学や芸術に関する情報も積極的に掲載した。いずれの分野を取り上げるにしても，ニューヨーク時代と同様に，アメリカの伝統的な価値観の回復と自立した健全な市民の育成を目標に掲げて，改革派ジャーナリストとしての姿勢を貫き通した。

　当然のこととして，ホイットマンがもっとも力を注いだのは政治の分野であった。折しも，1840年代後半は，ジョン・L. オサリヴァン (John L. O'Sullivan) が唱えた「明白な宿命」を合い言葉に，テキサス併合，オレゴン協定，メキシコ戦争という具合に，アメリカの領土拡張政策が頂点に達した時期であっ

2.『イーグル』のホイットマン

た。民主党機関紙の編集者として，彼は，変動著しい時代の渦中に身を投じて，その役割を十分に果たした。アメリカの命運を左右する重大な問題について，民主党の政策を代弁し，ジェイムズ・ポーク（James Polk）大統領がメキシコへの宣戦布告を議会に提出した折も，「そうだ，メキシコは徹底的に抑えつけなければならない！」と書いて（*J* 1: 358），大統領の対メキシコ政策を全面的に支援した。

しかし，民主党の政策への同調は長く続かなかった。メキシコ戦争によって獲得される新しい領土に奴隷制を拡大するかどうかの問題をめぐって，ニューヨーク民主党が保守派と革新派に分裂すると，ホイットマンが選択したのは革新派の道であった。彼は，「奴隷制のためではなく，自由のために戦った革命の父祖の思い出」に忠誠を誓い（*J* 2: 349），最後まで革新派の立場を固守した。この問題に関する限り，ホイットマンと民主党保守派との間に和解の可能性はなかった。政党政治への関与からホイットマンが学んだのは，建国の理念からあまりにもかけ離れた政治の実態であった。

民主党がもはやアメリカ精神の代弁者ではないことが明らかになると，ホイットマンの内部ではその後の人生を方向づける重大な変化が始まった。彼は，『イーグル』の編集に携わる一方，詩人の役割，自己，肉体と霊魂，生と死など，『草の葉』初版の中核を形成する主題について断片的な文章や詩行を書き始めた。主に「序文」や「私自身の歌」（"Song of Myself"）に組み込まれることになるこれらの書き込みは，簡潔に言えば，時代の動向に対する強い危機感から生まれたアメリカ再建のための覚え書きであった。と同時に，それは，強固な意志と信念に

第3章　ブルックリン時代

よって困難を乗り越え，新しい舞台で再出発を果たそうとするホイットマンの記録でもあった。

2.『イーグル』編集の基本方針

　ホイットマンの編集による『イーグル』は，4ページ6段組みであった。彼は，それまでほとんど広告にあてられていた1面に文芸欄を導入し，「詩，物語，小品，本や雑誌からの抜粋」を転載した (Brasher 18)。2ページ目には社説，論説，記事，広告，3ページ目には広告，4ページ目には広告と法律や公共団体の通知を掲載した (J 1: lxiv)。『イーグル』は順調に発行部数を伸ばした。1846年5月1日，ホイットマンは，「増大する仕事のため，われわれは，もっと広い場所が，新しくて広い施設が必要になった」と書いて (J 1: 345)，『イーグル』社の引っ越しを読者に伝えた。5月21日には，「発行部数は，最高ではないにしても，ブルックリンの他の新聞と互角である」と書き，「6月1日の月曜日に隅から隅まで新しい活字でこの新聞を提供する」と紙面の刷新を予告した (J 1: 373. 傍点は原文イタリック)。

　活字を一新した『イーグル』はおおむね好評であった。6月4日の『イブニング・スター』紙は，『イーグル』の新しくなった活字や社説について好意的な評言を掲載した (J 1: lxvii)。6月4日，ウィリアム・カレン・ブライアント (William Cullen Bryant) の『イブニング・ポスト』(*New York Evening Post*) も，以下のように生まれ変わった『イーグル』に賛辞を寄せた。

　　　美しい紙面——ブルックリンの隣町で発行されている，活

2.『イーグル』のホイットマン

紙面を刷新した1846年6月1日の『イーグル』（ブルックリン公立図書館蔵）

　力があり管理の行き届いている民主党新聞『イーグル』が，火曜日に新しい活字でお目見えした。体を洗ったばかりの子供のようにきれいですっきりしている（…）

（*J* 1: 402. 傍点は原文イタリック）

　この点では，ホイッグ党の新聞『トリビューン』（*New York Tribune*）の評価も同じであった。6月2日，『トリビューン』は新生『イーグル』を以下のように報じた。

　　昨日の『イーグル』は，実によく似合う真新しい装いで発

— 149 —

行された。この新聞は，すべての点で —— 政治活動は別物だ，それは最悪ということもあり得る —— 抜群によくできている。

(*J* 1: 395)

　新しくなったのは活字だけではなかった。『イーグル』は，1846年6月1日，*The Brooklyn Eagle, and Kings County Democrat* から *The Brooklyn Daily Eagle, and Kings County Democrat* へと改名した。これを機に，ホイットマンは，「われわれ自身と『イーグル』」("Ourselves and the 'Eagle'") と題する社説を書いて，『イーグル』の編集方針を明らかにした。彼は，ロンドンやパリに比べて，仕事が多く報酬の少ないアメリカのジャーナリズム界について不満を漏らしながらも，編集者としての心構えを次のように記した。

　　しかしながら，さまざまな欠点はあるものの，十分に流通している新聞の強大な影響力をもってすれば，常に多くのためになることを行うことができる。この影響力を行使するには大きな責任を要する。世間にはまだ押し進めなければならない多くの高尚な改革が残っている。人々は，おそらく確立されて久しい思考様式に反して，教育を受けなければならない。—— 政治においても，まだ改善すべき多くの領域が残っている。収穫は大きく，摘み取られるのを待っている。—— 新聞はどれも，どんなに小さなものであっても，それぞれの立場でためになることを行うことができる。

(*J* 1: 392)

2.『イーグル』のホイットマン

　新聞の社会的使命に対する自覚と責任，旧来の思考様式の排除，市民の教育や政治改革の推進など，ホイットマンが力強く表明する『イーグル』の編集方針は，1840年代前半の活躍を念頭に置くと，特に目新しいものではなかった。1842年4月1日の日刊『オーロラ』(*New York Aurora*) で，「われわれは新聞のあるべき姿について高尚な考えを持っている。われわれは，人々の心を強く動かすことを —— 思考の泉の水脈を動かすことを願っている」と書いて以来 (*J* 1: 89)，ニューヨーク時代のホイットマンが一貫して唱えたのは，新世界アメリカにふさわしい市民の育成と社会の改革であった。この限りにおいて，以上の編集方針は，『イーグル』のホイットマンに固有のものではなかった。それは，常に社会派ジャーナリストとして数々の改革運動と取り組んできた従来の姿勢を改めて表明したものであった。

　先の引用を「新聞はどれも，どんなに小さなものであっても，それぞれの立場でためになることを行うことができる」と結ぶとき，ホイットマンの脳裏に浮かんでいたのは，1本のペンが発揮する限りない力であった。ペンの威力に寄せるホイットマンの信頼は絶大であった。それは，「文明社会を支配する，偉大な媒体あるいは力の代弁者」であった (*J* 2: 62)。彼は，1846年9月22日，「ペン」("The Pen") というエッセーの中でその意義を次のように訴えた。

　　1本の小さな裂けやすいガチョウの羽ペン，その先端はシャツの袖を貫くこともできないが，強大な帝国に大きく口を開けた傷口をつくることができる —— 国王の権力を危険に

第3章　ブルックリン時代

さらしたり，彼らの首をはねたりすることさえできる —— 強風が海の波をうねらせ，怒り狂わせ，あらゆる方面で破壊をもたらすように，人々の集団の活力と意志を左右することができる。

(J 2: 62)

　こうした信念に立脚して，ホイットマンは，編集者の仕事について具体的な考えを展開した。彼は，「一般的な情報として，編集者は，とりわけ自分の国に関することについて完璧でなければならない」と書いた (J 1: 391)。文体については，「流暢な文体」を推奨したが，「念入りなできばえ」は要求しなかった (J 1: 391)。ホイットマンの理解では，新聞の文体は，「磨き抜かれたというよりは熱心で簡潔な」方がよかった (J 1: 391)。「政治演説のように，とっさに発せられた味わいがある」方が効果的であった (J 1: 391)。

　真の編集者には本物と偽物を見分ける眼力も不可欠であった。ホイットマンは，「編集者は，その上に，あらゆる方面に漂っているおびただしい偽物の中から優れたものを識別する鋭い目が必要である」と説いた (J 1: 391)。これと同様に重要なのは読者との関係であった。彼は，以下のように書いて，編集者と読者との精神的絆をことのほか重視した。「新聞を指揮する者の胸のうちには，奉仕している人々に対して湧き起こるある種の不思議な共感があるのだ（以前，このことを考えたことはないだろうか？）」(J 1: 391)。「双方の間に兄弟や姉妹のような関係が生まれる」この「不思議な共感」は，「社説を書く仕事のもっと『威厳のある』部分よりも —— まじめくさった政治論説や派

— 152 —

2.『イーグル』のホイットマン

閥の争いなどよりも」はるかに魅力的で大切なものであった（J 1: 391）。

『イーグル』の編集方針は，当時のジャーナリズム界に対して大きな不満を抱いていたホイットマンの所産でもあった。彼は，1846年9月29日，「アメリカの編集と編集者」("American Editing and Editors")を書いて，彼の目に映った当時のジャーナリズム界の実態を以下のように報告した。

> 合衆国の国民は新聞に支配されている国民であるけれども，実際には，その種の完璧な実例が存在する域に迫る新聞がほとんど存在しない（まったくないとさえ言える）のは奇妙な事実である。わが国の新聞には立派で，心のこもった，誠実な新聞はほとんど見られない。われわれには（これは国民の激励が欠けているからにちがいないのだが），格調高い紳士らしさや優雅さはほとんどないし——礼節すらほとんど認められない。しかし，われわれの日刊紙の書き物に洗練された要素が欠落しているのは，深み，勢い，力強さ，確実さが欠けていることに比べれば，それほど不思議なことではないのかもしれない。
>
> （J 2: 70. 傍点は原文イタリック）

先に紹介した『イーグル』の編集方針は，以上の認識から生まれる当然の結果であった。ホイットマンは，「悪意や中傷の気持ちから相手の欠陥，愚行，短所について集めることのできるものを全部寄せ集め」，口汚い言葉で罵り合っているだけの政党新聞に辟易としていた（J 1: 251）。ホイットマンの旺盛な

— 153 —

改革精神はこの点を見過ごすことができなかった。彼は，編集者の良心に訴えかけて，ジャーナリズム界の変革を唱えた。「書いたものを偉大な原理や真実に照らし合わせる」ことのない編集者に対しては (J 2: 70)，偏見，党の目的，扇動家の大義に縛られることなく，ジャーナリストにふさわしい確固たる倫理観を身につけるよう呼びかけた (J 2: 71)。新聞を単なる娯楽の手段と見なす読者に対しても遠慮なく注文をつけた。彼は，「社会の側での要求が不足しているから，ジャーナリストは自分の身分をうやまう高潔な気持ちが欠けているのだ」と書いて (J 2: 70)，新聞の意義について認識を改めるよう要求した。

3. 民主党改革派としてのホイットマン

　ホイットマンにとって，民主党は自由と平等を旗印とする建国精神の推進者であった。そしてポーク大統領はその精神の継承者であった。彼は，「真に気高い為政者」であるとして大統領を称えた (J 1: 416)。「その名前は，きら星のごとく群れをなす，わが国のもっとも名誉ある民主的な大集団の中で，今後末永く落ち着き払った明るさで光り輝くであろう」と評価するほどであった (J 1: 416)。1847年6月26日，大統領がブルックリンを公式訪問したときも，「ポーク氏の話しぶりは心がこもっていて明快である。——彼の態度は，まじめで，すべての点で誠実さが現れている」と書いて (J 2: 288)，大統領の演説を好意的に報告した。

　冒頭で述べたように，領土拡張政策についても積極的な支援を惜しまなかった。というよりも，当時の新聞や雑誌は，西部および南西部への領土拡張を「明白な宿命」とするオサリヴァ

2. 『イーグル』のホイットマン

ンの影響で，膨張熱に色濃く染め抜かれていた。「ブルックファーム」(Brook Farm Institute of Agriculture and Education) と称する，超越主義者らによって建設された理想農場の機関紙『ハービンジャー』(*The Harbinger*) でさえ，メキシコ戦争に神意を読み取り，「発達した文明国の勢力と知性を全地上に拡大する，より普遍的な神の計画が完成しつつあるようだ」と論評していた (Brasher 86)。ホイットマンの考えもこれに近かった。彼は，「際限なく広がる民主的で自由な西部よ！　われわれは西部について夢想するのが好きだ。その未来について考え，それが人類の幸福と理にかなった自由に大きく奉仕するのを考えるのが好きだ」と書いた (*J* 2: 237)。ホイットマンにとって，西部とは，「人類の幸福」と「自由」を追求するアメリカの夢が一段と現実味を帯びてくる約束の地であった。ベツィ・アーキラ (Betsy Erkkila) の言葉を借用すれば，そこは「アメリカの民主的な実験の究極的な場所」であった (39)。

　ところが，民主党とともに歩み始めたホイットマンは，途中から党の主流派と対立を深め，別の道を歩むことになった。その契機となったのは，1846年8月，メキシコ戦争の戦費として200万ドルの歳出を下院に要請した大統領に対して，ペンシルベニア州選出の民主党議員デイヴィッド・ウィルモット (David Wilmot) が提案した「ウィルモット建議案」(Wilmot Proviso) であった。メキシコ戦争によって獲得される新領土に奴隷制の拡張を禁止するこの付帯条項をめぐって，北部と南部は激しく衝突した。ニューヨークの民主党自体も，保守派と革新派に分裂し，政界は大きく混乱した。『イーグル』の社主アンデンは保守派であったが，ホイットマンはためらうことなく革新派の

第3章 ブルックリン時代

デイヴィッド・ウィルモット
（米国議会図書館蔵）

道を選択した。先に述べたように，西部を「際限なく広がる民主的で自由な西部」と称える立場からすれば，この選択は当然であった。彼は，1846年12月21日，「浮き足立つな，民主党議員よ！」（"Set Down Your Feet, Democrats!"）と題する記事を書いて，以下のように「ウィルモット建議案」の支持を訴えた。

何らかの手段により，最近，合衆国に併合された，あるいはこれから併合されることになる領土からできている州が存在するのであれば，そこでは奴隷制は永遠に禁止されるべきであるという要求について，議会の民主党議員は，（そして，賛同できれば，ホイッグ党議員も）腰をすえて，冷静に，大騒ぎすることなく，断固として，妥協のない態度で臨んでもらいたい。

（J 2: 153. 傍点は原文イタリック）

1847年2月，下院は，反奴隷制を唱える北部のホイッグ党議員や民主党議員が結束して，「ウィルモット建議案」を採択することに成功したが，南部が優勢を占める上院はこれを否決した。このため，下院は戦費の歳出法案をやむなく容認することになった。ホイットマンの論調は激しさを増す一方であった。

2.『イーグル』のホイットマン

1847年2月3日,彼は,「ブルックリン・イーグルは,強い態度でこの問題に言及したまさに最初の民主党新聞であると信じている」と書いて (*J* 2: 181),以下のように民主党を叱咤激励した。「どのような状況であっても,新領土に奴隷制を容認することに反対する不変の立場を取るのが党の義務である」(*J* 2: 181)。

ホイットマンの行動は信念に基づくものであった。彼は建国精神や建国の父祖の熱烈な信奉者であった。とりわけ自主独立と自由の精神を標榜するジェファソニアン・デモクラシーは,一生涯変わることのない彼の政治信念であった。1847年3月11日,「重要な点に関するワシントンとジェファソンの意見」("The Opinions of Washington and Jefferson on an Important Point") を書いて,ジェファソンの考えを紹介しながら,自説を補強したのもこのためであった。彼は,ジェファソンを「自由の偉大な使徒」と呼んで (*J* 2: 223),奴隷制の拡張に反対した彼の考えを以下のように代弁した。「ジェファソン氏は,『すべての人間は生まれながらにして自由で平等である』と独立宣言で語った言葉が,理論上自明であるだけでなく,実際に実現される時がくるのを確かに切望していた」(*J* 2: 223)。

ホイットマンは,最後まで自由を死守して,これを譲らなかった。しかし,興味深いことに,彼は,黒人奴隷を擁護するために独立宣言の一部を引用したわけではなかった。ホイットマンの唱える自由には奴隷は含まれていなかった。1846年3月18日の「奴隷商人 —— そして奴隷貿易」("Slavers —— and the Slave Trade")で,「奴隷貿易」を「すべての人間の金儲けのための計略の中でもっとも嫌悪すべきもの」と呼んで (*J* 1: 288),奴隷の境遇に同情を示したものの,彼の関心は,もっぱら白人労働

第 3 章　ブルックリン時代

ジョン・C. カルフーン
（米国議会図書館蔵）

者の利益に向けられていた。「際限なく広がる民主的で自由な西部」は，自由な白人労働者が享受すべきものであった。この意味では，ホイットマンの立場はウィルモットのそれと同じであった。「ウィルモット建議案」は，当初より「白人労働者の権利と機会を擁護する」のがねらいであった（Klammer 30）。

奴隷制に対する以上の立場は，1847年4月27日の「北部自由人のみならず南部自由人の権利 ── カルフーン氏の演説」("Rights of Southern Freemen As Well As Northern Freemen ── Mr. Calhoun's Speech") ではっきりと表面化した。ホイットマンは，奴隷制の拡張によって労働の価値が下落し，白人労働者が窮地に陥ることを危惧して，以下のように訴えた。

> 北部の声は，労働は卑しめられるべきではないと宣言する。自由諸州の若者たちは，彼らの称賛すべき勤労をもはや尊敬に値しないものとする制度の導入によって，（今のところ，奴隷制が存在しない）新しい領土から閉め出されてはならない。
>
> （J 2: 260. 傍点は原文イタリック）

ホイットマンの立場は以上の主張にすべて要約されていた。

2. 『イーグル』のホイットマン

奴隷制とは，人道的な問題でもなければ，人種間の問題でもなかった。それは白人労働者の利害にかかわる経済問題であった。彼は，道徳的，人道的基盤に立って奴隷制に反対する廃止論者とは対照的に，白人労働者の権利を優先する自由土地党の立場に立っていた (Klammer 30)。

1847年9月1日に掲載された「アメリカの労働者対奴隷制」("American Workingmen, versus Slavery") は，以上の立場をさらに明確に述べたものであった。ホイットマンは，白人労働者の利益と繁栄だけを念頭に置いて，次のように書いた。「経験が立証しているように（証拠は今や誰の目にも明らかだ），立派な労働者のたくましい集団は，完全な奴隷州では存続できないし，ましてや繁栄など到底できないのだ」(J 2: 318)。ホイットマンがもっとも恐れたのは，「すべての労働者の尊厳と自立にとって，そしてまた労働自体にとって破壊的である」奴隷制のもとで，「正直な貧しい機械工が，黒人奴隷の機械工と同等に扱われること」であった (J 2: 319)。この問題に関する限り，安易な妥協はあり得なかった。新領土に奴隷制を「導入するのか，しないのか，この二者択一」しか残されていなかった (J 2: 319)。

民主党保守派との関係を修復するのはもはや不可能であった。1847年11月3日，彼は「すべての保守勢力はわが党にとって有害である」と書いて (J 2: 347)，民主党保守派を公然と攻撃した。翌11月4日には，民主党に対する事実上の決別の辞とも思える「ジェファスンの方針を弁護するエンパイアステートの恐れを知らぬ民主主義の審判」("Verdict of the Undaunted Democracy of the Empire State in Behalf of the Jeffersonian Ordinance")

を書いて，以下のように「自由の偉大な使徒」ジェファスンに忠誠を誓うよう呼びかけた。

> 党は，党自体に対して，そしてその偉大な義務に対して忠実でなければならない —— 奴隷制のためではなく，自由のために戦った革命の父祖の思い出に対して忠実でなければならない —— イギリスの国王や議会に対する主要な非難の1つとして，彼らが植民地における奴隷制拡張の防止策を講じなかった点を独立宣言の原案に挿入した人物に対して，穏やかな表情をした人物に対して，すべての人々の中でもっとも高貴なデモクラットに対して忠実でなければならない。
>
> (*J* 2: 349)

4．『草の葉』初版の創作ノート

1848年1月，ホイットマンが『イーグル』の編集職を追われたのは，自らの政治信念に従い，「自由のために戦った革命の父祖」に対する忠誠心を貫き通したためであった。その後，ホイットマンは，主にニューヨーク民主党の反奴隷勢力とホイッグ党の反奴隷派からなる自由土地党に転向した。1848年8月，彼はバッファローで開かれた結党大会に出席した。大会では「自由な土地，自由な言論，自由な労働，自由な人間」というスローガンのもとで，マーティン・ヴァン・ビューレン（Martin Van Buren）が大統領候補として指名された。これを機に，ホイットマンは，自由土地党の機関紙『フリーマン』（*Brooklyn Freeman*）の編集を担当することになった。

しかし，こうした方向転換以上に興味深い変化が，すでに

2. 『イーグル』のホイットマン

『イーグル』在職中のホイットマンの中で進展していた。その変化は1冊の創作ノートとなって具体化した。「1847」という数字が2度登場し (*Notebooks* 58, 71. 以下 *N* と略す)、しかも『草の葉』初版に取り込まれる基本的な考えや断片的な詩行が豊富に書き込まれていることからすれば、この創作ノートは、多くの批評家が指摘するように、『草の葉』初版の覚え書きであった。[1] ホイットマンがいつ頃『草の葉』に着手したのかについては諸説紛々としているが (Stovall 10-13)、この創作ノートに従えば、彼は、「序文」と無題の詩からなるわずか100ページ足らずの詩集のために、早くも1847年から準備を始め、出版までに9年もの歳月を要したのであった。

1847年の創作ノートは、『草の葉』の出発点と呼ぶにふさわしい内容であった。ホイットマンは、『草の葉』の骨格となる考えだけでなく、加筆・修正の後、「序文」、「私自身の歌」、「私は充電された肉体を歌う」("I Sing the Body Electric") などに組み込まれる詩行を豊富に書き込んだ。[2]

ほんの一例を挙げると、「朽ち果てるさまざまなもの、そして自然の化学作用によって、これらの肉体は草の葉になる」(*N* 57)、「夏草を観察しながら」(*N* 78) と書かれる断片的な書き込みは、「私自身の歌」の1節に取り込まれ、「私はくつろいで横になり、気楽にぶらぶら歩き、一葉の夏草を眺める」(*LG* 28) という1行に生まれ変わった。また「君は生まれることが美しいと思ったのか？／死ぬことだって同じように美しいことを、本当に私は知っている」(*N* 72) という書き込みは、ほとんど修正されることなく、「私自身の歌」の7節で以下のように再現された。「生まれるのが幸せだなんて誰が思ったのだろうか？／

第 3 章　ブルックリン時代

彼であろうと彼女であろうと，私は急いで伝えよう，死ぬことだって同じように幸せであると，そして私にはそのことが分かっていると」(*LG* 35)。

　ホイットマンは，詩人に関する基本的な考えについても多くの書き込みを残した。その一部を紹介すると，彼は以下のように書いた。「私は肉体の詩人である／そして私は霊魂の詩人である」(*N* 67)，「私は男性のみならず女性の詩人でもある」(*N* 73)，「私は小さなものと赤ん坊の／空中を浮遊するブヨの，そして糞を転がすコガネムシの詩人である」(*N* 70)。これらの書き込みは，ほぼ同じような表現で「私自身の歌」の21節と24節に組み込まれた。その内容は，先に挙げた断片的な詩行と同様，伝統的な詩の概念を完全に無視した革新的なものであった。

　しかし，どれほど革新的なものであっても，創作ノートに見られる新奇な考えは，何の前触れもなく，突然ホイットマンの前に出現したわけではなかった。『イーグル』時代のホイットマンは，ヨーロッパの影響下にあるアメリカ文学を憂慮し，真にアメリカを代表する国民文学を必死に探し求めていた。1846年7月11日の「『自国』の文学」("'Home' Literature") では，シェイクスピア，ゲーテ，バイロン，ルソーなど，ヨーロッパを代表する偉大な作家を列挙し，「彼らの輝かしい功績」を高く評価しながらも，彼らは「わが国のようなところではこの上なく不快で忌まわしい毒となる教義の提唱者である」と断じた (*J* 1: 463)。ホイットマンにとって，自立したアメリカの文学は，何よりもまず「共和国の自由と美徳の理念」を体現していなければならなかった (*J* 1: 463)。

　アメリカ固有の文学を求めるホイットマンの熱心な姿勢は，

2.『イーグル』のホイットマン

1847年2月10日の「自立したアメリカの文学 —— ヤンキードゥードルへのわれわれの回答 —— ブルックリンのハミルトン文学協会」("Independent American Literature —— Our Answer to Yankee Doodle —— The Hamilton Lit. Society of Brooklyn") でも繰り返された。彼は、ここでもシェイクスピア、スペンサー、ミルトンなど、イギリスの主要な作家を取り上げ、彼らの作品が「アメリカ人にとって国王の財宝よりも貴重な宝である」ことを認めた上で (*J* 2: 192)、その後を次のように続けた。「われわれにはこの国で、さまざまな天才が蓄積したものにつけ加えるべきものは何もないのか？」、「旧世界の天才が新世界に存在するものとは異なった様式に合わせていたことも思い出せないのか？」(*J* 2: 192. 傍点は原文イタリック)。

1847年の創作ノートは、以上の問いかけを自らに投げかけながら、試行錯誤を積み重ねていく中で、ホイットマンが辿り着いた結論のようなものであった。それは、「共和国の自由と美徳の理念」に基づく新しい文学のかたちを求めて、おそらく暗中模索の難路を歩いていたホイットマンの記録であった。と同時に、それは、アメリカの理念を忘れた政党政治の実態にいたく幻滅し、詩の世界に人生の活路を見出しつつあるホイットマンの記録でもあった。言うまでもなく、こうしたホイットマンの方向転換は偶発的なものではなかった。彼は、民主党保守派と対立を深め、独自の道を歩き始めることによって、初めて自らの言葉で自己と文学を語る地点に立ったのである。

1847年の創作ノートを起点に、ホイットマンはその後も着々と書き込みを続けた。1850年前後には「(偉大な詩人について)(最終的に) 序文のために」と書いた (*N* 95)。「偉大な詩人」と

第3章 ブルックリン時代

いう記述に加えて,「序文」という1語を含むこの書き込みは,ホイットマンが,『草の葉』の体裁や輪郭についてかなり具体的なイメージを固めて,その全体的な構想を本格的に練り始めたことの証であった。ホイットマンの創作手法の1つである散文を詩に書き換える実験的な試み,音楽やオペラへの共感,アメリカの詩人にふさわしい社会的使命や文体の模索など,『草の葉』の成立過程を追跡する上で意味深い書き込みを多く残したのもこの頃であった。

『草の葉』の詩人に向けての転身は,創作ノートでのみ進行していたわけではなかった。ホイットマンは,フリーランサーという自由な立場で,1850年6月21日,『トリビューン』紙に「復活」("Resurgemus")と題する詩を発表した。彼は,「自由よ,他の者は汝に絶望するがよい,／しかし私は決して絶望しない」と書いて(*The Early Poems and the Fiction* 40. 以下 *EPF* と略す),最後までアメリカの理想に生きる確固たる信念を表明した。さらに興味深いことに,その後に続けて,「家は閉ざされているのか？ 主人はいないのか？／それでも準備したまえ,うんざりしないで見守っていたまえ,／彼はきっと帰ってくるであろう,彼の使者がほどなくやってくるであろう」と書いた(*EPF* 40)。

「使者」の到来を予言する最後の1行は,単なる待望論ではなかった。それは,ホイットマン自らが「自由」の「使者」となり,「主人」不在のアメリカに「自由」を「復活」させようとする決意の表れであった。この決意は,紛れもなく,建国の理念に立脚して,アメリカのあるべき姿を執拗に訴え続けた『イーグル』時代の産物であった。それはまた,政治ジャーナリズムの迷路から抜け出し,やがて『草の葉』初版の「序文」で詩人

2.『イーグル』のホイットマン

待望論を展開するホイットマンの出発点でもあった。

注

1. この点については, Grier (54), Holloway (lxxxii), Allen (134), Erkkila (48), Reynolds (117) などを参照されたい。
2. 1847年に書かれた創作ノートについては, 本書収録の拙論「胎動する『草の葉』の詩人─1847年の創作ノート─」を参照されたい。

引用文献

Allen, Gay Wilson. *The Solitary Singer: A Critical Biography of Walt Whitman*. 1955. New York: New York UP, 1969.

Brasher, Thomas L. *Whitman as Editor of the Brooklyn Daily Eagle*. Detroit: Wayne State UP, 1970.

Erkkila, Besty. *Whitman the Political Poet*. New York: Oxford UP, 1989.

Greenspan, Ezra. *Walt Whitman and the American Reader*. Cambridge: Cambridge UP, 1990.

Holloway, Emory. *The Uncollected Poetry and Prose of Walt Whitman*. Vol. 1. New York: Peter Smith, 1932. 2 vols.

Klammer, Martin. *Whitman, Slavery, and the Emergence of* Leaves of Grass. University Park: Pennsylvania State UP, 1995.

LeMaster, J. R., and Donald D. Kummings, eds. *Walt Whitman: An Encyclopedia*. New York: Garland, 1998.

Reynolds, David S. *Walt Whitman's America: A Cultural Biography*. New York: Knopf, 1995.

Stovall, Floyd. *The Foreground of* Leaves of Grass. Charlottesville: UP of Virginia, 1974.

Whitman, Walt. *The Early Poems and the Fiction*. Ed. Thomas L. Brasher. New York: New York UP, 1963.

第3章　ブルックリン時代

―. *Leaves of Grass: Comprehensive Reader's Edition*. Ed. Harold W. Blodgett and Sculley Bradley. New York: New York UP, 1965.
―. *Notebooks and Unpublished Prose Manuscripts*. Ed. Edward F. Grier. Vol. 1. New York: New York UP, 1984. 6 vols.
―. *The Journalism, 1834-1846*. Ed. Herbert Bergman, et al. Vol. 1. New York: Peter Lang, 1998.
―. *The Journalism, 1846-1848*. Ed. Herbert Bergman, et al. Vol. 2. New York: Peter Lang, 2003.

3. 政党ジャーナリズムとの決別
―― 『イーグル』後のホイットマン ――

　民主党保守派と対立を深め，1848年1月，党機関紙『イーグル』（*The Brooklyn Daily Eagle, and Kings County Democrat*）の編集職を失ったウォルト・ホイットマン（Walt Whitman）は，数週間後に，南部で発行予定の『クレッセント』（*New Orleans Crescent*）という新聞に編集スタッフとして雇われた。3カ月ほどニューオーリンズで仕事をしたが，その後，彼は再び政治の表舞台で活躍することになった。

　東部でホイットマンを待っていたのは新政党の設立であった。彼はブルックリン地区の代表として自由土地党の結党大会に出席した。それを機に，党機関紙『フリーマン』（*Brooklyn Freeman*）の編集を引き受け，民主党を敵に回して大統領選挙を戦った。選挙に敗れた後も，彼は民主党に対する攻撃の手を緩めなかった。1850年に4編の政治詩を発表し，民主党の妥協政治を徹底的に批判する一方，自らを「自由」の「使者」として位置づけ，アメリカ全土に「自由の種子」を蒔く決意を力強く表明した（*The Early Poems and the Fiction* 39-40. 以下 *EPF* と略す）。

　本論では，『クレッセント』紙との関わり，『フリーマン』の編集，4つの政治詩，1850年代前半における政治行動など，『イーグル』後の主な活動を手がかりにして，50年前後のホイットマンが目指した方向を見定めることにしたい。

第3章　ブルックリン時代

1.『イーグル』の編集職を追われて

　1848年1月，ホイットマンは人生の大きな節目を迎えていた。彼は，ほぼ2年間にわたって編集主幹を担当した『イーグル』を追われ，ジャーナリストとして窮地に陥っていたのである。ホイットマンが『イーグル』から追放された出来事は，ジャーナリズム界の一大関心事であった。各紙は競ってこの一件を記事にした。例えば，1月18日，『アドヴァタイザー』(Brooklyn Daily Advertiser) は，『イーグル』の編集室で「『大混乱』が起きた」ことを伝え，「『イーグル』は180度方向転換することになろう ── 改革派から『保守派』へ」と結論した (The Journalism 1: lxviii. 以下 J と略す)。翌19日には，1845年9月から46年3月までホイットマンを雇い，50編以上の記事やエッセーを採用した『イブニング・スター』(Brooklyn Evening Star) が解雇の真相を以下のように伝えた。

　　(『イーグル』は) ウォルター・ホイットマン氏が編集を担当して2年になる。彼は「改革派」のようだ。この事実のために不和が生じた。なぜなら，「保守派」が彼ら自身の部下を1人必要としたからだ。そしてホイットマン氏は譲歩しなければならなかった。

　　　　　　　　　　　　　　　　　　　　　　　(J 1: lxviii)

　さらに1月21日には『グローブ』(New-York Daily Globe) が次のように報じた。「『ブルックリン・イーグル』の前編集主幹ホイットマン氏は，ある新聞の言葉を借用すれば，編集部から『名前を抹消されてしまう』ほど，…保守派の反感を招いた」(J 1:

3. 政党ジャーナリズムとの決別

lxviii)。そして翌日にはことの真相を以下のように説明した。

> われわれは，解任された編集主幹ホイットマン氏が，自由な領土と，メキシコから獲得する領土における白人の自由な労働を強く支持していることを知っている。そしてこのことが，彼が解雇された主な原因であったと聞いている。
>
> (*J* 1: lxix)

以上の報道に対して，『イーグル』は以下のように書いて，反撃に出た。

> 『ニューヨーク・グローブ』は余計なお節介をやめて，口出しを控えてもらいたい。どのような権限があって，この新聞の政治行動が変化したと言うのだ。発行人は，仕事の準備を進める中で編集者を1人減らす必要があると考えただけなのだ。
>
> (*J* 1: lxix)

以上の反論にもかかわらず，真相は『グローブ』の記事の通りであった。ホイットマンが『イーグル』の編集職を失ったのは，メキシコ戦争によって獲得される新領土に奴隷制を導入するか否かの問題をめぐって，民主党保守派と対立を深めたためであった。『イーグル』の社主アイザック・ヴァン・アンデン (Isaac Van Anden) は保守派の有力者であったが，それでもホイットマンは，最後まで自らの政治信念に従い，奴隷制の導入を容認する保守派を批判し続けた。

第3章 ブルックリン時代

ルイス・キャス
（米国議会図書館蔵）

一例を挙げると，1847年11月4日には，「ジェファスンの方針を弁護するエンパイアステートの恐れを知らぬ民主主義の審判」（"Verdict of the Undaunted Democracy of the Empire State in Behalf of the Jeffersonian Ordinance"）と題する社説を書いて，「党は，党自体に対して，そしてその偉大な義務に対して忠実でなければならない —— 奴隷制のためではなく，自由のために戦った革命の父祖の思い出に対して忠実でなければならない」と訴えた（J 2: 349）。1848年1月3日の「キャス将軍からの手紙」（"Letter from Gen. Cass"）と称する記事では，「奴隷制の導入が有益であると言う正気の人間がいるだろうか？」と書いて（J 2: 389），「ウィルモット建議案」に反対する民主党の次期大統領候補ルイス・キャス（Lewis Cass）を露骨に批判した。

ホイットマンと『イーグル』との間にもはや和解の道はなかった。両者の対立はその後も解消されることなく続いた。1849年7月になっても，『イーグル』は，「ホイットマンは無能のために…解雇されたのだ」という具合に，誹謗記事を掲載するありさまであった（J 1: lxix. 傍点は原文イタリック）。

「ブルックリンの街灯」（"[Brooklyn City Lamps]"）という1月14日の短い記事を最後に『イーグル』を退いたホイットマンは，2月9日，J. E. マクルア（J. E. McClure）の誘いを受けて，ニュー

— 170 —

3. 政党ジャーナリズムとの決別

オリンズで発行予定の新聞『クレッセント』の編集に手を貸すことになった。2月11日,彼は14歳になる弟トマス・ジェファスン・ホイットマン（Thomas Jefferson Whitman）を連れてニューヨークを出発した。『クレッセント』の創刊号に掲載された「アレゲニー山脈を越えて」（"Crossing the Alleghenies"）と題するホイットマンの旅行記によれば,2人は,鉄道でバルチモアからカンバーランドへ移動し,駅馬車でアレゲニー山脈を越え,蒸気船に乗ってオハイオ川からミシシッピ川に入った（Loving 116）。ニューオーリンズに到着したのは2月25日であった。

当時,ニューオーリンズではすでに6種類の新聞が発行されていた（Loving 115）。『クレッセント』は,わずか数週間で2千名の購読者を集め,『ピカユーン』（*The Picayune*）や『デルタ』（*New Orleans Delta*）に次ぐ有力紙に成長した（LeMaster and Kummings 455）。ホイットマンは,編集主幹ではなく,編集スタッフの一員として迎えられた。彼の仕事は,郵便で送られてくる他紙の記事を切り抜き,社説の構想を練ることであった（LeMaster and Kummings 455）。時折,特集記事を担当することもあった。弟のジェフは1週間につき5ドルの給料で交換記事の仕分けをした（Loving 116）。

J. R. ルマスター（J. R. LeMaster）とドナルド・D. カミングズ（Donald D. Kummings）によると（455）,1848年3月5日の創刊号には先に紹介した「アレゲニー山脈を越えて」に加えて,ホイットマンの詩「真夜中にミシシッピ川を下って」（"Sailing the Mississippi at Midnight"）が掲載された。翌6日にはシンシナティとルイジアナ州に関する印象を綴ったエッセーが,そしてその数日後には「ホテルの宿泊客」（"The Habitants of Hotels"）や

第 3 章　ブルックリン時代

「歩道と土手のスケッチ」("Sketches of the Sidewalks and Levees")など，町で見かけた人物や日常的な出来事を扱った読み物が続いた。『クレッセント』に掲載されたホイットマンの記事は，『イーグル』時代に書いた政治色の濃い社説やトップ記事とは異なり，毎日の平凡な生活に題材を求めた読み物が大半を占めた。彼は，南部人の感情を逆なでする政治問題を意識的に避けていたのかもしれない（Reynolds 121）。

『クレッセント』における仕事は順調に滑り出したかのように見えたが，長くは続かなかった。発行人マクルアとの金銭上のトラブル，ジェフのホームシック，さらには南部特有の黄熱病への不安などのため，ホイットマンは 5 月下旬にニューオーリンズを後にした。わずか 3 カ月ほどの滞在期間であったが，南部の生活はホイットマンにとって貴重な経験であった。ベツィ・アーキラ（Betsy Erkkila）は，ホイットマンの政治姿勢と関連づけて，南部滞在の意義を以下のようにまとめている。

>　（…）南部への旅は，確かに彼の視野を広げ，アメリカにおける理想と現実の対立意識を強固なものにした。ニューオーリンズにおける黒人，先住民，フランス人，それにラテンアメリカ系の人々の混合は，一方ではアメリカの人種的，文化的複合性を彼に意識させた。他方，奴隷売買の記事を書き，奴隷が競売で売られている町に住むという日々の経験は，アメリカにおける奴隷制拡張に対する彼の反対姿勢を強固なものにした。
>
>　　　　　　　　　　　　　　　　　　　　　　　　　（52）

3. 政党ジャーナリズムとの決別

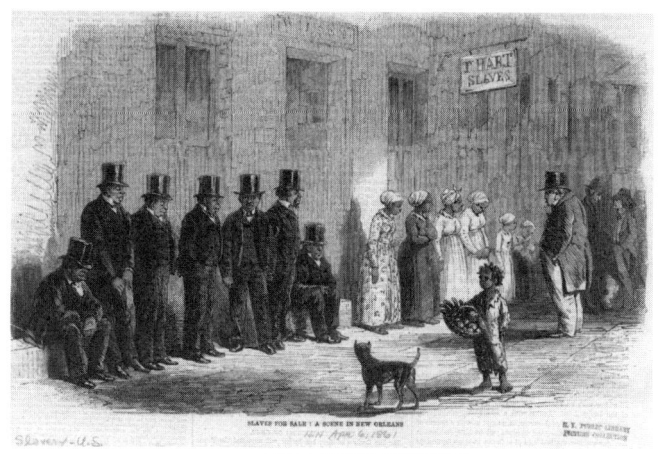

ニューオリンズにおける奴隷売買
（©ニューヨーク公立図書館蔵）

2.「自由」の「復活」を夢見て

　1848年6月，ブルックリンに帰ったホイットマンは，ゆっくりする間もなく，またもや政治活動に首を突っ込んだ。先に述べたように，奴隷制の拡張を容認する宿敵キャスが民主党から大統領候補の指名を受けたからである。キャスの対立候補としてホイッグ党が擁立したのは，メキシコ戦争における活躍で一躍国民的英雄になった軍人ザカリー・テイラー（Zachary

ザカリー・テイラー
（米国議会図書館蔵）

― 173 ―

第3章　ブルックリン時代

『フリーマン』のオフィス（©ニューヨーク公立図書館蔵）

Taylor）であった。北部では民主党とホイッグ党に対抗して新しい勢力が生まれようとしていた。自由党，ニューイングランドのホイッグ党反奴隷派，ニューヨーク民主党の改革派が手を組んで，自由土地党を結成したのである。

　8月9日，ホイットマンは，ブルックリン地区から選出された15名の代表者の1人として，バッファローで開かれた自由土地党の結党大会に出席した。大会では「自由な土地，自由な言論，自由な労働，自由な人間」というスローガンのもと，大統領候補としてマーティン・ヴァン・ビューレン（Martin Van Buren）が指名された。ホイットマンは，自由土地党機関紙『フリーマン』の編集を引き受けることになった。1848年9月9日の創刊号には，「州のかたちであろうが，準州のかたちであろうが，奴隷の国土が将来1インチでも合衆国に加わることになれば，あらゆる状況のもとで反対する」と書いて（Rubin 211），これまでにない激しい口調で奴隷制の拡張に反対を唱えた。

— 174 —

3. 政党ジャーナリズムとの決別

　しかし,不幸なことに,ホイットマンの活動はブルックリンを襲った大火により停滞を余儀なくされた。『フリーマン』の印刷所は創刊号を出した翌日に焼け落ち,発行が再開されたのは2カ月も後のことであった(LeMaster and Kummings 82)。さらに不幸な事態がホイットマンを待ち受けていた。大統領選挙でホイッグ党のテイラーが当選

トマス・ハート・ベントン
(米国議会図書館蔵)

すると,ニューヨーク民主党の保守派は,選挙の敗因を党の分裂に求め,改革派との和解に乗り出したのである。このため自由土地党は弱体化し,その勢力は急速に衰えていった。アメリカ民主主義の礎石である「自由」の復活を夢見て,自由土地党に転向したホイットマンにとって,改革派勢力の分裂は大きなショックであった。今や政党は党利党略を最優先とする政治屋の集団へとその姿を変えてしまったのである。

　大統領選挙の敗北後も,ホイットマンは『フリーマン』の編集を続けた。1849年5月には週刊紙を日刊紙に改め,6月には1852年の大統領選挙を視野に入れて,ミズーリー州出身の上院議員トマス・ハート・ベントン(Thomas Hart Benton)を応援する社説を書いた(LeMaster and Kummings 83)。しかしホイットマンは政党ジャーナリズムから身を引く覚悟ができていたようだ。彼は,1849年9月に「本日よりブルックリン・デイリー・フリーマンから完全に撤退します。この機会に,私の友人であ

第3章　ブルックリン時代

る皆様に心から感謝の気持ちを表しておきます」と書いて (Rubin 222)，『フリーマン』の編集職を降りると，翌年にはブルックリンで小さな印刷所と書店を開業し，弟のジェフと経営に乗り出した。

　政党ジャーナリズムの第一線から退いたものの，ホイットマンは政治に対する関心を失ったわけではなかった。それどころか，民主党への怒りは日毎に激しさを増すばかりであった。ホイットマンの怒りは，連邦を分裂の危機から救った「1850年の妥協」の年に一気に噴出した。彼は，3月から6月にかけてフリーランサーという自由な立場で4編の政治詩を発表し，民主党の妥協政治を徹底的に批判した。

　3月2日，『イブニング・ポスト』(*New York Evening Post*) に発表した「ある連邦議会議員に寄せる歌」("Song for Certain Congressmen") は，「北部の奴隷制反対論者と南部の奴隷所有者との間に，議会内で政略的な解決を求める意向が高まっていることへの抗議」を内容とする作品であった (*EPF* 44)。ホイットマンの怒りは，「南部の奴隷所有者」ではなく，北部州選出の連邦議会議員に向けられた。彼は，ニューヨーク州選出の上院議員ダニエル・ディキンソン (Daniel Dickinson)，ペンシルベニア州選出の上院議員ジェイムズ・クーパー (James Cooper)，ニューヨーク州選出の下院議員ジェイムズ・ブルックス (James Brooks)，マサチューセッツ州選出の上院議員ダニエル・ウェブスター (Daniel Webster) など，作品中に次々と議員の実名を出して，妥協政治を推進する民主党を批判した (Klammer 76)。ホイットマンの理解では，妥協政治はアメリカという「若い『自由』」を見殺しにすることに他ならなかった (*EPF* 45)。

3. 政党ジャーナリズムとの決別

ダニエル・ディキンソン
（米国議会図書館蔵）

ジェイムズ・クーパー
（©ニューヨーク公立図書館蔵）

ジェイムズ・ブルックス
（米国議会図書館蔵）

ダニエル・ウェブスター
（米国議会図書館蔵）

第3章 ブルックリン時代

　次にホイットマンが取り上げたのは裏切りの主題であった。彼は，民主党政治の裏切りを主題にして，2つの政治詩を書いた。1つは，3月22日の『トリビューン・サプルメント』(*New York Tribune Supplement*) に発表した「殺人謝礼金」("Blood-Money") であり，他の1つは，6月14日，『トリビューン』(*New York Tribune*) に発表した「友人の家」("The House of Friends") であった。

　前者は，当初「ウィルモット建議案」に理解を示し，奴隷制を批判しながらも，結局は連邦維持のために奴隷問題との妥協を唱えたウェブスターに対する抗議の詩であった。ホイットマンは「キリストの肉と血に対して罪を犯す」ユダにウェブスターをなぞらえ (*EPF* 47)，「妥協」はまさに「自由」の裏切りであると断じた。後者は，民主主義の原理を裏切った民主党への抗議の詩であった (*EPE* 36)。ホイットマンはこの作品でも聖書を援用した。エピグラフには「そしてある者が彼に尋ねるであろう，あなたの手のその傷はどうしたのですかと。その時彼は答えるであろう，友人の家で負わされた傷ですと」という「ゼカリヤ書」の1節を引用して (*EPF* 36)，南部に与する北部人の裏切りを批判した。そして「足元の草むらから飛びかかる毒牙」にたとえて，民主党保守派の妥協政治を非難する一方，建国精神に立脚するアメリカの再建を強く訴えた (*EPF* 37)。

　以上のように書いてくると，1850年のホイットマンは現実批判だけに精力を注いでいるように見えるが，実際はそうではなかった。彼は，6月21日，『トリビューン』に「復活」("Resurgemus") と題する4番目の政治詩を発表した。1855年の『草の葉』(*Leaves of Grass*. 以下 *LG* と略す) 初版に8番目の作品として

3. 政党ジャーナリズムとの決別

登場するこの詩は，48年から49年にかけてフランス，オーストリア，ハンガリー，ドイツ，イタリアの各地で起きた反乱を直接の契機として生まれた作品であった (Klammer 82)。

　作品の大半は，王侯貴族の蛮行，圧政に苦しむ人々，若者の犠牲者，殉教者などの描写に費やされているが，圧殺された革命家に対する同情の念や連帯の精神を表現するのがホイットマンの最終的なねらいではなかった。彼は，ヨーロッパ各国の専制政治と自由不在のアメリカを重ね合わせ，ヨーロッパというよりはむしろアメリカに照準を合わせて，自由の復活を誓う力強いメッセージを発信したのである。この限りにおいて，「復活」は，民主党の妥協政治に対する批判を主な内容とする他の3つの政治詩とは本質的に一線を画する作品であった。以下に作品の終結部を引用してみよう。

　これら若者たちの屍，
　絞首台からつるされたこれらの殉教者，
　灰色の鉛が貫通したこれらの心臓，
　彼らは冷たく動かぬように見えるが，
　死に絶えることのない活力を帯びてどこかで生きている，
　彼らは他の若者たちの中で生きている，ああ，王たちよ，
　彼らは，再び挑戦する用意をして，兄弟たちの中で生きている，
　彼らは死によって浄化されたのだ，
　彼らは教わりそして高められたのだ。

　虐殺された者たちの墓はどれも，

第3章 ブルックリン時代

　自由の種子を育んでいる，

　やがて種子が生まれ，

　風がその種子を遠くまで運んで再び蒔き，

　そして雨が養分を与える。

　(…………………………)

　自由よ，他の者たちは自由に絶望するがよい，

　だが私は決して絶望しない。

　家は閉ざされているのか？　主人はいないのか？

　それでも，準備したまえ，うんざりしないで見守っていた
　　まえ，

　彼はきっと帰ってくるであろう，彼の使者がまもなくやっ
　　てくるであろう。

(EPF 39-40)

　以上の引用が重要な意味を帯びてくるのは，ホイットマン自身が直面するアメリカの政治的現実を思い起こすときである。特に最後のスタンザで「自由よ，他の者たちは自由に絶望するがよい，／だが私は決して絶望しない」と語るとき，ホイットマンの言葉は，厳密に言えば，ヨーロッパ各地における挫折した革命家に向けられているのではない。彼は，最後の最後までアメリカの理想に殉じる揺るぎない決意のほどを語っているのである。

　ホイットマンの決意は，上の2行に続けて，「家は閉ざされているのか？　主人はいないのか？／それでも，準備したまえ」と語るとき，さらに力強く伝わってくる。これらの詩行が訴え

― 180 ―

3. 政党ジャーナリズムとの決別

ているのは，言うまでもなく，「主人」不在の「家」に，つまりは「自由」不在のアメリカに再度「自由」を住まわせることである。ホイットマンは，引用の最後を「彼の使者がまもなくやってくるであろう」と締めくくっているが，これは単なる待望論ではない。彼は，自らが「自由」の「使者」となり，「自由の種子」を蒔く決意を表明しているのである。

　以上の作品に見られるホイットマンの決意は一過性のものではなかった。と言うよりも，この決意こそ，1850年代前半における一連の政治行動の出発点であった。ホイットマンの決意は，1852年の大統領選挙の折に1通の手紙となって具体化した。彼は，8月14日に「1人の若者，1人の真の民主主義者」としての立場に立って（*The Correspondence* 39. 以下 *Cor*. と略す），ニューハンプシャー州選出の上院議員ジョン・パーカー・ヘイル（John Parker Hale）に手紙を書いた。ハーヴァード大学の大学院生リチャード・スーアル（Richard Sewall）によって偶然発見されたこの手紙には（*Cor*. 39)，奴隷制の拡張に反対するヘイルへの激励文に加え，「数万人の若者や機械工や作家などの本当の気持ち」を最後の拠り所にして（*Cor*. 40)，「自由」の「復活」を夢見るホイットマンの一途な思いが以下のように表現されている。「これらの人々の中には，(…) 多かれ少なかれ，いかなる時代においても，暴君や保守派や彼らと同類のすべての連中の策略をかわし，混乱させる機会をひたすら待ち受ける神聖な炎が赤々と燃えています」(*Cor*. 40)。

　ホイットマンの決意はまた，1854年6月に書かれ，『草の葉』初版に収録された「ボストン・バラッド」("A Boston Ballad (1854)")という詩にも受け継がれた。この作品は，5月24日

第 3 章　ブルックリン時代

にボストンで逮捕され，ヴァージニアへの引き渡しが決定した逃亡奴隷アンソニー・バーンズ（Anthony Burns）の事件を機に書かれたが，ホイットマンのねらいはバーンズ個人を救済することではなかった。彼は，バーンズ個人よりも，独立革命を戦った往年の戦士「ジョナサン」に照準を合わせ，彼らが1854年のアメリカ社会に所属すべき場所を見出すことのできない悲しみを表現した。連邦軍に連行されていくバーンズの姿を一目見ようと墓穴から出てきた「ジョナサン」の亡霊に向かって，彼は以下のように書いた。「退却せよ ── ぐずぐずするな！／墓穴まで戻れ ── 戻れ ── 丘まで戻れ，のろまなおいぼれたち！／とにかくここにはおまえたちの居場所はないのだ」（*LG* 265）。ホイットマンの理解では「ジョナサン」に象徴される「自由」の精神はすでに過去の遺物と化していた。

　現実と厳しく対峙するにつれて，ホイットマンはますます窮地へと追い込まれていった。それでも彼は夢を放棄することはなかった。1850年代半ばに書かれたと思われる以下の覚え書きからも明らかなように，彼はアメリカの本質をひたすら信じ続けた。「私には，表面に浮かぶ大統領や国会議員のすべての堕落の奥底に，1千尋の深さの清らかな水脈が流れているのが分かっている。── 水面に漂う浮きかすが何であろうとも，その水脈は真の大洋になるであろう」（*N* 2148）。ホイットマンを『草の葉』の出版へと駆り立てた原動力も，もちろんこのような信念に支えられてのことであった。

3. 政党ジャーナリズムとの決別

引用文献

Erkkila, Besty. *Whitman the Political Poet*. New York: Oxford UP, 1989.

Klammer, Martin. *Whitman, Slavery, and the Emergence of* Leaves of Grass. University Park: Pennsylvania State UP, 1995.

LeMaster, J. R., and Donald D. Kummings, eds. *Walt Whitman: An Encyclopedia*. New York: Garland, 1998.

Loving, Jerome. *Walt Whitman: The Song of Himself*. Berkeley: U of California P, 1999.

Reynolds, David S. *Walt Whitman's America: A Cultural Biography*. New York: Alfred A. Knopf, 1995.

Rubin, Joseph Jay. *The Historic Whitman*. University Park: Pennsylvania State UP, 1973.

Whitman, Walt. *Leaves of Grass: Comprehensive Reader's Edition*. Ed. Harold W. Blodgett and Sculley Bradley. New York: New York UP, 1965.

―. *Notebooks and Unpublished Prose Manuscripts*. Ed. Edward F. Grier. Vol. 6. New York: New York UP, 1984. 6 vols.

―. *The Correspondence*. Ed. Edwin Haviland Miller. Vol. 1. New York: New York UP, 1961-65. 5 vols.

―. *The Early Poems and the Fiction*. Ed. Thomas L. Brasher. New York: New York UP, 1963.

―. *The Journalism, 1834-1846*. Ed. Herbert Bergman, et al. Vol. 1. New York: Peter Lang, 1998.

―. *The Journalism, 1846-1848*. Ed. Herbert Bergman, et al. Vol. 2. New York: Peter Lang, 2003.

第4章

『草の葉』初版の創作ノート

表紙の中央に **Earliest and most important Note Book of Walt Whitman** と書かれた1847年の創作ノート
（米国議会図書館蔵）

1. 胎動する『草の葉』の詩人
── 初期創作ノート「アルボット・ウィルソン」を中心に ──

1847年のウォルト・ホイットマン (Walt Whitman) は，民主党機関紙『イーグル』(*The Brooklyn Daily Eagle, and Kings County Democrat*) の編集主幹を務めながらも，メキシコ戦争によって獲得される新領土に奴隷制を導入するかどうかの問題をめぐって，民主党保守派と対立を深めていた。ホイットマンの立場は革新派であった。彼は，「党は，(…) 自由のために戦った革命の父祖の思い出に対して忠実でなければならない」と書いて，最後の最後まで自らの政治信念を貫き通した (*The Journalism* 2: 349. 以下 *J* と略す)。民主党が自由の国アメリカの代弁者ではないことが分かると，ホイットマンの内部ではその後の人生を決定づける重大な変化が始まった。彼は，『イーグル』の紙面で保守派の妥協政治を批判する一方，『草の葉』(*Leaves of Grass*. 以下 *LG* と略す) 初版に取り込まれ，その根幹部を形成する断片的な文章や詩行を書き始めたのである。

本論では，1840年代の後半に書かれた『草の葉』の創作ノートから「アルボット・ウィルソン」("albot Wilson")[1] と呼ばれるもっとも古い創作ノートを取り上げ，そこに記された「自己」と詩に関する書き込みを手がかりにして，ホイットマンの中で『草の葉』の詩人に向けての転身がどのように進展していたのか，その一端を明らかにすることにしたい。

第 4 章　『草の葉』初版の創作ノート

1．1847年の創作ノート

　『草の葉』の詩人ホイットマンが誕生した経緯についてはこれまで多種多様な解釈が試みられている（Stovall 10-14）。一部の批評家は，「『宇宙的意識』」（Stovall 10），「神秘的体験」（Binns 69-70），「ルイジアナにおけるロマンス」（Holloway, *Whitman* 65-66）など，1850年前後のホイットマンが経験したと言われる出所の怪しい出来事を引き合いに出して，詩人誕生の経緯を説明している。しかしながら，ホイットマンは，何らかの偶発的な出来事を機に，ある日突然，『草の葉』の詩人に変身したわけではない。このことは，彼が，早い時期から「アルボット・ウィルソン」と呼ばれる創作ノートを書いていることの中にはっきりと示されている。

　「アルボット・ウィルソン」は，明らかに詩集の出版を念頭に置いて書かれた創作ノートである。そこには「自己」と詩に関するホイットマンの基本的な考え方だけでなく，加筆・修正の後，主に1855年の「序文」や「私自身の歌」（"Song of Myself"）に取り込まれ，『草の葉』初版の骨格を形成する書き込みが数多く含まれている。この限りにおいて，「アルボット・ウィルソン」は，政党ジャーナリズムの世界に身を置きながらも，精神的にはすでにそこから離脱しつつあるホイットマンの証として，あるいは政治ジャーナリストから『草の葉』の詩人へ転身しつつあるホイットマンが1840年代の後半に残した自己再生の記録として限りなく意味深いと言える。

　「アルボット・ウィルソン」について何よりもまず注目すべきは，創作上の書き込みに紛れて偶然書き込まれたと思われる以下の2つの走り書きである。

1. 胎動する『草の葉』の詩人

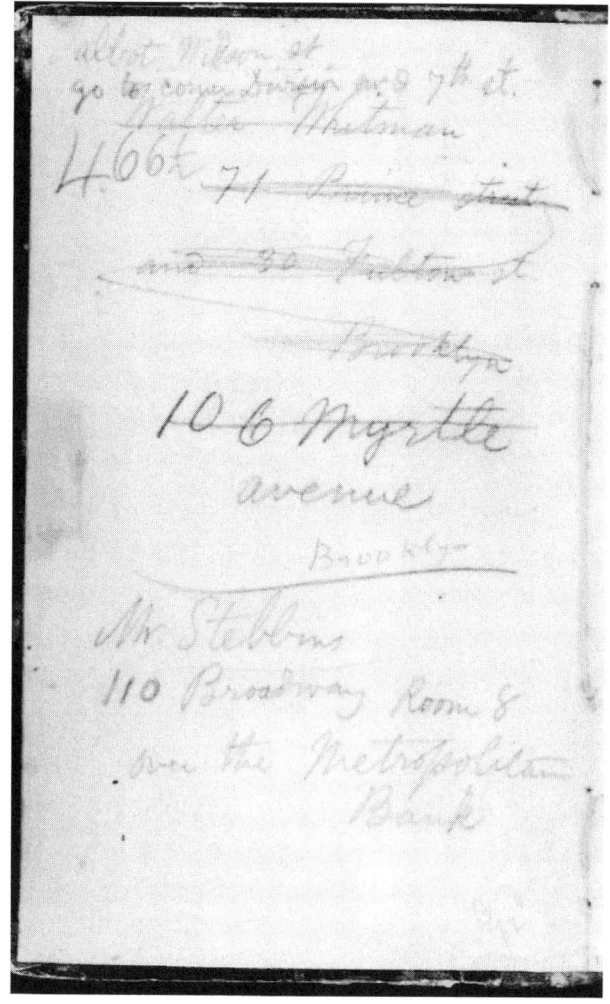

1行目の albot Wilson という書き込みから，この創作ノートは便宜上「アルボット・ウィルソン」と呼ばれている（米国議会図書館蔵）

第4章 『草の葉』初版の創作ノート

1847年4月19日,石工が地下室で仕事を開始,石工に全額の支払い

(*Notebooks* 58. 以下 *N* と略す)

1847, V. A.氏から総額受領

(*N* 71)

　金銭の支払いや受け取りを記した以上の記録は,一見,何ら語るべき内容を含んでいないように見える。しかし,両者に共通する「1847」という数字に着目するとき,これらの書き込みは,「アルボット・ウィルソン」が作成された年を示唆するものとして,あるいは『草の葉』が着想された年を表すものとしてひときわ重要な意味合いを含んでいる。事実,多くの批評家が,以上の2つの数字を論拠に,ホイットマンが『草の葉』に着手した年を1847年としている。一例を挙げると,エモリー・ホロウェイ (Emory Holloway) は,「1847年頃,ホイットマンは,7,8年かけて,『草の葉』初版に成長することになる書き込みを書き始めた」と言い (lxxxii),ベツィ・アーキラ (Betsy Erkkila) も同様にして,「1847年の日付がついている,現存するもっとも古い創作ノートに,彼(ホイットマン)は,『草の葉』の形式と内容の前兆を示す一連の散文や詩の覚え書きを記録した」と述べている (48)。[2]

　一方,ホイットマン自身の説明に耳を傾けると,彼は,『草の葉』に着手した年について,「私が初めて漠然と『草の葉』について考えたのはこの時期 (1853年とその直後) であった」,

1. 胎動する『草の葉』の詩人

1行目に1847という数字が書かれたページ（米国議会図書館蔵）

第4章 『草の葉』初版の創作ノート

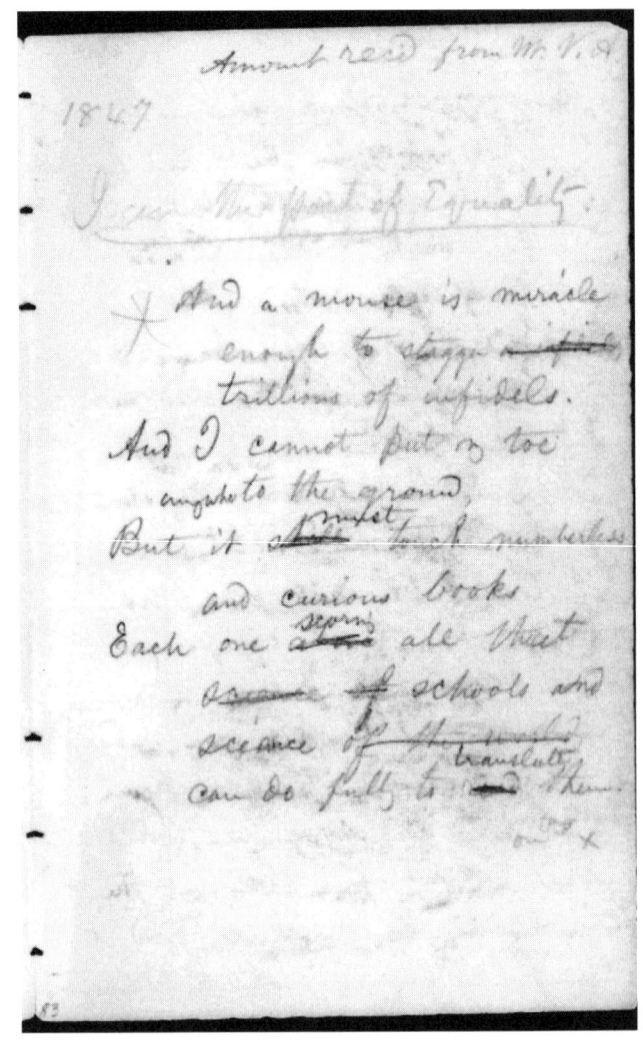

2行目に1847という数字が書かれたページ（米国議会図書館蔵）

1. 胎動する『草の葉』の詩人

あるいは「私は，1854年に，エマスンが私を煮えたぎらせた後に開始した」と語り（N 53），上で述べた批評家の見解と食い違いを見せている。しかし「1872年序文 ―― 自由な翼を持つたくましい鳥のように」("Preface 1872 ― As a Strong Bird on Pinions Free")と題するエッセーでは，『草の葉』の出版に要した準備期間を次のように書いて，多くの批評家が唱える「1847年」説に確かな根拠を提供している。

> 何年も前から，私は自分の詩の計画を念入りに仕上げることに着手した。そして引き続きその計画を何度も吟味し，（28歳から35歳まで）長い年月をかけてそれを心の中に移し変えた。大いに実験をして，大いに書いて，大いに破棄した（…）
>
> (LG 742)

上の説明によれば，ホイットマンが『草の葉』初版の構想を練り始めたのは，「アルボット・ウィルソン」の記載通り，1847年，「28歳」のときである。「序文」とわずか12編の作品からなる100ページ足らずの小さな詩集を出版するのに，ホイットマンが9年もの歳月を費やしたというのは，フロイド・ストウヴォール（Floyd Stovall）の言うように，確かに「『信じがたいこと』」なのかもしれない（N 54）。しかし，「大いに実験をして，大いに書いて，大いに破棄した」と語るホイットマンの言葉は決して誇張ではない。「序文」に織り込まれた壮大なアメリカのヴィジョンや詩人論はもとより，各々の作品で展開される独創的な主題や新奇な手法に目を向ければ，それは誰の目に

ラルフ・ウォルドー・エマスン
（米国議会図書館蔵）

も明らかであろう。ホイットマンに宛てた1855年7月21日の手紙で、「私は大いなる人生の門出に立つ貴兄に敬意を表します。このような出発をされるには、どこかで長い前段階の下地があったに相違ありません」と書いたラルフ・ウォルドー・エマスン（Ralph Waldo Emerson）の言葉を持ち出すまでもなく（*LG* 730）、『草の葉』が長年にわたる実験と書き直しの果てに誕生した詩集であるのは疑う余地のないことであった。

2. 『草の葉』初版の覚え書き

ホイットマンは、1840年頃から道徳的、教訓的、感傷的色彩の濃い詩や短編をブルックリンやニューヨークの新聞・雑誌に次々と発表したが、「アルボット・ウィルソン」に関する限り、そこにかつてのホイットマンを認めることはできない。1840年前後のホイットマンが、もっぱら人間の苦しみや悲しみに焦点を当てて、人生の教訓を語る傾向があったのに対して、「アルボット・ウィルソン」のホイットマンは、自己、肉体と魂、詩人の使命、言語、新世界アメリカの展望など、主に『草の葉』初版に直結する主題に関心を寄せて、精力的に書き込みを行っている。その書き込みは、完成度の高い散文や詩として

1. 胎動する『草の葉』の詩人

表現されることもあれば，不完全で断片的な文章として現れることもあるが，いずれの場合も，従来の文学の伝統から脱却し，アメリカ固有の文学を樹立せんとする真摯な情熱が溢れんばかりにみなぎっている。

こうした書き込みの多くは，1855年の「序文」や「私自身の歌」など，『草の葉』初版の主要な作品に取り込まれている。例えば，以下の2つの書き込みを見てみよう。

> 私は偉大な学者になって，学派を創設し，強固な柱でその学派を築き上げ，私の周りに若者たちを集めるようなことはしないであろう，また新しい優れた教派や政界の時代が訪れるよう，彼らを私の弟子にすることもないであろう，…私は鎧戸とガラス窓を開け，君たちの腰に左腕を巻きつけ，生きた学問と喜びの都市に通じる道に君たちを向かわせるだけだ。私にはできない…神にすらできないのだ…君たちの代わりにこの道を旅することは。
>
> (*N* 66)

> もし神の姿がただちに私の目前に現れた*としても*，私はへりくだったりはしないであろう。
>
> (*N* 56. 傍点は原文イタリック)

最初の書き込みを見ると，ホイットマンは，まだ見ぬ読者や聴衆を想定し，さながらアメリカを代表する詩人か演説家のような口調で，自己実現の旅を説いている。自己信頼と自尊心の重要性を訴えながら，既成の価値体系からの自発的な旅立ちを

第 4 章 『草の葉』初版の創作ノート

要請する以上の言葉は，次に引用する「私自身の歌」の 46 節と基本的に同じである。

> 私にはできない，いや誰であろうとできないのだ，あなたの代わりにあの道を旅するのは，
> あなたは自分の足で行かなければならない。
>
> （*LG* 83）

この点では 2 番目の書き込みについても同じことが言える。この書き込みは，以下に示すように，自己宣揚の究極的な表現として「私自身の歌」の 48 節に取り込まれている。

> そしていかなるものも，神でさえ，われわれにとってわれわれ自身以上に偉大なものではない。
>
> （*LG* 86）

以上の書き込みに加えて，「アメリカは静かに過去の精神を受け入れる」と書かれる 1 行が認められるのも意義深い（*N* 57）。この 1 行は，次のように 1855 年の「序文」の冒頭部に反映されている。

> アメリカは過去を排斥しない，過去がその形態のもとで，あるいは他の政治体制の中で生み出したものを，身分制度の思想を，古い宗教を排斥することはない，…静かにその教えを受け入れる…
>
> （*LG* 709）

1. 胎動する『草の葉』の詩人

　さらに注目すべきは,「夏草を観察しながら」(*N* 78),「朽ち果てるさまざまなもの,そして自然の化学作用によって,これらのものの肉体は草の葉になる」(*N* 57) という断片的な書き込みである。これら「草」に関する書き込みは,「私自身の歌」の1節に取り込まれ,次の1行に生まれ変わっている。

　　私はくつろいで横になり,気楽にぶらぶら歩き,一葉の夏
　　草を眺める。
(*LG* 28)

　先に引用した書き込みに見られる「草」は,「朽ち果てる」とか「自然の化学作用によって」と書かれる文脈から考えて,再生の「草」を表していると思われるが,再生の主題と関連して今思い出されるのは以下の書き込みである。

　　君は生まれることが美しいと思ったのか？
　　死ぬことだって同じように美しいことを,本当に私は知っ
　　　ている。
(*N* 72)

　「生まれること」と同様に「死ぬこと」もまた「美しい」とするこの書き込みが特に注目に値するのは,「私自身の歌」の6節に同一内容の表現を認めることができるからである。6節のホイットマンは,「草」の意味を問う子供の質問を機に,「生」と「死」の関係を見つめ直し,最終的には「死ぬことは誰かが

― 197 ―

第4章　『草の葉』初版の創作ノート

Have you supposed it beautiful to be born? I tell you I know it is just as beautiful to die; で始まるページ（米国議会図書館蔵）

1. 胎動する『草の葉』の詩人

想像するのとは違って，ずいぶん幸せなことだ」という結論を導き出している (*LG* 35)。興味深いことに，この結論は，同詩7節の冒頭部に受け継がれ，「美しい」と「幸せ」の違いこそあるものの，上に引用した書き込みとほぼ同一の表現が以下のように再現されている。

> 生まれることが幸せだなんて誰が思ったのだろうか？
> 彼であろうと彼女であろうと，私は急いで伝えよう，死ぬ
> 　　ことだって同じように幸せであると，そして私にはその
> 　　ことがわかっていると。
>
> (*LG* 35)

　この引用は，「私自身の歌」の6節に登場する「どんなに小さな草の芽を見ても，本当に死が存在しないことが分かる」と書かれる1行と並んで (*LG* 34)，ホイットマンの死生観の中核を作り上げている詩行である。このような詩行に直結する書き込みがすでに1847年の時点で確認できるのは驚くべきことであるが，『草の葉』初版に取り込まれた独創的な書き込みは，これまでに紹介したものも含めて，一朝一夕のうちに誕生したわけではない。当然のこととして，ホイットマンの内部では1847年よりも早い時期からアメリカ固有の詩人に関する密かな思索の営みがあったにちがいない。

　このことを裏付けるように，ホイットマンは，早くも1842年にエマスンの講演を題材にして記事を書いている。彼は，3月5日，「現代の詩歌」("Poetry of the Times") という講演を聞くと，その2日後に彼自身が編集する日刊新聞『オーロラ』

— 199 —

第 4 章 『草の葉』初版の創作ノート

(*New York Aurora*) に「エマスン氏の講演」("Mr. Emerson's Lecture") と題する短い記事を書いて，以下のようにその印象を語っている。「講演は，内容・様式ともに，これまで1度も耳にしたことのない豊かで美しいものであったと言えば十分であろう」(*J* 1: 44)。ホイットマンは，1841年5月に念願のニューヨーク進出を果たし，エマスンの講演に代表される革新的な文芸思想を熱心に吸収し始めたが，ホイットマンの自己形成に大きな影響を与えたニューヨーク時代も詩人誕生に向けての胎生期と見なすのであれば，『草の葉』は，われわれが想像する以上に長い準備期間を経て誕生したことになろう。

引き続き，「アルボット・ウィルソン」から注目すべき書き込みを取り出してみよう。ホイットマンは，「魂」と「物質」に集約された矛盾・対立が1つに折り合うヴィジョンを求めて以下のような思索を展開している。

> 魂の流出や具体化は常に生理学の美しい法則のもとにある。――想像するに，魂自体は（…）偉大で純粋で不滅である。しかしそれは物質を通してのみその姿を現す――完璧な頭脳とそれに見合う内臓や骨格は，魂が樹木に囲まれた庭園からやってきて，世間の人々の目の前に喜んでその姿を現す通行可能な門なのだ。
>
> (*N* 58)

「魂」は「物質を通してのみその姿を現す」と書いて，「魂」と「物質」の間に相互補完の関係を見つめるとき，あるいは「完璧な頭脳とそれに見合う内臓や骨格」は「魂」が「その姿を

1. 胎動する『草の葉』の詩人

The effusion or corporation of the soul is always under the beautiful laws of physiology — で始まる書き込み（米国議会図書館蔵）

現す通行可能な門」であると結ぶとき，ホイットマンは『草の葉』初版のヴィジョンを先取りしている。「私は充電された肉体を歌う」("I Sing the Body Electric")の1節や「私自身の歌」の3節には上の引用に似た考えが以下のように記されている。

　そしてもし肉体が魂でないとしたら，魂とは何だろうか？
(*LG* 94)

　1つを欠くことは両方を欠くことに等しい，そして目に見
　　えないものは目に見えるものによって証明され，
　ついに見えるものは見えなくなり，順番に証明を受ける。
(*LG* 31)

　以上のことと関連してもう1つ見落としてならないのは，「自己」を二極的にとらえるホイットマンの姿勢がすでに「アルボット・ウィルソン」に見受けられる点である。

　(…) 私はいつも自分自身を2つのものとして —— 私の魂と私として意識している。そしてこのことはすべての男女についても同じことだと思う。

(*N* 63)

　「私自身の歌」の1節における「私はぶらぶら歩いて，私の魂を招く」(*LG* 28)，あるいは5節における「私は君を信じているさ，私の魂よ，そしてもう1人の私だって君に対してへりくだってはならない」(*LG* 32)に代表されるように，『草の葉』の詩的

1. 胎動する『草の葉』の詩人

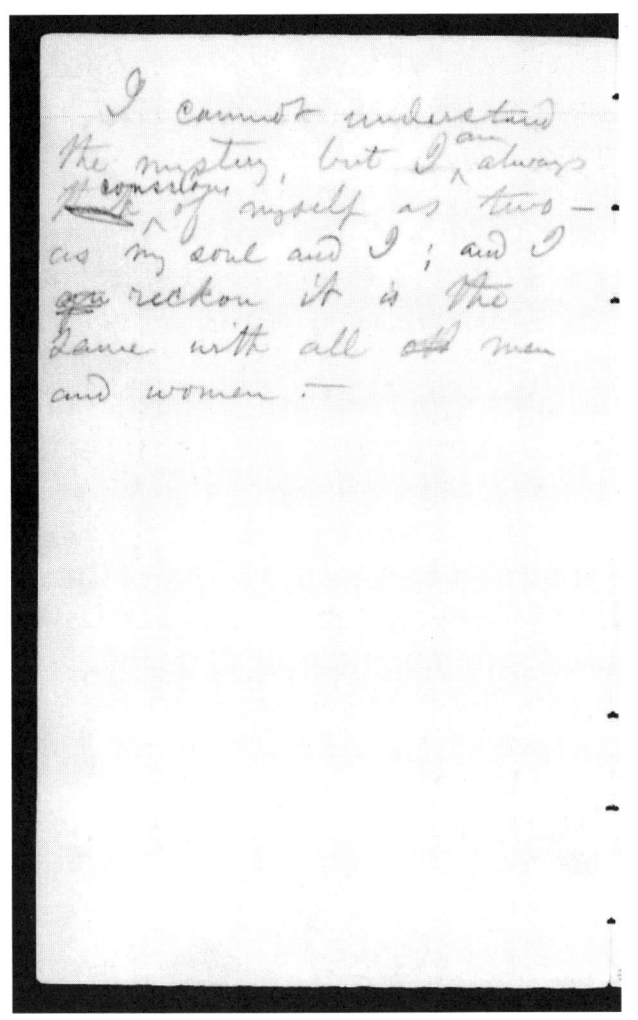

I cannot understand the mystery, but I am always conscious of myself as two ― で始まるページ（米国議会図書館蔵）

第4章 『草の葉』初版の創作ノート

世界が「私」と「私の魂」という2つの軸を中心にして展開されているのは周知の事実である。こうした二元的な自己認識を記したおそらくは最初の記録として上の書き込みはこの上なく興味深い。

　自分自身を「私」と「私の魂」ととらえるホイットマンが両者の関係についてどのような考えを深めていたのか，興味深い問題ではあるが，「アルボット・ウィルソン」にはこの点に関する書き込みは含まれていない。先に引用した「魂の流出や具体化は常に生理学の美しい法則のもとにある」という書き込み，あるいは「魂や精神はすべての物質に姿を変える」(N 57) という書き込みなどを念頭に置けば，ホイットマンは「私」と「私の魂」についても同様の考えを深めていたにちがいない。しかし，今はこのような推論を立てることよりも，『草の葉』初版の二極的な思考様式が早くも1847年の創作ノートに確認できる事実をより重要なこととして強調しておくことにしたい。なぜなら，この思考様式こそ，詩人ホイットマンの終生変わらぬ特徴であり，矛盾・対立する2つの逆方向を軸とする『草の葉』の構造を決定づけているように思われるからである。

3．アメリカ固有の詩人を目指して

　「アルボット・ウィルソン」のホイットマンは，特に詩人について多くの書き込みを残している。これらの書き込みは断片的なものが多く，必ずしも系統立っているわけではないが，それでも全体として眺めると，伝統詩には見られないアメリカ固有の主題を目指そうとするホイットマンの姿勢がことのほか際立っている。一例を挙げると，彼は以下のように書いている。

1. 胎動する『草の葉』の詩人

私は肉体の詩人である
そして私は魂の詩人である

(N 67)

私は男性のみならず女性の詩人でもある

(N 73)

　前者は「私は『肉体』の詩人，そして『魂』の詩人である」，そして後者は「私は，男性の詩人であるのと同様，女性の詩人でもある」という1行に置き換えられ，「私自身の歌」の21節に登場している (LG 48)。これ以外にも，「私は奴隷と奴隷の主人の詩人である」(N 67)，「私は『力』と『希望』の詩人である」(N 67)，「私は真実の詩人である」(N 69)，「私は小さなものと赤ん坊の／空中を浮遊するブヨの，そして糞を転がすコガネムシの詩人である」(N 70)，「私は『平等』の詩人である」(N 71. 傍点は原文イタリック体)，「私は罪の詩人である」(N 73) という具合に，詩人に関する書き込みは枚挙にいとまがない。1840年前後のホイットマンが伝統詩の技法を駆使して，主に教訓詩や感傷詩を書いていたことを思い起こすとき，以上のホイットマンは驚くべき方向転換を示している。
　もっとも，1840年代後半の国内事情からすれば，こうした詩人像は驚くに値しないのかもしれない。領土拡張政策が頂点に達した1840年代の後半は，アメリカ固有の文学を求める議論がもっとも盛んに行われた時期であった。ゲイ・ウィルソン・アレン (Gay Wilson Allen) によれば，この議論を積極的に推

第4章　『草の葉』初版の創作ノート

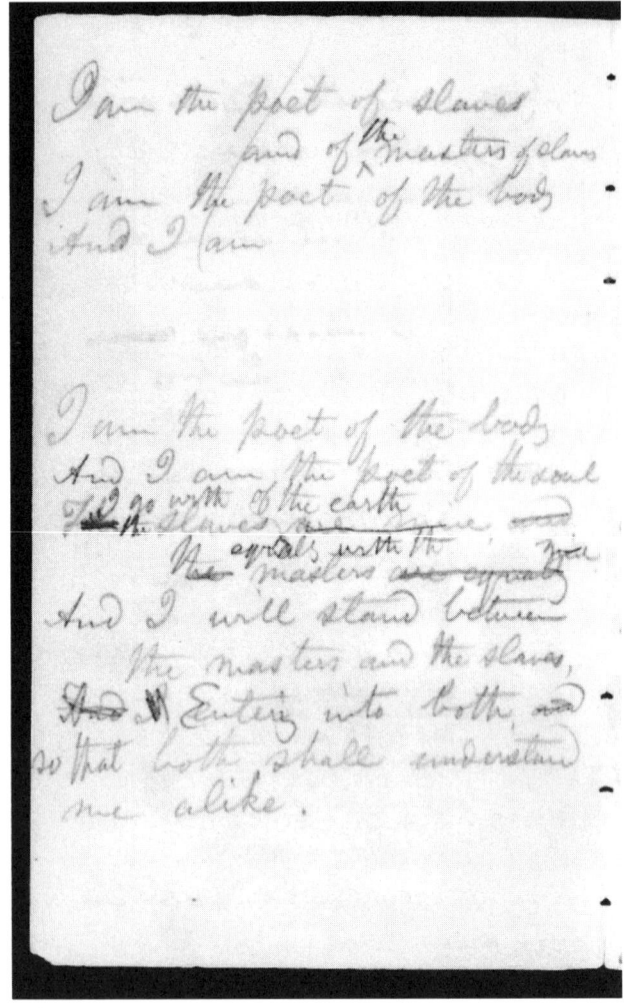

中ほどに I am the poet of the body   And I am the poet of the soul
と書かれたページ（米国議会図書館蔵）

1. 胎動する『草の葉』の詩人

進したのは,『デモクラティック・レビュー』(*The United States Magazine, and Democratic Review*) に集結した「ヤングアメリカ」(Young America) と呼ばれる急進的な作家や批評家のグループであった (128)。彼らは,ヨーロッパからのアメリカ文学の解放を唱えただけでなく,トマス・ジェファスン (Thomas Jefferson) やアンドルー・ジャクソン (Andrew Jackson) の政治理念を実現する上で,文学が生きた,民主的な勢力にならなければならないことを訴える一方,「国民のための文学」,「大衆のための詩」,「国民の偉大な『詩人』」の出現を強く要求した (Allen 128)。ホイットマンは,「ヤングアメリカ」の活動家と親密な交際はなかったようであるが (Allen 129),それでも時代の最先端に生きるジャーナリストとして彼らの考え方を積極的に吸収したであろうことは想像にかたくない。

以上のように述べてくると,「アルボット・ウィルソン」は,ヨーロッパからの離脱と自立を要求する時代の産物であり,アメリカ固有の文学を求めてやまない時代精神を忠実に反映しているように見える。しかし,より正確に言えば,ホイットマンを「アルボット・ウィルソン」に向かわせたのは領土拡張政策という時代背景のもとで活発化した国民文学運動ではなかった。その直接的な契機となったのは,物質主義が優位を占める貪欲な商業主義や奴隷制の拡大を容認する民主党保守派のもとで,アメリカの伝統的な価値観が空洞化していくことに対する危機感であった。時代に対する危機感は並大抵のものではなかった。このことは,『イーグル』を追われたホイットマンが,その後,自由の使者として数々の政治行動を起こしていることからも十分に窺い知ることができる。

第 4 章　『草の葉』初版の創作ノート

　ホイットマンの政治行動は，1848年6月に南部から帰ると，すぐさま表面化した。彼は，8月9日，バッファローで開催された自由土地党の結党大会にブルックリン地区代表の1人として出席した。これを機に，党機関紙『フリーマン』(*Brooklyn Freeman*) の編集を担当し，短い期間ではあったものの，これまでにない激しい口調で奴隷制の拡張に異議を唱えた。1850年の3月から6月にかけては，フリーランサーという立場で4編の政治詩を発表した。これらの作品はいずれも民主党保守派に対する抗議の詩であった。[3]　彼は，いわゆる「1850年の妥協」として知られる連邦分裂の打開策を正面にすえて，保守派の妥協政治を徹底的に批判した。一方，6月21日，ホーレス・グリーリー (Horace Greeley) の日刊新聞『トリビューン』(*New York Tribune*) に発表した「復活」("Resurgemus") と題する4番目の詩では，「自由よ，他の者たちは自由に絶望するがよい，／だが私は決して絶望しない」と書いて，自由に寄せる揺るぎない信念を表明した (*The Early Poems and the Fiction* 40)。

　以上のホイットマンの決意は，1854年5月24日にボストンで逮捕され，南部への引き渡しが決定した逃亡奴隷アンソニー・バーンズ (Anthony Burns) に題材を求めた「ボストン・バラッド」("A Boston Ballad (1854)") と題する詩，さらには1856年の大統領選挙に際して書かれた「第18期大統領職！」("The Eighteenth Presidency!") と題する未発表の政治論文へと引き継がれていくが，こうした一連の政治行動を念頭に置いて改めて「アルボット・ウィルソン」の意義について考えてみると，それは単なる時代の産物ではなかった。ホイットマンは，建国精神に立脚するアメリカの理想が失われていく時代に対する危機

1. 胎動する『草の葉』の詩人

感ゆえに，あるいは民主党の妥協政治に対する怒りと不信の果てに，政党ジャーナリズムの世界から距離を置いて，彼自身の言葉でアメリカ固有の文学と自己を語る地点に立ったのである。「アルボット・ウィルソン」の意義はこの点にあると言ってよい。

注

1. "albot Wilson" という創作ノートの表題は，ホイットマン自身が命名したものではなく，*Notebooks and Unpublished Prose Manuscripts* の編者 Grier が，編集の都合上，ノートの冒頭部における "albot Wilson" という書き込みをそのまま借用して，名付けたものである。Grier の推論によれば，"albot Wilson" とは，1854年から55年にかけてブルックリンの Wilson 通りに住んでいたことが確認されている画家 Talbot を指している (55)。
2. 他に，Reynolds (117)，Grier (1456)，Allen (134) などの批評家も，ホイットマンが『草の葉』に着手した年を1847年としている。
3. 1850年に発表された4編の政治詩については，本書収録の拙論「政党ジャーナリズムとの決別 ―『イーグル』後のホイットマン ―」を参照されたい。

引用文献

Allen, Gay Wilson. *The Solitary Singer: A Critical Biography of Walt Whitman*. 1955. New York: New York UP, 1969.

Binns, Henry Bryan. *A Life of Walt Whitman*. 1905. New York: Haskell, 1969.

Brasher, Thomas L. *Whitman as Editor of the Brooklyn Daily Eagle*. Detroit: Wayne State UP, 1970.

Erkkila, Besty. *Whitman the Political Poet*. New York: Oxford UP, 1989.

第4章 『草の葉』初版の創作ノート

Grier, Edward F. "Walt Whitman's Earliest Known Notebook." *PMLA* 83 (1968): 1453-56.

Holloway, Emory. *The Uncollected Poetry and Prose of Walt Whitman*. Vol. 1. New York: Peter Smith, 1932. 2 vols.

———. *Whitman: An Interpretation in Narrative*. 1926. New York: Biblo and Tannen, 1969.

Reynolds, David S. *Walt Whitman's America: A Cultural Biography*. New York: Knopf, 1995.

Stovall, Floyd. *The Foreground of* Leaves of Grass. Charlottesville: UP of Virginia, 1974.

Whitman, Walt. *Leaves of Grass: Comprehensive Reader's Edition*. Ed. Harold W. Blodgett and Sculley Bradley. New York: New York UP, 1965.

———. *Notebooks and Unpublished Prose Manuscripts*. Ed. Edward F. Grier. Vol. 1. New York: New York UP, 1984. 6 vols.

———. *The Early Poems and the Fiction*. Ed. Thomas L. Brasher. New York: New York UP, 1963.

———. *The Journalism, 1834-1846*. Ed. Herbert Bergman, et al. Vol. 1. New York: Peter Lang, 1998.

———. *The Journalism, 1846-1848*. Ed. Herbert Bergman, et al. Vol. 2. New York: Peter Lang, 2003.

2. 混迷するアメリカと
1850年代前半の創作ノート

　1849年9月，自由土地党機関紙『フリーマン』(*Brooklyn Freeman*)を退職したウォルト・ホイットマン(Walt Whitman)は，その後も政治活動を展開し続けた。1850年には4つの政治詩を書いて，民主党保守派の妥協政治を公然と攻撃し，1852年の大統領選挙の折には，熱心な奴隷制反対論者に手紙を出して，自由土地党の指名候補として選挙に出馬するよう要請した。さらに1854年にはボストンで起きた逃亡奴隷逮捕の事件を機に，「ボストン・バラッド」("Boston Ballad (1854)")と題する詩を発表し，自由の精神が失われたアメリカの現実を痛烈に揶揄した。

　一方，ホイットマンはこの間も創作ノートを書き続けた。彼は，『草の葉』(*Leaves of Grass*. 以下 *LG* と略す)初版に取り込まれる自己と詩に関する覚え書きだけでなく，建国の理想が形骸化していくアメリカに対する厳しい批判を記録することも忘れなかった。本論では，1850年代前半に書かれた作品や創作ノートなどを手がかりにして，ホイットマンが混迷するアメリカの現実とどのように対峙していたのか，その一端を追跡することにしたい。

1.「自由」の「使者」として

　デイヴィッド・S. レイノルズ(David S. Reynolds)は，その

第4章 『草の葉』初版の創作ノート

著『ウォルト・ホイットマンのアメリカ』(*Walt Whitman's America: A Cultural Biography*) で「『草の葉』の種子は1850年の政治危機に蒔かれた」と書いている (132)。この指摘の通り, 1850年のホイットマンは, 『草の葉』の詩人に向けていよいよ本格的な変化を遂げる重要な時期にさしかかっていた。

『フリーマン』の編集を最後に政党ジャーナリズムの世界から身を引いたホイットマンは, 1850年3月から6月にかけてフリーランサーという自由な立場でニューヨークの日刊紙に4つの政治詩を発表した。[1] 彼は, これまでにない激しい言葉で民主党の政治を攻撃した。ホイットマンの民主党批判は, 1846年1月から48年3月までのほぼ2年間, 彼自身が編集主幹を務めた民主党機関紙『イーグル』(*The Brooklyn Daily Eagle, and Kings County Democrat*) の記事にも見受けられ, それ自体特にめずらしいことではない。しかし1850年の政治詩に見られる民主党批判は, 批判だけに終始するのではなく, 自らが担うべき役割についてその真情を明らかにしている点において, 『イーグル』時代の批判とは一線を画するものであった。

1850年の政治詩は, いわゆる「1850年の妥協」として知られる民主党保守派の妥協政治を批判するのがねらいであった。その中でも特に注目に値するのは, 6月21日, ホーレス・グリーリー (Horace Greeley) が創設した『トリビューン』(*New York Tribune*) というホイッグ党系の日刊新聞に掲載された「復活」("Resurgemus") と題する4番目の作品である。この作品は, 1848年から49年にかけてフランス, オーストリア, ハンガリー, ドイツ, イタリアの各地で起きた反乱を直接の契機として書かれたと言われているが (Klammer 82), ホイットマンの最終的な

2. 混迷するアメリカと1850年代前半の創作ノート

ねらいは，圧殺された人々に対して連帯と共感の念を表明することではなかった。彼は，ヨーロッパ各国の専制君主と自由不在のアメリカを重ね合わせ，ヨーロッパというよりはむしろアメリカに向けて力強いメッセージを発信したのである。作品の結末部にはそのメッセージが以下のように記されている。

> 自由よ，他の者たちは自由に絶望するがよい，
> だが私は決して絶望しない。
> 家は閉ざされているのか？ 主人はいないのか？
> それでも，準備したまえ，うんざりしないで見守っていたまえ，
> 彼はきっと帰ってくるであろう，彼の使者がまもなくやってくるであろう。
>
> (*The Early Poems and the Fiction* 40. 以下 *EPF* と略す)

「1850年の妥協」を念頭に置いて上の引用を読めば，「主人」不在の「家」とは「自由」不在のアメリカを指している。ホイットマンのねらいが「自由」不在のアメリカに再度「自由」を住まわせることにあるのは改めて指摘するまでもないが，「彼の使者がまもなくやってくるであろう」と書くとき，彼は，いわゆる傍観者としていたずらに「使者」の到来を予告しているのではない。決してそうではない。ホイットマンは，自らを「自由」の「使者」として位置づけ，アメリカ全土に「自由の種子」を蒔こうとする彼自身の決意を表明しているのである (*EPF* 39)。言うまでもなく，この決意は何の前触れもなく突然出現したのではない。それは，『イーグル』や『フリーマン』の編集を通し

第4章 『草の葉』初版の創作ノート

て建国の理念に基づくアメリカ精神の復活を訴え続けた1840年代後半のホイットマンから生まれる決意であり，ニューヨーク時代の活躍も含めれば，ほぼ10年間にわたるジャーナリズム活動の総決算として出現したのである。

「復活」に見られるホイットマンの決意は一時的なものではなかった。それは1852年の大統領選挙の折に1つの政治行動となって表面化した。彼は，8月14日，「見知らぬ者，ある若者，真の民主主義者であることを願う者からの言葉」という長い前置きを添えて（*The Correspondence* 39. 以下 *Cor.* と略す），熱心な奴隷制反対論者として知られるニューハンプシャー州選出の上院議員ジョン・パーカー・ヘイル（John Parker Hale）に手紙を書いた。そのねらいは，自由土地党の大統領候補として選挙に出馬するようヘイルを説得することであった。ホイットマンの説得が功を奏したかどうか，この点は明らかではないが，ヘイルは大統領候補の指名を受け入れ，選挙戦に打って出た。しかし選挙は惨憺たる結果に終わった。民主党候補のフランクリン・ピアス（Franklin Pierce）が勝利を収め，ヘイルは総投票数約300万票のうち15万票ほどを獲得したにすぎなかった。

ホイットマンの努力は実を結ぶことなく終わったが，選挙の結果以上に興味深いのは，彼がヘイルに宛てた手紙の内容である。この手紙には，ヘイルを支援する熱烈な言葉に加え，「国民」に全信頼を寄せて，アメリカの再建を果たそうとするホイットマンの熱意が随所にみなぎっている。以下にその一部を引用してみよう。

　　あなたはワシントンにいて，何年も著名な方々と交際し

2. 混迷するアメリカと1850年代前半の創作ノート

ジョン・パーカー・ヘイル
（米国議会図書館蔵）

フランクリン・ピアス
（米国議会図書館蔵）

ています。私はワシントンに行ったことは1度もありません。そして著名な方々を誰も存じ上げておりません。しかし私には国民の気持ちが分かっています。（私は事実上ニューヨークにいますから）この力強い都市の本当の気持ちが——数万人の若者や機械工や作家などの本当の気持ちが十分に分かっています。これらの人々の中には、（…）多かれ少なかれ、いかなる時代においても、暴君や保守派や彼らと同類のすべての連中の策略をかわし、混乱させる機会をひたすら待ち受ける神聖な炎が赤々と燃えています。現在、ニューヨークはアメリカでもっとも革新的な都市なのです。

(*Cor.* 40)

この手紙によれば、1852年のホイットマンを支えていたのは、

第4章 『草の葉』初版の創作ノート

「数万人の若者や機械工や作家など」に代表される「国民」への限りない信頼であった。彼は,「国民」の中に「自由」の復活を願う「神聖な炎が赤々と燃えて」いると信じ,それを心の糧にすることによって,アメリカ再建の夢を維持していたのである。むろん,この種の連帯は今に始まったことではない。1840年代のホイットマンが,社会派ジャーナリストとして,あるいはトマス・ジェファスン(Thomas Jefferson)やアンドルー・ジャクソン(Andrew Jackson)の熱心な信奉者として大衆の声を代弁していたのは周知の通りである。しかし,上の引用に見られる「国民」への共感は,1840年代のそれとは性格を異にしている。仮に『イーグル』の編集を開始した1846年頃のホイットマンが,ポール・ツワイク(Paul Zweig)が指摘するように,「民主主義の原理の問題」としてやや「抽象的」に大衆をとらえる傾向があったとすれば(134),50年代のホイットマンは,より現実的な問題として「国民」を意識するようになった。その最大の要因は,手短に言えば,政界に対する根強い不信感であった。

2.「裏切り」の時代

　ホイットマンの政治不信が表面化するのは,メキシコ戦争によって獲得される新領土に奴隷制を導入するか否かの問題をめぐって,ニューヨークの民主党が保守派と革新派に分裂し,政界が大きく混乱し始めた1846年あたりからである。1850年代に入ると,政治に対する不信感は一段と深刻な様相を帯びるに至った。彼は,1856年の大統領選挙に際して書いた「第18期大統領職！」("The 18th Presidency!")と題する未発表の政治論文で,50年代前半に大統領職に就いたミラード・フィルモア

2. 混迷するアメリカと 1850 年代前半の創作ノート

(Millard Fillmore) とピアスの治世を振り返り，次のように手厳しい批判を展開している。

> 第 16 期，第 17 期（…）のアメリカ大統領は，著名な統治者の極悪と浅薄が，外国の専制政治や王政や帝国と同様に，合衆国にとってもまったくふさわしいものであることを示した —— 両者には何の違いもないのだ。歴史はこれら 2 つの大統領職をこれまでのところわれわれへの最大の警告および恥辱として記録するであろう。これほど醜く月並みで，泣き言を並べ，信頼の置けない裏切り者たちが，公に姿を現したことはこれまでに 1 度もない！　合衆国は，これほどまでに侮辱を受け，これほどまでに裏切りを試されたことは 1 度もない！
>
> (*Notebooks* 6: 2123. 以下 *N* と略す)

ミラード・フィルモア
（米国議会図書館蔵）

「自由」の代弁者であるはずの新世界アメリカが，「侮辱」と「裏切り」の国へとその性格を大きく変えていくにつれて，政党政治に対するホイットマンの怒りと不信はますます深まっていった。「私はいかなる古い政党にも，またいかなる新しい政党にも，信頼を置いていない」と書いていることからも容易に想像がつくように (*N* 6: 2129)，彼は徹底した政治不信へと追い

第 4 章　『草の葉』初版の創作ノート

込まれていった。ホイットマンは今,「民主主義の原理の問題」というよりも,より現実に密着した問題として「国民」を意識し,彼らにアメリカの運命を託さなければならない地点に立ったのである。

　一方,1850年代のアメリカはホイットマンの目指す方向からかけ離れていくばかりであった。「1850年の妥協」は,連邦分裂の危機を回避したものの,根本的な解決をもたらしたわけではなかった。南北の対立感情はその後もくすぶり続けた。「妥協」の副産物として制定されたより厳重な逃亡奴隷引渡法は,南北間の対立をあおる大きな要因となった。1852年に出版された『アンクルトムの小屋』(*Uncle Tom's Cabin*) の驚異的な成功もまた,北部の人々に南部の不正を改めて強く印象づけることになった。さらにピアス大統領は,北部出身でありながら,南部勢力の拡大を助長する政策を実施した。1854年5月に成立したカンザス・ネブラスカ法はその典型であった。南北の対立はこれにより本格的に再燃し,1820年以来,奴隷制の北部進出を阻止してきたミズーリ協定は事実上その効力を失い,奴隷制の反対を唱える運動が党派を超えて北部各地で大きな盛り上がりを見せた。

　1854年6月に書かれ,『草の葉』初版に収録された「ボストン・バラッド」("A Boston Ballad (1854)") は,巨視的な見方をすれば,以上の時代に対する抗議の詩であった。ホイットマンは,1854年5月24日,逃亡奴隷の容疑によりボストンで逮捕され,ヴァージニアへの引き渡しが決定したアンソニー・バーンズ (Anthony Burns) を題材にしてこの作品を書いたが (Erkkila 63),暴動によって1名の死者を出したこの事件は,当時「ボス

2. 混迷するアメリカと 1850 年代前半の創作ノート

『アンクルトムの小屋』の作者ハリエット・ビーチャー・ストウ
(米国議会図書館蔵)

ボストンにおける反奴隷集会 (©ニューヨーク公立図書館蔵)

第 4 章　『草の葉』初版の創作ノート

トンの奴隷暴動」と呼ばれ，ボストンはもとより，ニューヨークでも大きく報道された（Malin 52）。『ニューヨーク・タイムズ』（*New York Daily Times*）は，2 週間以上にわたってこの事件の特集記事を組み，各地で大規模な抗議集会が開かれた（Malin 52）。ウェンデル・フィリップス（Wendell Phillips）やセオドアー・パーカー（Theodore Parker）など，当時の高名な奴隷制反対論者は不当判決に異議を唱え，ヘンリー・デイヴィッド・ソロー（Henry David Thoreau）は，7 月 4 日の大規模な抗議集会で「マサチューセッツにおける奴隷制」（"Slavery in Massachusetts"）と題する演説を行い，熱弁を振るった（Reynolds 137）。

　ホイットマンにとっても，バーンズの逮捕は一個人の問題ではなかった。彼は，バーンズ個人よりも，「自由」のために命を捧げた往年の戦士「ジョナサン」に照準を合わせて，彼らが

連邦軍に連行される逃亡奴隷アンソニー・バーンズとトマス・シムズ
（Ⓒニューヨーク公立図書館蔵）

2. 混迷するアメリカと1850年代前半の創作ノート

ウェンデル・フィリップス
（米国議会図書館蔵）

ヘンリー・デイヴィッド・ソロー
（米国議会図書館蔵）

ニューヨークで講演するセオドアー・パーカー
（米国議会図書館蔵）

第4章　『草の葉』初版の創作ノート

1854年のアメリカ社会に自らの所属すべき場所を見出すことのできない悲しみを描いた。連邦軍に引かれてボストンの通りを行くバーンズを見物しようと，丘の墓地から出てきた「ジョナサン」の亡霊に向かって，ホイットマンは次のように叫んでいる。

> 退却せよ —— ぐずぐずするな！
> 墓穴まで戻れ —— 戻れ —— 丘まで戻れ，のろまなおいぼれたち！
> とにかくここにはおまえたちの居場所はないのだ。
>
> (*LG* 265)

　ホイットマンの理解では，1854年のアメリカを支配していたのは，「ジョナサン」に象徴される自主独立と高邁な「自由」の精神ではなかった。「ジョナサン」に代わる新たなアメリカ精神の象徴としてジョージ3世の復活を皮肉混じりに提唱し，作品の終結部で以下のように書くとき，「自由」を放棄したアメリカに対する憤りは最高潮に達している。

> ジョージ国王の棺を掘り起こせ，すぐさま死装束を脱がせて，旅立ちのために彼の遺骨を箱詰めにせよ，
> 迅速なヤンキーの快速船を手に入れろ —— ほら，おまえの船荷だ，腹の黒い快速船よ，
> 錨を上げろ —— 帆をいっぱいに広げよ —— ボストン湾に向かってまっすぐ舵を取れ。
>
> (*LG* 266)

2. 混迷するアメリカと 1850 年代前半の創作ノート

　もとより、ホイットマンは逃亡奴隷引渡法に対してきわめて強硬な姿勢をとっていた。その姿勢は「第 18 期大統領職！」における次の 1 節からも窺い知ることができる。「いわゆる逃亡奴隷引渡法に関して言えば、これは国会と大統領が傲慢にも国民に押しつけたものであり、基本契約全体に違反し、南部であろうと北部であろうと、合衆国のあらゆる地方で、言論により、ペンにより、もし必要ならば銃弾と剣により、いかなる時でも拒否しなければならない」(N 6: 2132-33)。ホイットマンの言う「基本契約」とは、「独立宣言」と「連邦憲法」であった。とりわけ「連邦憲法」は、「アメリカのすべての法律に優先する法であり、大統領、国会、選挙よりも偉大なもの」でなければならなかった (N 6: 2131)。この限りにおいて、バーンズの逮捕は、アメリカ民主主義の理念そのものを根底から覆す象徴的な事件としてホイットマンの心に重苦しくのしかかっていたのである。

　以上見てきたホイットマンの危機感は、1850 年代前半の作品だけでなく、同時期の創作ノートにも暗い影を投げかけている。その多くは、政界に対する厳しい批判となって現れている。例えば、彼は以下のように記している。

　　大統領や知事や市長の著名な公職には何も存在しない、堂々たる血筋、最高の歴史的英雄の名前から直接受け継いだ遺産、あるいはわれわれが頭をまっすぐ高く持ち上げ、われわれの心が膨れ上がった誇りで満たされるようなもの、これらのものは何 1 つとして存在しない (…)。公職はどれほど高貴なものであろうと、そして富はどれほど大きなものであろうと、しばしば卑劣できわめて貧弱な性質を呈

第4章 『草の葉』初版の創作ノート

している。

(*N* 1: 129-30)

アンドルー・ジャクソン
(米国議会図書館蔵)

　大統領，知事，市長など，いわゆる行政職の最高責任者に攻撃の矛先を向けて，彼らに欠如しているのが，「最高の歴史的英雄」から受け継ぐべき「堂々たる血筋」や「遺産」であると指摘するとき，ホイットマンの脳裏に浮かんでいたのは，ジョージ・ワシントン (George Washington)，ジェファスン，ジャクソンの3名であった。1847年3月15日，ジャクソンの誕生日を祝して『イーグル』に投稿した「アンドルー・ジャクソン」("Andrew Jackson") と題するエッセーによれば，これら3名の大統領はホイットマンがもっとも敬愛する国民的英雄であった。

　ワシントンは，「平穏な力と神のごとき穏やかさを身につけ」，「すべての見物人が無意識のうちに名誉と堂々たる美徳の報酬を与えてしまうほど落ち着きのある威厳をそなえた」人物であった (*The Journalism* 225. 以下 *J* と略す)。そしてジェファスンは，「鋭い哲学的な精神」の持ち主であり，「民主主義と政治においてどことなくヨーロッパの君主の真ん中に位置する，あのコルシカ島の『運命の子』のような」存在であった (*J* 225)。一方，ジャクソンは，「目が利く，揺るぎない心を持った，単純明快

2. 混迷するアメリカと 1850 年代前半の創作ノート

な」人物であった (*J* 225) 彼は,「わが国の政治家がほとんど持ち合わせていない強靱な精神力」を持っているがゆえに, そしてまた「政党を, 自分が所属する政党さえも, 恐れることのない人物」であるがゆえに, 他の政治家が模範とすべき大統領であった (*J* 225)。

ジェイムズ・ブキャナン
(米国議会図書館蔵)

これに対して, 1850 年代前半の大統領はホイットマンの目にどのように映っていたのであろうか？ フィルモアとピアスに関する酷評については先に紹介した通りであるが, 彼はさらに辛辣な言葉を並べて, 2 人を次のように批判している。「至る所にしかめ面と誤解が —— 至る所に激怒と侮辱が。大統領は毎日の食事に汚物と排泄物を食べ, それが好きで, それを合衆国に押しつけようとしている。大統領の椅子のクッションは汚物と血以外の何ものでもない」(*N* 6: 2123)。ついでに言えば, 第 15 代大統領ジェイムズ・ブキャナン (James Buchanan) についても,「詰め物と塗料を取り除いたら, ブキャナンとフィルモアはどんな人間なのか？ 今日の時代は彼らとどんな関係があるのか？」という長い見出しのもとでフィルモアとともに取り上げ, 以下のように痛烈な批判を浴びせている。

> 2人のメッキ仕立てのご老人，この世とお別れする呼び出しが間近に迫り，彼らと同時代の連中はとっくの昔にいなくなり，彼ら2人だけが残ってしまった。彼らは，過去の時代の政治の駆け引き，見込み，同盟，憤慨の遺物や証拠であり，今日の時代と共通するものを何も持っていない。
>
> (N 6: 2127)

　以上がホイットマンの見たアメリカの政界の現状であった。これは決して一過性の感情論ではなかった。このことは，晩年になってもなお，ピアスとブキャナンを評して，前者を「この上なく頭の弱い —— まさに最低の男」，そして後者を「歴代の大統領の中でおそらくもっとも頭が弱く —— まさに無能力者」と述べていることからも明らかであろう (Reynolds 136)。このホイットマンによれば，1850年代前半のアメリカは，かつての「最高の歴史的英雄」や「堂々たる血筋」との絆を失っただけではなかった。アメリカは，「最低の男」の支配下に置かれ，これまでにない劣悪な時代を迎えていたのである。

3. 再生への確固たる信念

　しかしながら，ホイットマンは以上の現実認識に押し潰されていたわけではない。1850年代前半のホイットマンが，「自由」の「使者」として時代の激流に挑んでいたのはすでに述べた通りである。この点については創作ノートのホイットマンも同じである。例えば，「(偉大な詩人について) (最終的に) 序文のために」と書き出されるノートには (N 1: 95)，「偉大な詩人」に関する書き込みに加えて，同時代を「この激しい，引き裂か

2. 混迷するアメリカと 1850 年代前半の創作ノート

れた,狂気の時代」と受けとめ,果敢に時代に立ち向かうホイットマンの姿勢が以下のように力強い言葉で記録されている。

> 必要なのは疑問や批評ではない,── われわれは,満足を与える人々,結びつける人々,愛し合う人々を必要としている。── この激しい,引き裂かれた,狂気の時代は,しっかりと結び合わされ,1 つにならなければならない。
> (*N* 1: 96)

1850 年代前半のホイットマンを作り上げていたのは,上の引用に見られる強固な信念であった。創作ノートによれば,政治家に代わってアメリカを再建するのは,豊かな想像力としなやかな精神をそなえた詩人の仕事であった。詩人こそ,アメリカの理想を回復する新しい指導者でなければならなかった。上の引用に続けて,「すべての新しい時代が絶えず待ち受ける偉大な詩人と演説家がここに登場しなければならない」と書いたのはこのような信念からであった (*N* 1: 96)。

「狂気の時代」に挑むホイットマンの行動を根底から支えていたのは,再生に寄せる確固たる信念であった。彼は,ひたすらアメリカの再生を信じ,最後まで希望を持ち続けた。冒頭で取り上げた政治詩「復活」を再度引き合いに出すと,彼が「自由よ,他の者たちは自由に絶望するがよい,／しかし私は決して絶望しない」と断言できたのは,「虐殺された者たちの墓」に育つ「自由の種子」に対して絶対的な信頼を寄せていたからであった (*EPF* 39)。また奴隷制反対論者のヘイルに手紙を書いて,大統領候補の指名を受け入れるよう説得を試みたのもこ

第4章 『草の葉』初版の創作ノート

れと同じ理由からであった。彼は，国民の中に燃えている，「自由」の回復を願う「神聖な炎」の存在を固く信じることによって，アメリカ再生の夢をつなぎ止めていたのである。こうしたホイットマンのひたむきな態度は，1850年代半ばの創作ノートにも脈々と受け継がれている。彼は以下のように書いている。

> 私はすべての腐敗に気づいている ── 浅薄な人物が，もっとも偉大な職務に，大統領職にさえ就いているのが私には分かる。それでも，私はアメリカの政治の動向をすべて受け入れる。私には，表面に浮かぶ大統領や国会議員のすべての堕落の奥底に，1千尋の深さの清らかな水脈が流れているのが分かっている。── 水面に漂う浮きかすが何であろうとも，その水脈は真の大洋になるであろう。
>
> (N 6: 2148)

ここでホイットマンは，大統領職に「浅薄な人物」が就くアメリカの現実を憂慮しながらも，「私はアメリカの政治の動向をすべて受け入れる」と結んでいる。このホイットマンを支えているのは，「大統領や国会議員のすべての堕落」から影響を受けることなく存続する「清らかな水脈」である。彼は，政界の「浮きかす」の表面下に「真の大洋」へと成長する「清らかな水脈」を想定し，その存在をひたすら信じることによって，否定的な現実と対峙しているのである。1850年代前半のホイットマンを特徴づけているのは，再生に寄せるこのような一途な思いである。この思いゆえに，彼は，猛然と最悪の時代に立ち向かい，アメリカの夢を未来につなぐことができるのである。

2. 混迷するアメリカと1850年代前半の創作ノート

言うまでもなく，こうしたホイットマンの固い信念は，そのまま『草の葉』初版に持ち込まれている。「自由」への限りない信頼を例にとると，彼は「序文」で以下のように書いている。「自由はこの場から消え失せてしまうのであろうか。いや，決してそのようなことはない。自由が消え失せるのは最初ではない，2番目や3番目でもない…自由は他のすべてのものが消え失せるまで待っている…それは最後に消え失せるのだ」(*LG* 720)。この意味からすれば，『草の葉』初版は信念の詩集であった。それは，19世紀半ばのアメリカの現実と真摯に向かい合い，「不信と虚飾と軽薄に向かってさまよい込んでいく時代を確固たる信念によってくい止め」ようとするホイットマンのひたむきな情熱の結晶であった (*LG* 713)。もしこの点を見落として，ホイットマンの中に楽天的な理想主義者だけを見るのであれば，読者は『草の葉』初版の基本的な性格について重大な誤解を抱くことになろう。

注

1. 1850年3月から6月にかけてホイットマンはニューヨークの日刊紙に4編の政治詩を発表した。3月2日の『イブニング・ポスト』(*New York Evening Post*) には「ある連邦議会議員に寄せる歌」("Song for Certain Congressmen") を，3月22日の『トリビューン・サプルメント』(*New York Tribune Supplement*) には「殺人謝礼金」("Blood-Money") を，6月14日と21日の『トリビューン』(*New York Tribune*) には「友人の家」("The House of Friends") と「復活」("Resurgemus") を発表した。

第4章 『草の葉』初版の創作ノート

引用文献

Allen, Gay Wilson. *The Solitary Singer: A Critical Biography of Walt Whitman.* 1955. New York: New York UP, 1969.

Erkkila, Besty. *Whitman the Political Poet.* New York: Oxford UP, 1989.

Klammer, Martin. *Whitman, Slavery, and the Emergence of* Leaves of Grass. University Park: Pennsylvania State UP, 1995.

Grier, Edward F. "Walt Whitman's Earliest Known Notebook." *PMLA* 83 (1968): 1453-56.

Holloway, Emory. *The Uncollected Poetry and Prose of Walt Whitman.* Vol. 1. New York: Peter Smith, 1932. 2 vols.

Kaplan, Justin. *Walt Whitman: A Life.* New York: Simon, 1980.

Malin, Stephen D. "'Boston Ballad' and the Boston Riot." *Walt Whitman Review* 9 (1963): 51-57.

Reynolds, David S. *Walt Whitman's America: A Cultural Biography.* New York: Knopf, 1995.

Stovall, Floyd. *The Foreground of* Leaves of Grass. Charlottesville: UP of Virginia, 1974.

Whitman, Walt. *Leaves of Grass: Comprehensive Reader's Edition.* Ed. Harold W. Blodgett and Sculley Bradley. New York: New York UP, 1965.

——. *Notebooks and Unpublished Prose Manuscripts.* Ed. Edward F. Grier. 6 vols. New York: New York UP, 1984.

——. *The Correspondence.* Ed. Edwin Haviland Miller. Vol. 1. New York: New York UP, 1961-65. 5 vols.

——. *The Early Poems and the Fiction.* Ed. Thomas L. Brasher. New York: New York UP, 1963.

——. *The Journalism, 1846-1848.* Ed. Herbert Bergman, et al. Vol. 2. New York: Peter Lang, 2003.

Zweig, Paul. *Walt Whitman: The Making of the Poet.* New York: Basic, 1984.

3. アメリカ固有の詩人を目指して
―― 1850年代前半の創作ノートを中心に ――

　1850年代に入ると,ウォルト・ホイットマン (Walt Whitman) は,ほぼ10年間におよぶジャーナリズム活動に終止符を打った。彼は,ブルックリンで印刷所兼書店を開業し,弟トマス・ジェファスン・ホイットマン (Thomas Jefferson Whitman) とともに経営に乗り出した。そしてその後は家業の大工仕事を手伝った。一方,ホイットマンの内部では『草の葉』(*Leaves of Grass*. 以下 *LG* と略す) の詩人に向けての方向転換が着実に進んでいた。彼は,さまざまな方面から知識を吸収し,アメリカとその詩人が目指すべき方向について懸命に思索を掘り下げた。

　本論では,1850年代前半に書かれた創作ノートから主に詩人の社会的使命と創作指針に関する書き込みを取り上げ,ホイットマンの目指すアメリカの詩人がどのようなものなのか,その一端を明らかにすることにしたい。

1.「内面化」するホイットマン

　1848年6月,ニューオリンズから東部に戻ったホイットマンは,自由土地党機関紙『フリーマン』(*Brooklyn Freeman*) の編集を担当し,政治的には注目に値する活躍を開始するものの,創作活動の方面では際立った成果をほとんど残さなかった。1840年代前半のホイットマンが次々と短編や詩を発表し,旺盛な創作意欲を見せたのに対して,50年前後のホイットマン

第4章 『草の葉』初版の創作ノート

が発表したのは，民主党が推進する妥協政治を批判した4編の政治詩を別にすれば，わずか3編の短編であった。[1] その1つは「ある若者の魂の影と光」("The Shadow and the Light of a Young Man's Soul")であり，残りの2つは「生と愛の伝説」("A Legend of Life and Love")と「墓の花」("The Tomb Blossoms")であったが，これらの短編は，いずれも新しく書き下ろされたものではなく，二番煎じの作品であった。

1848年6月，『ユニオン・マガジン』(*Union Magazine of Literature and Art*)に掲載された「ある若者の魂の影と光」は，ロングアイランドの片田舎で小学校の代用教員をした30年代半ばに書かれた未発表の作品であった（Loving 142）。そして「生と愛の伝説」は，1849年に『ロングアイランド・デモクラット』(*Long-Island Democrat*)と呼ばれる地方の週刊新聞に掲載されたが，この短編は，42年7月，雑誌『デモクラティック・レビュー』(*The United States Magazine, and Democratic Review*)に掲載済みの作品であった（Loving 142）。これと同様に，1850年，『ロングアイランド・デモクラット』の発行人ジェイムズ・J. ブレントン（James J. Brenton）が編集・出版した『新聞の声』(*Voices from the Press; A Collection of Sketches, Essays, and Poems*)に収録された「墓の花」も，42年1月，『デモクラティック・レビュー』に発表した作品を再録したものに他ならなかった（*The Early Poems and the Fiction* 88-89）。

このように述べてくると，1850年前後のホイットマンは作家として著しい低迷期を経験していたように見えるが，事実はそうではなかった。ジェローム・ラヴィング（Jerome Loving）は，この時期のホイットマンを「内面化」という言葉で説明し，

3. アメリカ固有の詩人を目指して

「詩人は人生の表層的な意味の下に,そして彼自身の表面下に沈潜し始めた」と書いているが (141),この指摘の通り,ホイットマンの内部では『草の葉』の詩人として本格的な変貌を遂げるための「内面化」が着々と進展していた。彼は,表立った成果こそ残さなかったものの,内なる世界に深く下降し,アメリカが目指すべき方向やアメリカの詩人が果たすべき社会的役割について思考を掘り下げていたのである。

ラヴィングの言う「内面化」は,1つには,定期刊行物に対するホイットマンの関心が1848年を境に大きく変化したことの中にはっきりと認めることができる。1845年から47年にかけてのホイットマンは,フロイド・ストウヴォール (Floyd Stovall) によれば,『デモクラティック・レビュー』や『アメリカン・レビュー』(*The American Review: A Whig Journal of Politics, Literature, Art and Science*) など,主に政治色の濃い国内雑誌の熱心な愛読者であった (146)。これに対して,1848年と49年のホイットマンを魅了したのは,アメリカの雑誌ではなく,イギリスの雑誌であった。彼は,『ノースブリティッシュ・レビュー』(*North British Review*),『エディンバラ・レビュー』(*Edinburgh Review*),『ウエストミンスター・レビュー』(*Westminster Review*) などの雑誌に高い関心を寄せて,文学を中心に,歴史,地理,地質学,植物学,芸術など,2年間で31編の記事を切り抜いた (Stovall 146)。このような急激な変化は,「ホイットマンが詩と詩人の天職に対してますます関心を深めた」ことを示唆しているだけではなかった (Klammer 71)。それはまた,『草の葉』の詩人に向けての方向転換がホイットマンの内部で着実に進展していることの証左でもあった。

第4章　『草の葉』初版の創作ノート

　このようにして始まったホイットマンの方向転換は，多くの批評家が指摘するように，絵画，彫刻，写真など，いわゆる視覚芸術への関心を深めることによって新たな局面を迎えた。[2] ホイットマンは，早くも1846年7月2日，民主党機関紙『イーグル』（*The Brooklyn Daily Eagle, and Kings County Democrat*）に「プラムの美術館を訪ねて」（"Visit to Plumbe's Gallery"）というエッセーを書いて，ニューヨークの美術館を訪れた際の強烈な印象を興奮気味に伝えたが，政党ジャーナリズムの世界に背を向けた49年以降のホイットマンはこれまで以上に視覚芸術に接近した。事実，1849年から55年にかけてニューヨークの新聞に投稿した37の記事のうち3分の1が芸術論であった（Reynolds, *Walt Whitman's America* 279）。彼は，主に1850年に開設されたブルックリン芸術組合（Brooklyn Art Union）を拠点に，地元の芸術家と親交を深め，50年から51年にかけて3つの長い芸術論を発表した。[3] これらの芸術論は，「社会の道徳的，精神的指導者として芸術家を政治家よりも上位に位置づけ」，包括的な芸術理論を組み立てることに全精力を注いだホイットマンの成果であった（Klammer 87）。

　ブルックリンの芸術家との交際は，ホイットマンをさらに新たな局面へと進ませることになった。彼は，1851年3月31日，ブルックリン芸術組合の依頼により「芸術と芸術家」（"Art and Artists"）と題する本格的な講演を行う機会に恵まれた。ホイットマンの「主要な文学的，知的，哲学的源泉の概略を示している」この講演は，芸術家の社会的役割を説くのがねらいであった（Bohan 13）。彼は，冒頭で商業主義に毒された実用本位のアメリカ社会を批判し，芸術家が果たすべき社会的役割を以下の

3. アメリカ固有の詩人を目指して

ように訴えた。

　アメリカ人は，金が儲かるかどうかという目でほとんどのものを眺め，——獲得したものを楽しんだり，十分に成長させたりすることよりも，獲得すること自体を目的とし，——知的なものよりもむしろ物質的なものに野心を抱く国民である。彼らは，実際の事柄だけがすべてで，理想がまったく意味をなさない類の連中であり，蒸気機関がまずまずの象徴になる国民でもあるのだが，——このような国民の中にあって，途中で足を止め，私たちがこの美しい地上で過ごしている生活には，結局のところ，ドレスやテーブル，商売や政治よりももっと広大ですばらしいものがあるのかもしれない，と熱に浮かされた群衆に向かって呼びかける人は立派な仕事をしている。

(Holloway 241)

　芸術を妨害するありとあらゆるものから自由の身となり，人間の心の中に真に偉大なものや美しいものや素朴なものを知覚する胚珠を育て上げるのは，「芸術」とその名に値するすべての「芸術家」の輝かしい本分である。

(Holloway 241)

以上の芸術論は，ニューヨークやブルックリンの新聞と関係しながら，ほぼ10年間におよぶジャーナリズム活動を繰り広げ，1840年代のアメリカ社会が直面したさまざまな問題をつぶさに観察したホイットマンの結論であった。ホイットマンの

理解では，強引な領土拡張政策と驚異的な経済発展の末に出現したのは「インチキと金ぴかの時代」であった (*The Journalism* 235. 以下 *J* と略す)。「実際の事柄だけがすべてで，理想がまったく意味をなさない」社会のもとで，人々は「知的なものよりもむしろ物質的なものに野心」を抱き，分別なく流行と贅沢を競い合った。建国精神に彩られた伝統的なアメリカの価値観は衰退の一途を辿るばかりであった。

ホイットマンの芸術論は，以上の社会に対する深刻な危機意識を出発点としていた。彼は，芸術の精神的影響力によって「インチキと金ぴかの時代」を浄化し，アメリカ社会を再建することにエネルギーを注いだ。このホイットマンは『草の葉』の詩人とほとんど同じ地点に立っていた。芸術の精神作用によって著しい物質偏重主義の社会を立て直そうとする試みは，「人々は現実と彼らの魂の間の道を示すことを詩人に期待している」(*LG* 714)，あるいは「不信と虚飾と軽薄に向かってさまよい込んでいく時代を確固たる信念によってくい止め」(*LG* 713) るという言葉で詩人の社会的使命を語るホイットマンの姿勢と基本的に同じものであった。

2. 創作ノートに見られる詩人の仕事

以上見てきたホイットマンの「内面化」をさらにはっきりと示しているのは，明らかに『草の葉』の出版を念頭に置いて書かれた創作ノートである。1850年代前半のホイットマンは，47年に着手した創作ノートを継続・発展させながら，『草の葉』の完成に向けて水面下で黙々と準備を進めた。[4] 一例を挙げると，1850年前後のホイットマンは，「（偉大な詩人について）

3. アメリカ固有の詩人を目指して

(最終的に) 序文のために」と書いた (*Notebooks* 1: 95. 以下 *N* と略す)。この断片的な書き込みは，彼が『草の葉』初版の体裁についてイメージを固めながら，初版の主要な部分を占める「序文」や「序文」で展開される詩人論についてその構想を具体的に練り始めたことの証であった。

1850年代に入ると，「私自身の歌」("Song of Myself")，「私は充電された肉体を歌う」("I Sing the Body Electric")，「私の教えを完全に学ぶ者は誰か？」("Who Learns My Lesson Complete?") など，個々の作品に取り込まれる書き込みが目立つようになった。それだけではなかった。ホイットマンは，以上の書き込みに加えて，散文を詩に書き換える実験的な試み，音楽やオペラに対する熱烈な共感，文学に対する基本的な考え方，詩人が果たすべき社会的役割，アメリカの詩人が立脚すべき表現様式など，『草の葉』の性格や成立過程を明らかにする上で避けて通ることのできない書き込みを多く残した。

1850年代の前半に書かれた創作ノートを概観すると，ホイットマンが詩人に求めたものは，先に見た「芸術と芸術家」という講演の場合と同じく，物質的繁栄が優位を占める社会の軌道を修正し，アメリカが新世界として再出発を図るための指針を示すことであった。ホイットマンはこの仕事を政治家に任せるわけにはいかなかった。1850年代前半の政局を総括した「第18期大統領職！」("The Eighteenth Presidency!") と呼ばれる未発表の政治論文によれば，民主党はもはやアメリカ民主主義の担い手ではなかった。彼らは，「合衆国の基本契約によって確立され，父祖，大統領，いにしえの戦士，それに初期の国会によって広められた」自由の精神を踏みにじり，「侮辱」と「裏切り」

— 237 —

の政党へとその姿を変えていた (N 6: 2123)。変化したのは何も民主党に限ったことではなかった。ホイットマンの理解では,どの政党に属する政治家であろうと,彼らは自らの利益を最優先とする政治屋と化し,今やアメリカの政党全体が「信頼の置けない裏切り者」へと変貌していた (N 6: 2123)。

政治家に代わって時代を切り開くのは詩人の仕事であった。詩人こそ,アメリカ再建のための新しい指導者でなければならなかった。ホイットマンはその信条を次のように書いた。

> これらの諸州は,物質的なものを,陸軍,海軍,財産,製造業,それにすべての実際に存在するものを保有するだけでは十分ではない。――彼らは精神と想像力の卓越した指導者でなければならない。――すべての新しい時代が絶えず待ち受ける偉大な詩人と演説家がここに登場しなければならない。
>
> (N 1: 96)

物質的繁栄を誇るアメリカ社会が進むべき次なる段階を「精神と想像力」の時代に求め,その担い手として「偉大な詩人と演説家」を想定する以上の待望論は,今更断るまでもなく,一時のロマンティックな感情の産物ではなかった。これは,「合衆国の基本契約,独立宣言,連邦憲法,初期の国会活動,父祖や戦士たちの精神」がすでに事実上破綻し (N 6: 2130),伝統的なアメリカの価値観がほとんど失墜を余儀なくされた厳しい時代を背景に生まれるアメリカ再建のための待望論であった。と同時に,これは,「精神と想像力の卓越した指導者」として,

3. アメリカ固有の詩人を目指して

あるいは「すべての新しい時代が絶えず待ち受ける偉大な詩人」として自らを位置づけ，その役割を果たす決意を新たにしたホイットマン自身の気持ちを代弁する待望論でもあった。

ホイットマンが「偉大な詩人」に託した仕事は，何よりもまず，アメリカに「精神」を植えつけることであった。彼は以下のように書いた。

> 彼は自分の国に偉大な詩を与えるのではない。彼は，もっとも偉大な詩をつくり上げる精神と，詩を書くためのもっとも偉大な原料となる精神を自分の国に与えるのである。
>
> (*N* 1: 95)

> 彼はあなたに普通の詩や形而上学を与えるのではない。── 彼は，詩，形而上学，政治，品行，歴史，ロマンス，エッセー，そしてその他一切のものをあなたが自分でつくるための原料を与えるのだ。
>
> (*N* 1: 95)

「彼」と書かれる「偉大な詩人」の目指すものが，「もっとも偉大な詩をつくり上げる精神」であろうと，「その他一切のものをあなたが自分でつくるための原料」であろうと，その意味するところは基本的に同じである。ホイットマンは，個々の事物を成立せしめている存在の根源としての「精神」を，「インチキと金ぴかの時代」に引き寄せて言えば，「不信と虚飾」に覆われたアメリカ社会が是が非でも回帰しなければならない根本原理としての「精神」を提示しているのである。これがホイッ

第 4 章 『草の葉』初版の創作ノート

トマンの考える詩人の主要な仕事であった。彼は，以下に示すように，根本原理を求めて懸命に思考を積み重ねた。

> われわれは・改・革，制度，政党を必要としない —— われわれは自然がもっているような・生・き・た・原・理を必要としている，そのもとでは万事がうまくいく ——
>
> （*N* 1: 145. 傍点は原文イタリック）

> 彼のために地球は 1 つの動物や植物もなしに数 10 億年の準備をして
> 彼のために大気と大地と海のさまざまなものが
> 彼は彼自身のためにだけ存在するのではない
> 彼は今後順番に父親になる他の男たちの父親である。
>
> （*N* 1: 147）

> 彼女は単に彼女自身であるのではない，彼女は今後母親になる他の女たちの生みの親でもある，
> 彼女はいずれ父親になる男たちの生みの親である。
>
> （*N* 1: 147）

　これらの書き込みと『草の葉』との間にはもはやほとんど差異はなかった。改革の根本原理として「自然がもっているような・生・き・た・原・理」を要求する最初の書き込みは，『草の葉』のヴィジョン全体を支える根幹部として，例えば，「私自身の歌」の 1 節に次のように取り込まれた。「私はどんな危険を冒してでも許してやる，／『自然』が拘束を受けることなく本来の活力の

3. アメリカ固有の詩人を目指して

ままに語ることを」(*LG* 29)。2番目と3番目の書き込みは，「私は充電された肉体を歌う」の7節と8節に組み込まれ，以下のように生まれ変わった。

> これは単なる1人の男ではない，この男は今後順番に父親になる人々の父親であり，
> 彼の内部には人口の多い諸州と豊かな共和国の出発点が宿り，
> 彼からは不滅の命が無数に生まれ，数え切れない具現と享受を繰り返す。
>
> (*LG* 99)

> 女の体が競売中だ，
> 彼女もまた単に彼女自身であるのではない，彼女は母親たちを生み出す多産な母親，
> 彼女はいずれ母親たちの配偶者となる者たちの生みの親。
>
> (*LG* 99)

以上の引用に照らして言えば，先に掲げた2番目と3番目の書き込みによってホイットマンが意図したのは，アメリカの再建を担う新しい人間の原型を示すことであった。彼は，人間存在の源泉に立ち返り，「人口の多い諸州と豊かな共和国の出発点」を約束する，アダムとイヴと思わしき1組の男女を登場させることによって，すべてのアメリカ人が回帰すべき「精神」の拠り所を提示すると同時に，新世界再建の神話を書く壮大な構想に思いをはせていたのである。

第 4 章　『草の葉』初版の創作ノート

　新世界再建の構想は，R. W. B. ルーイス（R. W. B. Lewis）の言う「無垢なアメリカのアダム」というかたちをとって『草の葉』初版で表面化し，1857 年 6 月の創作ノートでも「新しいバイブルの大いなる構築」という言葉で繰り返されるが（N 1: 353. 傍点は原文イタリック），ここで見落としてならないのは，ホイットマンをこの構想に駆り立てる要因である。創作ノートで「男と女が競売中だ，／私にはここにいるのが見える —— 再びアダムとイヴが，／私には古い神話が見える」と書いたとき（N 1: 153），ホイットマンが目の前のアメリカ社会に見ていたのは楽園ではなかった。彼が見ていたのは，アダムとイヴがすでに失墜し，アメリカの「精神」が不在と化した悲しい現実であった。ホイットマンの仕事は，この現実を立て直し，アメリカの「神話」を再構築することであった。これこそ，ホイットマンが『草の葉』の詩人に託したもっとも重要な仕事であった。

3. アメリカの詩人が依拠すべき創作指針

　ホイットマンは，詩人の仕事だけでなく，創作の指針についても多くの書き込みを残した。例えば，1850 年代の初めに書かれた「創作の規則」（"Rules for Composition"）と題する創作ノートを取り上げてみよう。彼は，その冒頭部でアメリカの詩人が依存すべき創作の指針を以下のように記した。

　　この上なく透明な板ガラスのような文体，自然で，飾りのない，つまり飾りのための飾りを試みることのない文体，—— 飾りは，人物や性格の美点と同様，生まれつきや直感によるときだけよく見えるのだ，見せびらかそうとして不

3. アメリカ固有の詩人を目指して

意に飾りを持ち込むようなことがあってはならない，そのようなことをすれば，いつであっても，どこであっても，最良のものでさえ台無しになってしまう。

(*N* 1: 101)

　ホイットマンが創作の指針としてまず掲げたのは，人為的な装飾を排して，事物をありのままに表現する平明な文体であった。ホイットマンはこの種の考えを自らの信念として何度も繰り返した。同時期の創作ノートに例を求めると，彼は「すべてのものはそれ自体で美しく，完璧である —— そして詩人の任務は，われわれが美しいものや完璧なものを感じ取る際に邪魔になるものを取り除くことである」と書いた (*N* 1: 147)。また『草の葉』初版の「序文」でも「芸術の秘訣，表現の栄誉，文学を照らし出す陽光，それは単純であるということだ。単純に優るものは何もない」，「もっとも偉大な詩人とは，際立った文体の持ち主ではなく，増加させたり減少させたりすることなく，思想や物事を通過させることのできる水路である」と書いて，「自然で，飾りのない」表現に徹することを主張した (*LG* 717)。

　ホイットマンが，「単純」という言葉を繰り返しながら，より本質的なものを目指したのは，1つには，先に取り上げた芸術論や詩人待望論の場合と同じく，「インチキと金ぴかの時代」に呑み込まれたアメリカ社会を強く意識してのことであった。彼は，1850年代前半の創作ノートでアメリカがもっとも必要とするものを以下のように記した。

　　われわれは1つの大きな能力を必要としている。——そ

第 4 章 『草の葉』初版の創作ノート

れは，立派な衣装や厚く塗り固められたまがいものを貫き通し，衣装に包まれて姿を変えているものの本当の姿が何であり，それを丸裸にすれば，どれほどの価値があるのかを正確に決定する能力である。

(<i>N</i> 1: 112)

　この考えを背景にして生まれたのが，先に引用したホイットマンの文体論であった。それは，「立派な衣装」や「厚く塗り固められたまがいもの」を排除し，事物の「本当の姿」を探り当てることに詩人の社会的使命を見出したホイットマンの所産であった。ついでに言えば，この延長線上に位置するのが，人間の「本当の姿」を「無垢と裸体」に求め (<i>LG</i> 719)，そこに自己と詩の最終拠点を固めた『草の葉』初版のホイットマンであった。

　ホイットマンが次に取り上げた創作指針は，新世界アメリカにふさわしい文学を追求することであった。彼は，過去の遺産に範を求めないアメリカ固有の文学が誕生することを念じて，以下のように書いた。

　　古代文明や古典，神話，エジプト，ギリシャ，ローマ，王室や貴族の制度，それにヨーロッパの形式，これらのものに実例を求めてはならない。これらのものが，「新しいもの」に，現在のものに，わが国に，アメリカ的な性格や利益に関係していないのであれば，語ったり言及したりしてはならない。特にこれらのものに言及するときは，以上の目的のためであっても，できるだけ控えることだ。

(<i>N</i> 1: 101)

3. アメリカ固有の詩人を目指して

　もちろん，このような主張はこれが初めてではなかった。ホイットマンは，早い時期からヨーロッパに依存することのないアメリカ文学の熱心な提唱者であった。彼は，1846年5月2日の『イーグル』に「アメリカの文学」("American Literature")という社説を書いて，「『独自のアメリカ文学』を確立するのは，もしそれが偉大で高尚で気高い文学になるのであれば，すばらしいことだ」と訴えた (Brasher 189)。そして母国の作家を保護するために，出版社に対して以下の厳しい注文をつけた。

　　アメリカの作家が，真の作家が，奨励されなければならない。アメリカの出版社は，わが国の才能ある作家を生み出さなければならない。そして印刷屋と製本屋以外は，いかなる点においても役に立つことのない，波のように押し寄せる外国のつまらないもので国中を氾濫させていることに満足していてはならない。

　　　　　　　　　　　　　　(Brasher 189. 傍点は原文イタリック)

　こうしてホイットマンは「『独自のアメリカ文学』」の誕生を歓迎し，「外国のつまらないもの」を排斥したが，彼はヨーロッパの文学をすべて否定したわけではなかった。一部の作家については積極的にその価値を認めた。1846年7月11日の『イーグル』に掲載された「『自国』の文学」("'Home' Literature")という社説で，彼はヨーロッパ文学の功罪について次のように書いた。「この高尚な共和国が名実ともに外国の不健全な支配から自立するのを見たい者は，われわれに対するヨーロッパ文学

— 245 —

第4章 『草の葉』初版の創作ノート

の影響を —— かなりの量のよい影響と,これ以上『長続きしない』ことを願うきわめて大きな悪影響を常に銘記しなければならない」(J 463)。「かなりの量のよい影響」に言及するホイットマンが念頭に置いていたのは,シェイクスピア,ゲーテ,バイロン,ルソー,ヒュームなどの作家であった。彼は,「われわれは,西洋世界について感嘆と尊敬の賛辞を捧げる。彼らの輝かしい功績を非難するのは,生意気で意味のないことであろう」と書いて,ヨーロッパの偉大な作家が残した「輝かしい功績」を褒め称えた (J 463)。

しかし,どれほど偉大な作家であっても,新世界アメリカという視点から母国の文学を見つめ直すとき,ヨーロッパの文学は「もっとも酷く忌まわしい毒」のような存在でもあった。ホイットマンは,上の引用に続けて,次のように書いた。

> しかしイギリスのもっとも文学に精通した人々の多くは,わが国のようなところでは,もっとも酷く忌まわしい毒となる教義の提唱者であることを忘れてはならない。クーパーは「王の神聖な権利」に対して盲目的に忠誠を誓うことを教えている —— ジョンソンはぶっきらぼうな貴族であった —— そしてその時代のさらに多くの人々が大衆を軽蔑し,「王党派」の神殿にお世辞を浴びせている。ウォルター・スコット,クローリー,アリソン,サウジー,それにアメリカでよく知られている他の作家も,多くの点で彼らの本を通して悪影響を及ぼしている。なぜなら,彼らは共和国の自由と美徳の理念を嘲笑するからだ。
>
> (J 463)

3. アメリカ固有の詩人を目指して

「『自国』の文学」について考えるとき,ホイットマンが常に強く意識していたのは,アメリカとヨーロッパを隔てる価値観の相違であった。アメリカは,「共和国の自由と美徳の理念」を標榜する限りにおいて,「ヨーロッパやアジアの社会形態や政治体制」よりも「はるかに永続的で普遍的な基盤」に立脚した文学を追求すべきであった (N 1: 56)。換言すれば,ヨーロッパやアジアの伝統や価値観ではとらえきることのできない「アメリカ的な性格」を最大限に表現するのが,「『自国』の文学」が目指すべき唯一の方向であった。

旧世界とは区別されるべき「アメリカ的な性格」を突き詰めていったとき,ホイットマンが最終的に辿り着いたのは,どこにでもいる平凡な大衆であった。大衆こそ,アメリカの真の代表者であった。彼らは,ヨーロッパやアジアには例を見ない,新世界アメリカに固有の存在であった。彼はこうした考えを『草の葉』初版の「序文」で以下のように書いた。

> 他の国は国の代表にその存在を示す。…しかし合衆国の真髄が最良かつ最大に現れるのは,行政部や立法府ではない,また大使や作家や大学や教会や応接間でもなく,新聞や発明家ですらない…そうではなく,常に大衆の中にこそもっとも際立って現れるのである。
>
> (LG 710)

大衆は単にアメリカを代表しているだけではなかった。極度の政治不信に陥ったホイットマンにとって,大衆はアメリカ再

第 4 章　『草の葉』初版の創作ノート

建の夢をつなぎ止める最後の拠り所でもあった。1852 年 8 月 14 日, 彼は, ニューハンプシャー州選出の上院議員ジョン・パーカー・ヘイル (John Parker Hale) に手紙を書いて, 自由土地党の大統領候補指名を受け入れるよう要請したが, この政治行動を支えていたのも, 結局のところ, 一般大衆に代表される国民への限りない信頼であった。彼は「数万人の若者や機械工や作家」の中に,「暴君や保守派や彼らと同類のすべての連中の策略をかわし, 混乱させる機会をひたすら待ち受ける神聖な炎が赤々と燃えて」いることを固く信じて, アメリカ再生の夢を持続させていたのである (*The Correspondence* 40)。

　大衆に寄せる以上の根強い信頼は, 当然, ホイットマンの創作姿勢にも大きな影響を与えた。彼は,「創作の規則」を以下の言葉で締めくくり, アメリカの詩人にふさわしい言語として大衆言語を選択した。

　　明晰, 単純, まったく歪んだり曇ったりすることのない文章 ── 変化することのない, この上なく透明な明るさ。
　　平凡な言葉遣いや語句 ── ヤンキー訛りと粗野な大衆言葉 ── おあつらえむきのときだけ, お決まりの表現。

(*N* 1: 101)

　ホイットマンが,「明晰」や「単純」に加えて,「平凡な言葉遣い」や「粗野な大衆言葉」を掲げたのは, 上で述べた大衆への共感から生まれる当然の結果であった。特に詩の題材として身近な具象世界を選択した『草の葉』初版のホイットマンにとって, 大衆言語は, アメリカ語法, 土着語, スラングなどと並ん

3. アメリカ固有の詩人を目指して

で，都市や農村の日常生活を描写する上で不可欠の言語であった。大衆言語はまた，先に述べた「自然で，飾りのない」文体を目指すホイットマンにとっても有効な表現手段であった。それは，事物や感情をあるがままに表現する「透明な」言語であり，装飾や歪曲が入り込む余地のない，生命力に満ち溢れた自然体の言語であった。

　以上のように，ホイットマンは，詩人としての決意や基本姿勢を固めながら，『草の葉』の完成に向けて精力的に準備を進めた。ホイットマンを『草の葉』の出版に駆り立てた要因の1つは，民主党保守派による妥協政治や急速な産業化による物質的繁栄のもとで，建国以来の伝統的な価値観が失われていったアメリカ社会に対する深刻な危機感であった。『草の葉』は，何よりもまず，こうした社会と対峙しながら，アメリカの真の姿を悲痛なまでに追求し続けたホイットマンの成果であった。このホイットマンに迷いはなかった。徹底した人間肯定の精神に裏打ちされた新世界アメリカの壮大なヴィジョンを高らかに歌い上げるのが，ホイットマンが自らに課したアメリカの詩人としての使命のようなものであった。

注

1. 1850年3月から6月にかけてホイットマンはニューヨークの日刊紙に4編の政治詩を発表した。3月2日の『イブニング・ポスト』(*New York Evening Post*) には「ある連邦議会議員に寄せる歌」("Song for Certain Congressmen") を，3月22日の『トリビューン・サプルメント』(*New York Tribune Supplement*) には「殺人謝礼金」("Blood-Money") を，6月14日と21日の『トリビューン』(*New York Tribune*)

第4章 『草の葉』初版の創作ノート

には「友人の家」("The House of Friends") と「復活」("Resurgemus") を発表した。これらは, いずれも民主党保守派の妥協政治を手厳しく批判した政治詩であるが, 詩人ホイットマンの萌芽期に位置する作品として高い評価を受けている。例えば, Zweig は,「殺人謝礼金」と「復活」を評して, 前者を「ジャーナリストの詩ではなく, 詩人の詩である」と言い (120), 後者を「詩というよりも怒りの社説のように見える」としながらも,「ホイットマンのリズムの天性が —— 彼の詩人としてのもっともすばらしい特色が —— 現れている」と結んでいる (121)。

2. 視覚芸術とホイットマンの関係については, Allen (*Solitary Singer* 108-11), Bohan (1-27), Kaplan (165-170), Klammer (86-89), Loving (169-72), Matthiessen (596-625), Reynolds (*Walt Whitman's America* 279-305), Rubin (263-67) など, 多くの批評家が注目している。例えば, ホイットマンに対する視覚芸術の影響について, Bohan は「今日までそれほど注目されていないが, 1840年代の終わりと50年代の初めにおけるホイットマンの重要な思考に積極的に関係し,『草の葉』の形式と内容の両方に識別できる痕跡を残している」と言い(1), Klammer も同様にして,「ホイットマンが視覚芸術に関係したことは, しばしば無視されているが,『草の葉』の形式と内容に対する重要な影響である」と述べている (86)。

3. ホイットマンの3編の芸術論については, Silver を参照されたい。

4. ホイットマンが『草の葉』初版に着手した時期については多種多様な解釈がある。Allen (*Solitary Singer* 134; *Reader's Guide* 35), Erkkila (48), Grier (1456), Holloway (lxxxii), Klammer (45), Reynolds (*Walt Whitman's America* 117; *Beneath the American Renaissance* 314-15) など, 多くの批評家が「1847年」説を主張している。これに対して, Beach(18), Kaplan (186), Stovall (294) は, ホイットマンが『草の葉』の創作に本格的に取り組んだ時期を1853年もしくは54年としている。この点に関するホイットマン自身の説明は矛盾するところが多い。「1872年序文 —— 自由な翼を持つたくましい鳥のよう

3. アメリカ固有の詩人を目指して

に」("Preface 1872 —— As a Strong Bird on Pinions Free") と題するエッセーでは「28歳から35歳」にかけてと言い (*LG* 742),「天路歴程」("A Backward Glance O'er Travel'd Roads") では「31歳から33歳にかけて」と述べている (*LG* 563)。

引用文献

Allen, Gay Wilson. *The Solitary Singer: A Critical Biography of Walt Whitman.* 1955. New York: New York UP, 1969.

——. *A Reader's Guide to Walt Whitman.* New York: Farrar, 1970.

Beach, Christopher. *The Politics of Distinction: Whitman and the Discourses of Nineteenth-Century America.* Athens: U of Georgia P, 1996.

Bohan, Ruth L. "'The Gathering of the Forces': Walt Whitman and the Visual Arts in Brooklyn in the 1850s." *Walt Whitman and the Visual Arts*. Ed. Geoffrey M. Sill and Roberta K. Tarbell. New Jersey: Rutgers UP, 1992. 1-27.

Brasher, Thomas L. *Whitman as Editor of the Brooklyn Daily Eagle*. Detroit: Wayne State UP, 1970.

Erkkila, Besty. *Whitman the Political Poet.* New York: Oxford UP, 1989.

Grier, Edward F. "Walt Whitman's Earliest Known Notebook." *PMLA* 83 (1968): 1453-56.

Holloway, Emory. *The Uncollected Poetry and Prose of Walt Whitman.* Vol. 1. New York: Peter Smith, 1932. 2 vols.

Kaplan, Justin. *Walt Whitman: A Life.* New York: Simon, 1980.

Klammer, Martin. *Whitman, Slavery, and the Emergence of* Leaves of Grass. University Park: Pennsylvania State UP, 1995.

Lewis, R. W. B. *The American Adam: Innocence, Tragedy and Tradition in the Nineteenth Century.* Chicago: U of Chicago P, 1955.

Loving, Jerome. *Walt Whitman: The Song of Himself.* Berkeley: U of California P, 1999.

Matthiessen, F. O. *American Renaissance: Art and Expression in the Age of*

第4章 『草の葉』初版の創作ノート

Emerson and Whitman. New York: Oxford UP, 1941.

Reynolds, David S. *Beneath the American Renaissance: The Subversive Imagination in the Age of Emerson and Melville.* 1988. Cambridge, Massachusetts: Harvard UP, 1989.

———. *Walt Whitman's America: A Cultural Biography.* New York: Knopf, 1995.

Rubin, Joseph Jay. *The Historic Whitman.* University Park and London: Pennsylvania State UP, 1973.

Silver, Roll G. "Whitman in 1850: Three Uncollected Articles." *American Literature* 19（1948）: 304-5

Stovall, Floyd. *The Foreground of* Leaves of Grass. Charlottesville: UP of Virginia, 1974.

Whitman, Walt. *Leaves of Grass: Comprehensive Reader's Edition.* Ed. Harold W. Blodgett and Sculley Bradley. New York: New York UP, 1965.

———. *Notebooks and Unpublished Prose Manuscripts.* Ed. Edward F. Grier. 6 vols. New York: New York UP, 1984.

———. *The Correspondence.* Ed. Edwin Haviland Miller. Vol. 1. New York: New York UP, 1961-65. 5 vols.

———. *The Early Poems and the Fiction.* Ed. Thomas L. Brasher. New York: New York UP, 1963.

———. *The Journalism, 1834-1846.* Ed. Herbert Bergman, et al. Vol. 1. New York: Peter Lang, 1998.

Zweig, Paul. *Walt Whitman: The Making of the Poet.* New York: Basic, 1984.

ウォルト・ホイットマンの家族

1. 父方の先祖

　詩人ウォルト・ホイットマン（Walt Whitman）の父方の先祖は，イングランド出身の農夫でピューリタンであった。1640年，ジョン・ホイットマン（John Whitman）が「トゥルーラヴ」号でアメリカに渡り，マサチューセッツのウェイマスに移住した。これと同じ船か少し後の船で，兄のザカライア（Zechariah）も渡米し，コネティカットのミルフォードに住居を構えた。

　1655年の初め頃，コネティカットのストラトフォードに住んでいたザカライアの息子ジョーゼフ（Joseph）は，その後ロングアイランドのハンティングトンに移住し，著名な一族として知られることになるホイットマン家を確立した。ハンティングトンで彼は，治安官，監督官，最高位の陪審員，毛皮取引の検査官の要職に就いた。彼はまた広大な土地を獲得した。その肥沃な農地は，「ホイットマンの大いなる谷間」と呼ばれ，6人の息子の働きによって大きな発展を遂げた。

　1718年頃に生まれたネヘミヤ（Nehemiah）は，ハンティングトンのウエストヒルズに約500エーカーの土地と多くの奴隷を所有していた。サラ（Sarah）という名前で知られる，ネヘミヤの妻フィービ・ホワイト（Phoebe White *c.* 1713-1803）は，『自選日記』（*Specimen Days*）における以下の記述から判断すれば，働き者のたくましい女性であった。「（彼女は）大柄の浅黒い女性で，非常に長生きであった。たばこを吸い，男のように馬に

— 253 —

乗り，どんな凶暴な馬でも乗りこなした。そして晩年は寡婦になったが，毎日農場に出かけ，しばしば鞍にまたがって，奴隷たちの労働を指図した。興奮すると，悪態をつくこともあった」(*Prose Works* 1: 9. 以下 *PW* と略す)。彼らの息子の1人は独立革命で戦死した。

ウエストヒルズにおけるホイットマン家の最後の土地所有者は，ネヘミヤとサラとの間に生まれた息子ジェシー・W. ホイットマン（Jesse W. Whitman 1749-1803）であった。ジェシーは，農園と家屋敷を受け継ぎ，ハナ・ブラッシュ・ホイットマン（Hannah Brush Whitman 1753-1834）との間に3人の息子ジェシー（Jesse），ウォルター（Walter），トレッドウェル（Treadwell）と1人の娘サラ（Sarah）をもうけた。農園は4人の子供たちに分け与えられたが，彼らはすべての土地を売り払ってしまった。

ウォルトは祖父ジェシーを知らなかったが，彼が16歳のときまで生きた祖母ハナについてはなつかしい思い出がいくつもあった。ハナは孤児で，ロングアイランドの東部に大きな農場と奴隷を所有する叔母に育てられた。彼女は洞察力に富む活発で魅力的な女性であった。若いときは教師をし，針仕事の名手でもあった。独立革命における一族の活躍や広大な土地所有者としての過去の栄光を語る彼女の話は，幼いウォルトに大きな感銘を与えた。

ウォルトの父ウォルター・ホイットマン（Walter Whitman 1789-1855）は古い屋敷で育った。15歳でブルックリンの大工に弟子入りし，その後ウエストヒルズで大工，木こり，農夫をした。成人したウォルターは，自由思想の影響を受け，トマス・ペイン（Thomas Paine）を崇拝した。彼はふさぎ込むことが多

く，金銭面での成功とは縁がなかった。おそらくアルコール依存症であった。妻のルイーザ・ヴァン・ヴェルサー・ホイットマン（Louisa Van Velsor Whitman 1795-1873）は魅力的で陽気な女性であった。彼女は，想像力が豊かで，物語を話すのが上手であったが，その反面，けちで，理屈っぽく，心気症であった。

2. 母方の先祖

　母方の遠い先祖は不明な点が多い。いつ，なぜヴァン・ヴェルサー（Van Velsor）家がロングアイランドに移住したのか，この点については不明である。一説によれば，彼らはオランダからアメリカに逃亡した貴族の末裔であると言われている。

　18世紀の終わりまでにヴァン・ヴェルサー家は，ホイットマン家の農園からそれほど遠くないコールドスプリング・ハーバーとウッドベリーの間に広い農園を所有していた。ウォルトの母ルイーザは1795年9月22日にこの農園で生まれた。以下の回想が示すように，晩年になってもウォルトは母の家屋敷を鮮明に覚えていた。「当時そこには，細長くてまとまりのない，濃い灰色をした，こけら板張りの家が建っていた。いくつもの小屋や囲い，大きな納屋，それに広々とした道路用地があった」（*PW* 1: 7）。

　エイミー（Amy）とも呼ばれる母方の祖母ナオミ・ウィリアムズ（Naomi Williams 1763-1826）は，1795年にコーネリアス・ヴァン・ヴェルサー（Cornelius Van Velsor 1768-1837）と結婚した。エイミーは，「フレンド，すなわちクエーカー教徒であり，優しく分別のある性格で，主婦としての気質を持ち，きわ

めて直観的, 精神的な」女性であった (*PW* 1: 9)。1826年2月15日における彼女の死は, 6歳のウォルトに大きな悲しみを与えた。

　ウォルトはエイミーから一族に関する多くの話を受け継いだ。その一部は『草の葉』(*Leaves of Grass*. 以下 *LG* と略す) にも取り込まれた。例えば,「私自身の歌」("Song of Myself") の35節は「昔の海戦の話でも聞かせようか？」という言葉で書き出されているが (*LG* 69), ここにおける「海戦」とは, 1779年9月23日に勃発した, アメリカ船「ボンノム・リチャード」とイギリス船「セラピス」との間の交戦であり, エイミーの父ジョン・ウィリアムズ (John Williams) はこの交戦の体験者であった。

　「少佐」として知られている母方の祖父コーネリアスは, 多弁で愛情の深い畜産家であった。彼は,「マンハッタン島やキングズ郡およびクイーンズ郡にすっかり定住した古いオランダ人の中で, もっとも際立った, この上なくアメリカ化した人物の見本」のような存在であった (*PW* 1: 8)。幼いウォルトは土曜日に時々乗馬を楽しんだ。デイヴィッド・S. レイノルズ (David S. Reynolds) によれば, ウォルトは, 時折コーネリアスといっしょに荷馬車に乗り, 40マイル離れたブルックリンまで農産物の配達に出かけた(11)。

3. 父ウォルター・ホイットマン
　　(Walter Whitman 1789–1855)

　父ウォルターは, 彼自身の政治思想にふさわしく, フランス革命記念日に, すなわちバスティーユ監獄が襲撃を受けた1789年7月14日に, ジェシー・W. ホイットマンとハナ・ブラッ

— 256 —

ウォルト・ホイットマンの家族

シュ・ホイットマンとの間に生まれた。

　ウォルターは，15歳でブルックリンの大工に弟子入りし，その後ロングアイランド，ハンティングトンのウエストヒルズで大工，木こり，農夫として働いた。組織としての宗教を嫌い，進歩的な書物や雑誌を定期的に読んだウォルターは，自由主義思想の影響を受けた合理主義者であった。そしてトマス・ペインと個人的な知り合いであることが自慢であった。彼は，クエーカー教徒の偶像破壊者エライアス・ヒックス（Elias Hicks）やフェミニストで社会主義者の改革家フランシス・ライト（Francis Wright）がニューヨークにやってくると，息子のウォルトを連れて講演に出かけた。ペイン，ヒックス，ライトの3名は，詩人ホイットマンが生涯にわたって賞賛した一家の英雄であった。

　1816年6月8日，ウォルターは，ルイーザと結婚し，9人の子供をもうけた。ただし1825年3月に生まれた子供は命名されることなく数カ月で死亡した。第2子の詩人ウォルト・ホイットマンは，父と同名のウォルターであったが，父と区別するためウォルトと呼ばれた。ウォルトには以下に述べる7人の兄弟があった。長男ジェシー・ホイットマン（Jesse Whitman 1818-70），長女メアリー・エリザベス・ホイットマン（Mary Elizabeth Whitman 1821-99），次女ハナ・ルイーザ・ホイットマン（Hannah Louisa Whitman 1823-1908），三男アンドルー・ジャクソン・ホイットマン（Andrew Jackson Whitman 1827-63），四男ジョージ・ワシントン・ホイットマン（George Washington Whitman 1829-1901），五男トマス・ジェファスン・ホイットマン（Thomas Jefferson Whitman 1833-90），六男エドワード・ホイットマン（Edward Whitman 1835-92）。

17世紀にピューリタンの先祖がロングアイランドのハンティントンに居を定めてから，ホイットマン家は一貫して農業に従事してきたが，1823年，ウォルターは家族を連れてブルックリンに引っ越した。働き者の熟練大工であった彼は，ブルックリンで土地を購入し，家を建て，それを売って財を築くつもりであった。しかし投機的な事業は失敗の連続であった。

　ウォルターは，気分屋で気むずかしく頑固であった。1855年の『草の葉』初版に収録された「かつて出かける子供がいた」("There Was a Child Went Forth") と題する詩には，「頑丈で，うぬぼれが強く，男らしく，下品で，怒りっぽい，不正の父親，／殴打，早口で大声のしゃべり方，欲の深い取引，ずるい罠」という言葉で父が描き出されているが (*LG* 365)，以上の父親像は，ウォルターと重なり合うところが多いと言われている。

4. 母ルイーザ・ヴァン・ヴェルサー・ホイットマン (Louisa Van Velsor Whitman 1795-1873)

　ウォルトにとって母ルイーザは「美徳の鑑」のような女性であった (Reynolds 28)。彼はことあるごとに母を称えた。「かつて出かける子供がいた」では，「家では食卓に静かに皿を並べる母，／言葉遣いは穏やかで，部屋着と帽子は清潔で，そばを通り過ぎると，健康的な香りがこぼれ落ちる母」と書いた (*LG* 365)。1876年の『草の葉』建国100周年版につけた「序文」では「この上なく完璧で魅力的な性格，実践的なものと道徳的，精神的なものが類まれに結びつき，私が知るすべて人，いやどんな人よりも利他的であった」と語り (*PW* 2: 467)，1881年の詩「私もまたあなたの入り口から死よ」("As at Thy Portals Also

Death") では,「理想的な女性,実際的,精神的で,地上のすべてのものの中で,生命であり,愛であり,私にとっては最上の人」と表現した (*LG* 497)。

ルイーザは,他の子供たちの誰よりもウォルトを愛しまた頼りにもした。そしてウォルトも愛情をもってそれに応えた。彼は,母との強い絆を友人のホレス・トローベル (Horace Traubel) に以下のように語っている。「彼女(母)には非常に大きな恩恵をこうむっています。その恩恵は,天秤皿で量ることも,物差しで測ることもできません。最高の言葉を並べても表現できるものではありません。それは直観的にしか理解できないのです。『草の葉』は私の中で活動している母の気質が開花したものなのです。…もし私が別の母から生まれていたら,『草の葉』はどのようなものになっていたでしょうか?」(113-14)。

レイノルズの説明によれば (27-28),ルイーザは魅力的で活発な女性であった。想像力が豊かで,切り盛り上手な主婦であると同時に,一家のまとめ役でもあった。その反面,彼女は,時々不平をこぼし,小銭をけちる変わり者であった。神経質で,心気症を患っていた。彼女の晩年の奇癖については,ウォルト宛に書かれた,1860年代から70年代にかけての手紙に多くの痕跡を認めることができる。ウォルトの青少年期に彼女がどのような母であったのかについては,明らかではない。ウォルトの記憶では,彼女は話をするのが上手であった。

ルイーザは家庭内に多くの問題を抱えていた。夫のウォルターは不機嫌なことが多く,収入は不安定であった。9人の子供を出産したが,そのうちの1人は命名されることなく数カ月で死

亡した。長男ジェシーは発狂し，精神病院で死亡した。次女ハナは神経過敏症を患っていた。おそらく精神病であった。アルコール依存症の三男アンドルーは，36歳の若さでこの世を去り，彼の妻は娼婦に身を落とした。さらに六男エドワードは，子供の頃から精神的，肉体的に発育遅れであった。

5. 長男ジェシー・ホイットマン
（Jesse Whitman 1818-70）

ジェシー・ホイットマンは1818年4月2日に生まれた。未婚で子供はいなかった。父方の祖父の名前をもらったジェシーは，父ウォルターの陰鬱で不安定な気質までも受け継いだようであった。問題の多い人格とその人格が家族に及ぼした悪影響を別にすれば，ジェシーについては不確かな点が多い。

若いときのジェシーは商船の船員であった。彼は，ウォルト，ジェフ，ジェフの家族とともに母の家に住み，ブルックリン海軍造船所で働いた。1860年頃に彼は問題行動を起こすようになった。夜中に目を覚まし，激しい発作に襲われ，嘔吐することもめずらしくなかった。症状がとてもひどく，もはや仕事を続けるのは不可能であった。家族は，自らの身の安全を，特にジェシーの激しい怒りが向けられたジェフの妻マーサ・ミッチェル（Martha Mitchell）と2人の娘の安全を心配した。ジェフとウォルトは，彼を精神病院に入院させるつもりであったが，母は反対であった。

しかし，症状の悪化を機に，1864年12月5日，ウォルトはキングズ郡の精神病院に彼を収容した。ジェシーは1870年3月21日に死亡し，家族に見守られることなく，病院内の敷地

に葬られた。

6. 長女メアリー・エリザベス・ホイットマン
　　（Mary Elizabeth Whitman 1821-99）

　ウォルトより2歳年下のメアリー・エリザベス・ホイットマンは，1840年，19歳で船大工アンセル・ヴァン・ノストランド（Ansel Van Nostrand）と結婚し，ロングアイランドのグリーンポートに新居を構えた。他の兄弟とは異なり，彼女の人生は平凡であった。働き者の夫は造船業で成功し，5人の子供をもうけた。

　メアリーはウォルトが1840年代に発表した短編に登場している。1844年4月20日，『ローヴァー』（*The Rover*）という新聞に掲載された短編「私の息子と娘」（"My Boys and Girls"）の冒頭を，彼は「私は独身だが，自分の子供だと思われる娘と息子が数人いる」と書き出し，妹や弟を実名で登場させているが，メアリーの場合，「14歳になるとても美しい娘」として描かれている（*The Early Poems and the Fiction* 248. 以下 *EPF* と略す）。また1846年6月の民主党機関紙『イーグル』（*The Brooklyn Daily Eagle, and Kings County Democrat*）に発表した短編「混血児」（"The Half-Breed: A Tale of the Western Frontier"）にも，メアリーは語り手より「2歳若いかわいらしい妹」として登場している（*EPF* 270）。

　ウォルトは，度々グリーンポートにメアリーとアンセルを訪ねた。彼らの白い小さな家は，ウォルトにとって牧歌的な家庭団欒（だんらん）の象徴であった。アンセルには飲酒癖があったが，メアリーは平穏な日々を過ごした。彼女はホイットマン一家のさまざ

な奇癖とも無縁であった。グリーンポートで彼女とともに過ごした時間は、ウォルトにとって安らかで心落ち着くものであった。

7. 次女ハナ・ルイーザ・ホイットマン
　　（Hannah Louisa Whitman 1823-1908）

　ハナ・ルイーザ・ホイットマンは父方の祖母と母の名前を受け継いだ。家族の中でウォルトの書いたものを理解できるのはハナ 1 人だけのようであった。彼女は、ヘンプステッドの女子神学校に通い、しばらく教壇に立ったが、1852 年 3 月、風景画家チャールズ・L. ハイド（Charles L. Heyde）と結婚し、バーモントのラトランドに移住した。しかしそこで彼女を待ち受けていたのは、混乱と貧困の生活であった。

　ハナはウォルトの気に入りの妹であった。2 人はともに文学の愛好家であった。短編「私の息子と娘」には「もっとも美しく、もっとも繊細な花のような娘」として登場している（*EPF* 248）。結婚後も、2 人の間には手紙のやりとりがあった。彼女は、手紙の中で彼の書いたものを好意的に語り、特に 1855 年の『草の葉』初版を褒め称えた。これに対して、夫のハイドはウォルトを避けるようになった。彼は『草の葉』が好きになれなかった。

　バーモントに妹を訪ね、その貧しい暮らしぶりが分かると、ウォルトは、手紙といっしょにハイド家に衣類や家具を買う金を送ることが度々あった。隣人の多くも、ハイド家に対する経済的な援助を惜しまなかった。晩年のハナは隠遁生活に入り、心気症になった。ハナ自身が書いた手紙から推測すれば、彼女には家族の財産や社会的地位を大げさに話す神経症の傾向があっ

た。チャールズは1892年に精神病院で死亡した。

8. 三男アンドルー・ジャクソン・ホイットマン
（Andrew Jackson Whitman 1827-63）

アンドルー・ジャクソン・ホイットマンは，1827年4月9日，ブルックリンで生まれた。彼は，アメリカの歴史的英雄にちなんで名づけられた3人の兄弟のうちの1人であった。短編「私の息子と娘」には，「私はジョージ・ワシントン，トマス・ジェファスン，アンドルー・ジャクソンのもっとも近い親戚だと言ったら，読者の皆さんは何と言うだろうか？」と書かれ (*EPF* 248)，アンドルー自身については以下のように記されている。「私は彼と何度も競走して，何度も転んだ。取っ組み合いでは，私をやっつけて，打ち負かすことはできないだろう」(*EPF* 248)。

アンドルーは家業の大工を受け継ぎ，ブルックリン海軍造船所で働いた。ナンシー・マクルア (Nancy McClure) を妻に迎え，3人の子供をもうけた。家族の間で交わされた手紙から察すると，彼は病気がちであった。アルコール依存症であったのかもしれない。

慢性的な健康上の問題を抱えていたのにもかかわらず，1862年の夏，アンドルーは，3カ月間，連邦軍に入隊し，南北戦争を戦った。彼は，ニューヨーク市民軍，第13連隊のH中隊に兵卒として服役した。1861年の春に弟のジョージ・ワシントン・ホイットマン (George Washington Whitman) が服役したのと同じ連隊であった。服役後，ブルックリンに帰ると，彼は体調を崩し，1863年12月3日，36歳の若さでこの世を去った。医者の発表では死因は喉頭炎であった。彼は結核を患っていた

のかもしれない。

　一方，ナンシーはホイットマンの伝記学者によって「街娼」あるいは「売春婦」と呼ばれている。彼女の人生はほとんど知られていない。アルコール依存症であり，子供に物乞いをさせる哀れな母であったと言われている。

9．四男ジョージ・ワシントン・ホイットマン
　　（George Washington Whitman 1829-1901）

　ウォルトより10歳若いジョージ・ワシントン・ホイットマンは，1829年11月29日にブルックリンで誕生した。彼は，1834年に父ウォルターが家族を連れて引っ越したロングアイランドの片田舎で少年時代を過ごした。短編「私の息子と娘」には，幼い弟ジョージを肩車した思い出が以下のように綴られている。「永遠不滅のワシントンは，私の胸のあたりで足をぶらぶらさせて，何度も私の肩にまたがったことがある」(*EPF* 248)。

　ジョージは，読み・書き・算術を兄のウォルトから習った。父からは大工になる訓練を受け，ブルックリンでアンドルーやウォルトといっしょに働いた。南北戦争が勃発すると，1861年の春，第13ニューヨーク市民軍に加わり，その年の秋に第51ニューヨーク義勇軍に入隊し，南北戦争を戦った。『自選日記』には，ニューバーン，アンティータム，フレデリックスバーグ，第2ブルランなど，さまざまな激戦地で戦ったジョージの戦歴に加えて，第51ニューヨーク義勇軍の活躍が以下のように記されている。「(あの第51ニューヨーク軍は，何という歴史を持ったことであろうか！　早い時期から出征し，――あら

ゆる所に進軍して戦った，——嵐の海に出て，危うく難破しそうになり，——要塞を攻撃し，——62年の夏，ヴァージニアの各地を重い足取りで歩き回り，——その後ケンタッキーとミシシッピーに進軍し，——再び兵を徴募し，——先に述べたあらゆる交戦と会戦に参加したのだ。)」(*PW* 1: 111-12)。

戦後，ブルックリンに戻ると，ジョージは水道管の検査官として成功を収めた。1871年4月14日，ルイーザ・オール・ハスラム（Louisa Orr Haslam）と結婚し，ニュージャージーのキャムデンに新居を構えた。1年後，彼は病弱の母と発育遅れの弟エドワードを引き取った。母は1873年5月23日に死亡した。同年1月，脳卒中に襲われたウォルトも，ジョージの家に身を寄せた。そして回復後も，彼は引き続きジョージの世話になった。

2人は仲良く暮らした。ジョージ夫妻は，幼年時代に死亡した彼らの長男にウォルトという名前をつけた。2番目の子供は，夫のジョージにちなんで名前をつけたが，死産であった。ウォルトは，エドワードの介護に起因する感情的，経済的負担をジョージから取り除いた。

ジョージは，キャムデンとニューヨーク市水道局の水道管検査官として責任ある地位に就いた。1884年にジョージ夫妻は，キャムデンに隣接する小さな農場に家を建て引っ越した。一方，ウォルトはキャムデンに残り，ミクル通りに彼自身の家を購入した。これを機に，2人は疎遠になった。

10. 五男トマス・ジェファスン・ホイットマン
(Thomas Jefferson Whitman 1833-90)

　トマス・ジェファスン・ホイットマンはジェフと呼ばれ，ウォルトの気に入りの弟であった。彼は，関心の持ち方や感受性の面でウォルトと共通するところが多かった。また土木事業の分野で活躍し，有名な詩人の弟であること以上の名声を博した。

　ウォルトは，幼いジェフに読み書きを教え，音楽を愛する気持ちを育てた。2人の親密な関係は，短編「私の息子と娘」の中で以下のように表現されている。「私は聡明なジェファスンの腰に片方の腕を回し，もう一方の腕の指で単語を綴るよう指示した」(*EPF* 248)。1848年1月に民主党機関紙『イーグル』の編集職を失い，2月に南部の新聞『クレッセント』(*New Orleans Crescent*) の発行を手伝うためニューオリンズに向かったときも，ウォルトは14歳になるジェフを連れてブルックリンを出発した。ジェフはオフィスボーイとして働いた。後に，ウォルトの尽力で土木関係の仕事に就き，セントルイスにおける治水事業の監督を務め，その分野で全国的に知名度の高い人物になった。

　ウォルトとジェフが交わした手紙から判断すると，2人は，音楽（特にオペラ）や政治に対して強い関心を共有していた。ジェフは，南北戦争の犠牲者や傷病兵のために献身的に働くウォルトに必要な資金を援助した。ホイットマン家の中で文筆家としてのウォルトの職業に熱心な関心を示したのはジェフだけであった。ウォルトにとってもジェフは自慢の弟であった。1871年の詩「インドへの道」("Passage to India") で，スエズ運河の開通や大西洋横断海底ケーブルの敷設などを「現代の偉大な業績」として賞賛したのも，家族の一員としてジェフの仕事に対

して誇りを抱いていたからであった (LG 411)。

1873年にジェフの妻マーサが死ぬと，2人の関係は強固なものになった。母ルイーザに次いでウォルトが深い愛情を注いだのは他ならぬマーサであった。マーサの娘ジェシー・ルイーザ (Jessie Louisa) によれば，彼女は孤児であった。結婚後，マーサはホイットマン家にとってなくてはならない存在になった。彼女は，勤勉で活気があり，情緒不安定な長男のジェシーを除けば，誰とでもうまくつきあうことができた。母ルイーザとも強い絆で結ばれていた。

1879-80年の冬，ウォルトは，ジェフと彼の2人の娘マナハッタ (Manahatta) とジェシーといっしょにセントルイスで過ごした。その後の2人は，ジェフが商用で東部を訪れるようなことがあると，再会することもあったが，悲しいことに，2人の関係をさらに強固なものにしたのは，1886年におけるマナハッタの突然死と1888年におけるウォルトの2度目の卒中であった。1890年にジェフが死亡すると，主要な工学雑誌に掲載されたものも含めて，おびただしい数の追悼記事が書かれた。このことはジェフが土木事業の第一人者であることを十分に証明するものであった。

11. 六男エドワード・ホイットマン
　　(Edward Whitman 1835-92)

ウォルトの末弟で六男のエドワードについては不確かな点が多い。彼は，出生時からではないとしても，幼年期から精神的，肉体的に発育遅れであった。そのために，両者の関係は特別なものになった。

中年期のエドワードを知る人の話では，彼は知能が極度に遅れ，片方の手足が不自由で，頻繁に起こる発作に苦しんでいた。しかし，家族の間で交わされた手紙によれば，エドワードは，明らかに人生の大半を付き添いなしで外出し，簡単な使い走りをし，興味を持って礼拝に出かけた。1939年にウォルトの姪ジェシー・ルイーザ・ホイットマン（Jessie Louisa Whitman）は，身内の精神障害を強く否定した。ジェシーの話では，エドワードは，3歳の時に猩紅熱に冒され，数年後に小児麻痺で手足が不自由になるまでは健常児であった。

　エドワードの能力については曖昧な点が多いが，エドワードとウォルトの親密な関係については疑問の余地がほとんどない。2人は，1850年代の多くをブルックリンの母の家で過ごし，部屋を共有した。この点に注目するポール・ツワイク（Paul Zweig）は，エドワードに対するウォルトの感情に「カラマス」（"Calamus"）詩群の主題と言われている「ホモセクシャルな愛」を読み取っている（188）。

　以上のツワイクの解釈よりも確かなのは，両者の間で生涯続いた愛情の絆である。1888年6月にウォルトが2度目の卒中で倒れると，エドワードは，最後の4年間を過ごす，ニュージャージー，ブラックウッドの施設に入居する前に，療養中のウォルトを訪ねた。ウォルトも，人間的な尊敬の念と他の兄弟からは期待できない兄弟愛をもって彼に接した。彼はエドワードを遺言の主要な受益人にしたが，援助はほとんど必要なかった。エドワードはウォルトよりも8カ月長生きしただけであった。

ウォルト・ホイットマンの家族

引用文献

「ウォルト・ホイットマンの家族」を作成するにあたり，底本として LeMaster, J. R., and Donald D. Kummings, eds., *Walt Whitman: An Encyclopedia* (New York: Garland, 1998) を使用し，必要に応じて以下のものを参照した。

Reynolds, David S. *Walt Whitman's America: A Cultural Biography*. New York: Knopf, 1995.

Traubel, Horace. *With Walt Whitman in Camden*. Vol. 2. 1908. New York: Roman and Littlefield, 1961.

Whitman, Walt. *The Early Poems and the Fiction*. Ed. Thomas L. Brasher. New York: New York UP, 1963.

―. *Leaves of Grass: Comprehensive Reader's Edition*. Ed. Harold W. Blodgett and Sculley Bradley. New York: New York UP, 1965.

―. *Prose Works 1892*. Ed. Floyd Stovall. 2 vols. New York: New York UP, 1963-64.

Zweig, Paul. *Walt Whitman: The Making of the Poet*. New York: Basic, 1984.

年　譜

1819　父ウォルター・ホイットマンと母ルイーザ・ヴァン・ヴェルサー・ホイットマンの第2子として，ロングアイランド，ハンティングトン近くのウエストヒルズで誕生（5月31日）。ウォルターと命名されるが，父と区別してウォルトと呼ばれる。

1823　父ウォルターは家族を連れてブルックリンに移住。

1825-30頃　ブルックリンの公立小学校に通学。

1830-31　ジェイムズ・B. クラークおよびエドワード・クラークの法律事務所でオフィスボーイとして働く。

1831-32　『ロングアイランド・パトリオット』で印刷見習工として働く。

1832-35　オールデン・スプーナーの『ロングアイランド・スター』で植字工として働く。

1835-36　マンハッタンで植字工として働く。8月の大火で印刷地区が焼失したため，ロングアイランドに戻る。

1836-38　ロングアイランドの片田舎，ノーウィッチ，ウエストバビロン，ロングスワンプ，スミスタウンの各地で小学校の教師をする。

1838-39　ハンティングトンで週刊『ロングアイランダー』を創刊・編集する。マンハッタンで印刷工の職探しをするが，失敗に終わる。『ロングアイランド・デモクラット』に記事を書く。ジャマイカ・アカデミーで教師をする。

年　譜

1839-41　リトルベイサイド,トリミングスクエア,ウッドベリー,ホワイトストーンの各地で小学校の教師をする。さまざまなロングアイランド紙に記事を書く。

1841　ニューヨークに移動 (5月)。『ニュー・ワールド』に雇われ,『デモクラティック・レビュー』や他の定期刊行物に短編を発表。41年から54年までに,24編の短編,19編の詩,多数の新聞記事を書く。41年から44年にかけてマンハッタンの下宿屋を転々とする。

1842　マンハッタンの2つの新聞,『ニューヨーク・オーロラ』(春)と『イブニング・タトラー』(夏)の編集。『デイリー・プレビーアン』に雇われる。禁酒小説『大酒飲みフランクリン・エヴァンズ』,数編の詩や短編を発表。

1843　民主党新聞『ニューヨーク・ステーツマン』を編集。

1844　『ニューヨーク・ミラー』に雇われる。短期間,民主党機関紙『ニューヨーク・デモクラット』を編集。雑誌『アリスティーディアン』に短編を発表。

1845　ブルックリンに戻り,『ブルックリン・イブニング・スター』に雇われる。

1846-48　キングズ郡の民主党機関紙『ブルックリン・デイリー・イーグル』の編集 (46年3月-48年1月)。西部への奴隷制拡張に反対する記事を含む多数の社説やトップ記事を書く。『イーグル』在職中に自由詩の形式で創作ノートに書き込みを始める (47年)。

1848　2月弟ジェフを連れてニューオーリンズに行き,『ニューオーリンズ・デイリー・クレッセント』編者のポストに就くが,5月に退職。バッファローでの自由土地党の結

党大会に出席（8月）。自由土地党機関紙『ブルックリン・フリーマン』創設。

1849 骨相学者ロレンゾ・N. ファウラーに骨相の診断を受ける（7月）。ブルックリンで印刷所を兼ねた小さな文具店を開く。地元の新聞に記事を投稿。

1850 4編の政治詩を発表。3編は「1850年の妥協」への抗議の詩。ヨーロッパ各地で失敗に終わった革命に題材を求めた他の1編「復活」は，『草の葉』初版に収録される。

1851 ブルックリン芸術組合で芸術論を講演する。

1852 自由民主党（自由土地党の後身）の大統領候補ジョン・P. ヘイルに応援の手紙を書く。ブルックリンで大工の手伝い。

1853 詩「絵画」を発表。『草の葉』を予期させる断章を創作ノートに書き込む。

1854 逃亡奴隷アンソニー・バーンズの南部引き渡しを批判する風刺詩「ボストン・バラッド」を発表。

1855 「序文」と12編の無題の詩からなる『草の葉』初版を出版（7月上旬）。7月11日父親死亡。『草の葉』の売れ行きは鈍く，批評は賛否両論。しかしラルフ・W. エマスンから高い評価を得る（7月21日）。

1856 『草の葉』2版を出版。32編の詩，エマスンからの手紙，エマスンに宛てた公開書簡を収録。未発表の政治論文「第18期大統領職！」を書く。ヘンリー・D. ソローとエイモス・B. オルコットの訪問を受ける（11月）。

1857-59 『ブルックリン・デイリー・タイムズ』の編集（57年春-59年夏）。『草の葉』への世間の反応に失望するが，

その後も詩を書き続け,「新しい聖書の大いなる構築」を計画。

1860 ブロードウェイのチャールズ・ファフのレストランに出入りし,ボヘミアンと接触する。ボストンに3カ月滞在し,セイヤー・アンド・エルドリッジ社から『草の葉』3版を出版。エマスンとの散歩中,「アダムの子供たち」詩群から性的な詩行を削除するよう助言を受ける。ホイットマンはこれを拒否。

1861-62 南北戦争勃発 (61年4月12日)。『ブルックリン・デイリー・スタンダード』や他の新聞に投稿。ニューヨーク病院に傷病兵を訪ねる。弟ジョージの負傷を知り,ヴァージニアの陸軍野営地に駆けつける (62年12月)。

1863-64 ワシントン D. C. に定住。陸軍給与支払所で非常勤の事務官として働く。ほとんど毎日,野戦病院を訪れ,傷病兵に精神的,物質的援助を施す。病気休暇をとり,ブルックリンに帰る (64年6月)。

1865 南北戦争終結。ワシントンの内務省で事務官として働く。『草の葉』の著者であるとの理由で,ジェイムズ・ハーランにより解雇される。その後,法務長官室に配置転換。リンカーン大統領の暗殺 (4月14日) 後,「おお,船長よ! わが船長よ!」と「先頃ライラックが前庭に咲いたとき」を発表。『軍鼓の響き』と『軍鼓の響き続編』を出版。

1866 ワシントンにおける友人ウィリアム・D. オコナーが,ハーランへの攻撃とホイットマンの弁護を旨とする冊子,『善良な白髪交じりの詩人』を書く。

年　譜

1867　『草の葉』4版を出版。『ロンドン・クロニクル』に掲載された，ウィリアム・M. ロゼッティの論文「ウォルト・ホイットマンの詩」，ジョン・バローズの著書『詩人および人物としてのウォルト・ホイットマン解説』で高い評価を得る。

1868　ロゼッティによる『草の葉』の選集『ウォルト・ホイットマンの詩集』がロンドンで出版される。

1871　『草の葉』5版を出版。『インドへの道』と『民主主義の展望』を出版。アルフレッド・L. テニスンから好意的な手紙を受け取る。マンハッタンで開催された第40回全国産業博覧会で「結局は，単に創造するだけでなく」を朗読。

1872　ダートマス大学の卒業式で「自由な翼を持つたくましい鳥のように」を朗読。

1873　脳卒中に襲われる（1月）。ニュージャージー州キャムデンに出かけ，病中の母と面会。3日後に母親死亡（5月）。引き続きキャムデンで弟ジョージ一家と暮らす。

1874-75　「コロンブスの祈り」を含む数編の詩を発表。再度発作が起こる。

1876　『草の葉』建国100周年記念版（71年版の復刻版）を出版。『2つの小川』と『戦時中の覚え書き』を出版。療養のため数年間夏場にキャムデン近郊のスタフォード農場に滞在。秋にホイットマンに傾倒していた英国女性アン・ギルクリストと子供たちがキャムデンに到着。

1878　ヘンリー・W. ロングフェロウの訪問を受ける。

1879　コロラドへ旅行。病気になり，弟ジェフとセントルイス

に滞在。

1880 カナダ人医師リチャード・M. バックとカナダのオンタリオに旅行。

1881 ボストンで『草の葉』6版の校正。11月出版。この版で収録作品の最終的な配置が整う。コンコードにエマスンを訪ねる。

1882 キャムデンでオスカー・ワイルドの訪問を受ける。ボストンの地区検事長が,『草の葉』は「猥褻文学」であると攻撃する。出版元ジェイムズ・R. オズグッドは『草の葉』6版を回収する。フィラデルフィアでリーズ・ウェルシュ（後にデイヴィッド・マッケイ）が復刻版を出版。『自選日記』を出版。

1884 キャムデンのミクル通りに家を購入し，引っ越す。晩年のホイットマンの言葉を4年間記録したホレス・トローベルと知り合う。

1885 マーク・トウェインやジョン・G. ホイッティアーを含む支援者が，自宅にこもりがちな健康状態を案じて, 1頭立て軽4輪馬車を寄贈する。

1887 マンハッタンのマディソン・スクエア劇場でリンカーンの講演をする（4月14日）。講演は大成功を収め, 600ドルの収益を上げる。

1888 『ニューヨーク・ヘラルド』に32編の詩と数編の散文を発表。脳卒中に襲われる（6月）。『11月の枝』を出版。

1890 キャムデンのハーリー共同墓地に大きな御影石の墓を建てる契約書に署名。

1891 『さようなら，わが空想』と『草の葉』臨終版（1891-92）

を出版。
1892 ミクル通りの自宅で死亡（3月26日）。ハーリー共同墓地に埋葬（30日）。

　年譜の作成にあたり，参考にした資料は次の通り。
David S. Reynolds, ed., *A Historical Guide to Walt Whitman* (NewYork: Oxford UP, 2000); Harold W. Blodgett and Sculley Bradley, eds., *Leaves of Grass: Comprehensive Reader's Edition* (New York: New York UP, 1965); Joann P. Krieg, *A Whitman Chronology* (Iowa: U of Iowa P, 1998); J. R. LeMaster and Donald D. Kummings, eds., *Walt Whitman: An Encyclopedia* (New York: Garland, 1998).

初出論文一覧

1. 単著「『草の葉』以前のウォルト・ホイットマン ― 初期の詩を中心にして ― 」中部英文学会『中部英文学』14号（pp. 83-94），1995.
2. 単著「『草の葉』以前のウォルト・ホイットマン ― 1840年代の短編小説を中心にして ― 」大同工業大学『大同工業大学紀要』31巻（pp. 5-12），1995.
3. 単著「『草の葉』以前のウォルト・ホイットマン ― 1840年代におけるジャーナリズム活動を中心にして ― 」東海英米文学会『東海英米文学』5号（pp. 171-184），1995.
4. 単著「『草の葉』以前のウォルト・ホイットマン ― 政治ジャーナリズムからの旅立ち ― 」岐阜女子大学『岐阜女子大学英文学会誌特集号』（pp. 149-157），1998.
5. 単著「『草の葉』以前のウォルト・ホイットマン ― 1840年代後半の創作ノートを中心にして ― 」日本アメリカ文学会中部支部『中部アメリカ文学』創刊号（pp. 1-13），1998.
6. 単著「『草の葉』以前のウォルト・ホイットマン ― 混迷するアメリカと1850年代前半の創作ノート ― 」日本ホイットマン協会『ホイットマン研究論叢』14号（pp. 25-36），1998.
7. 単著「『草の葉』以前のウォルト・ホイットマン ― 1850年代前半の創作ノートに見られる詩人論について ― 」日本ホイットマン協会『ホイットマン研究論叢』15号（pp. 33-46），1999.

初出論文一覧

8. 単著「『草の葉』以前のウォルト・ホイットマン ── "Rules for Composition" を中心にして ── 」日本ホイットマン協会『ホイットマン研究論叢』16号（pp. 25-38），2000.

9. 単著「『草の葉』以前のウォルト・ホイットマン ── 1830年代のジャーナリズム活動を中心にして ── 」日本ホイットマン協会『ホイットマン研究論叢』18号（pp. 37-49），2002.

10. 単著「『草の葉』以前のウォルト・ホイットマン ── 『オーロラ』の編集活動を中心にして ── 」日本ホイットマン協会『ホイットマン研究論叢』19号（pp. 25-36），2003.

11. 単著「『草の葉』以前のウォルト・ホイットマン ── 1840年代前半のジャーナリズム活動を中心に ── 」日本ホイットマン協会『ホイットマン研究論叢』20号（pp. 11-24），2004.

12. 単著「ジャーナリストとしてのホイットマン ── 『オーロラ』の編集を中心に ── 」 吉崎邦子・溝口健二編著『ホイットマンと19世紀アメリカ』(pp. 3-19)，開文社出版，2005.

13. 単著「ホイットマンの見たニューヨーク ── 1840年代前半のジャーナリズム活動を中心に ── 」吉崎邦子・溝口健二編著『ホイットマンと19世紀アメリカ』(pp. 20-36)，開文社出版，2005.

14. 単著「『イーグル』のホイットマン ── 政党政治との関わりから『草の葉』の詩人へ ── 」吉崎邦子・溝口健二編著『ホイットマンと19世紀アメリカ』(pp. 37-58)，開文社出版，2005.

15. 単著「ホイットマンの見たブルックリン ── 『イブニング・スター』の記事を中心にして ── 」東海英米文学会編『テクストの内と外』(pp. 151-62)，成美堂，2006.

あとがき

　本書は，主に「『草の葉』以前のウォルト・ホイットマン」というメインタイトルのもとで，1995年から2006年にかけて学会誌や共著などに発表した10数編の論文をまとめたものである。1990年代の後半に発表した論文は，不備な点が目立ち，引用文献も古いので，できる限り最新の情報や研究動向を取り込みながら書き直した。なかには大幅な削除や加筆を余儀なくされたものもあった。比較的新しい論文については，ほとんど手を加えることなく転載した。また巻末の「ウォルト・ホイットマンの家族」は，詩人ホイットマンの家庭環境を理解する上で参考になると考え，今回の出版を機に手元の研究書をたよりに作成した。

　本書の全体像がほぼ見えてきたところで改めて読み返してみたが，そのできばえは必ずしも満足のできるものではなかった。『草の葉』以前のホイットマンを4期に区分けし，ジャーナリズムや創作ノートなど第1次資料を駆使しながら，各期におけるホイットマンの活躍を追跡するのは，国内のホイットマン研究ではおそらく初めての試みであり，その意味では，本書はこの方面の先駆的な研究としてそれなりの意義があるのかもしれない。しかし，内容的には，ホイットマンが向かい合っていた政治問題や社会問題に比重を置きすぎて，例えば，同時代の文学や芸術との関わり，エマスンからの影響，広範囲な読書体験など，『草の葉』の詩人ホイットマンに直結する問題を十分に

あとがき

　取り上げることができなかった。今はこの点を反省している次第である。

　このようなささやかな本でも，これまでに大勢の方々から頂戴した有形無形の励ましやご助言がなかったならば，日の目を見ることはなかった。本来なら一人ずつお名前を挙げて，感謝の気持ちをお伝えすべきであろうが，その数は非常に多く，断念せざるを得ない。それでも，次のお二人の先生だけは，どうしてもここにお名前を記して，感謝の気持ちを表しておきたい。お一人は，2000年8月，東海英米文学会の年次大会で特別講演「ホイットマンの『野生の咆哮』」を引き受けてくださった折に，これまでの研究をまとめて，出版するようお声をかけてくださり，その後も機会あるごとに励ましてくださった亀井俊介先生であり，他のお一人は，四半世紀以上もの長きにわたり学会や研究会でご指導を賜っている丹羽隆昭先生である。丹羽先生の長年にわたる辛抱強いご指導がなかったならば，本書は誕生しなかったと言っても過言ではない。本書が両先生のご高名を汚すことがないようひたすら祈るばかりである。

　また筆者が今日までホイットマン研究を続けることができたのは，学会活動などを通して巡り会うことのできた気が置けない友人や仲間に負うところも大きい。そのお名前をすべてここに記すことなどとてもできないが，アメリカ文学史の共同執筆やホイットマン研究の共編著などの仕事を通して楽しく有意義な時間を共有させていただいた吉崎邦子先生，海外の学会に出席するお誘いを受けてからいっそう距離が縮まり，日頃からいろいろな場面でお世話になっている横田和憲先生など，たくさんの友人や仲間に恵まれたことは，非力な筆者にとってまこと

あとがき

にありがたいことであった。改めて心より感謝したい。

またこれまで研究発表の機会を与えてくださった日本アメリカ文学会，日本アメリカ文学会中部支部，日本英文学会，中部英文学会，日本ホイットマン協会，日本ナサニエル・ホーソーン協会中部支部研究会，加えて，ローカルな学会でありながら，筆者が充実した時間を過ごすことのできる東海英米文学会とアメリカルネサンス研究会にも厚くお礼申し上げる次第である。研究発表の場で頂戴した数々の貴重なご意見は，筆者の独善的な考えや思い違いを訂正する上で不可欠のものであった。

大切なことが後回しになってしまったが，昨今の困難な出版事情にもかかわらず，本書の出版をお引き受けくださり，ひとかたならぬお世話になった開文社出版の安居洋一社長に心より感謝申し上げたい。

最後に，本書の出版は，大同大学（大同工業大学）の学内研究助成制度により実現したものであることを，感謝の気持ちを込めて記しておきたい。

2008年盛夏

溝 口 健 二

索 引

ア行

アーキラ, ベツィ（Betsy Erkkila） 52, 155, 170, 190

『アトラス』*Atlas* 75

『アドヴァタイザー』*Brooklyn Advertiser* 102, 168

「あの世の愛」"The Love That Is Hereafter" 18, 26, 39, 41

アメリカ精神 75, 76, 78, 90, 108, 113, 115, 116, 119, 137, 147, 214, 222, 242

「アメリカニズム II」"Americanism II" 90

「アメリカの歌」"The Columbian's Song" 18, 26

「アメリカの音楽，新しくて本物！」
 "American Music, New and True!" 136, 137

「アメリカの文学」"American Literature" 245

「アメリカの編集と編集者」"American Editing and Editors" 153

「アメリカの労働者対奴隷制」
 "American Workingmen, versus Slavery" 159

『アメリカン・レビュー』*The American Review: A Whig Journal of Politics, Literature, Art and Science* 74, 101, 102, 109, 121, 233

「荒くれ者フランクの帰還」"Wild Frank's Return" 50, 53, 56, 57

『アリスティーディアン』*The Aristidean* 52

「ある邪悪な衝動！」"One Wicked Impulse!" 61, 62

「アルボット・ウィルソン」"albot Wilson" 187-209

「ある連邦議会議員に寄せる歌」"Song for Certain Congressmen" 176

「ある若者の魂の影と光」
 "The Shadow and the Light of a Young Man's Soul" 10, 232

「アレゲニー山脈を越えて」"Crossing the Alleghenies" 171

アレン, ゲイ・ウィルソン（Gay Wilson Allen） 15, 29, 34, 37, 205

『アンクルトムの小屋』*Uncle Tom's Cabin* 218

索 引

アンデン, アイザック・ヴァン（Isaac Van Anden） 146, 155, 169
「アンドルー・ジャクソン」 "Andrew Jackson" 224
『イーグル』 *The Brooklyn Daily Eagle, and Kings County Democrat* 3, 5, 55, 125, 141, 143-45, 147-51, 153, 155, 157, 160-62, 164, 167-70, 172, 187, 207, 212, 213, 216, 224, 234, 245
偉大な詩人 163, 226, 236, 238, 239
「いつまでも揺れやまぬ揺りかごの中から」
 "Out of the Cradle Endlessly Rocking" 42
『イブニング・スター』 *Brooklyn Evening Star* 101, 113, 119-41, 144, 148, 168
『イブニング・ポスト』 *New York Evening Post* 148, 176
『イブニング・ミラー』 *Evening Mirror* 100
「インカの娘」 "The Inca's Daughter" 18, 26
ヴァンホーム（Vanhome） 56, 61, 62
『ウイークリー・メッセンジャー』
 Sunday Times & Noah's Weekly Messenger 74, 98
ウィリス, ナサニエル・P.（Nathaniel P. Willis） 100
「ウィルモット建議案」（Wilmot Proviso） 155, 156, 158, 170, 178
ウィルモット, デイヴィッド（David Wilmot） 155, 158
『ウエストミンスター・レビュー』 *Westminster Review* 233
ウェブスター, ダニエル（Daniel Webster） 176
ウォルシュ, マイク（Mike Walsh） 98
『ウォルト・ホイットマンのアメリカ』 *Walt Whitman's America* 212
「浮き足立つな, 民主党議員よ！」
 "Set Down Your Feet, Democrats!" 156
エスター（Esther） 61
『エディンバラ・レビュー』 *Edinburgh Review* 233
「エマスン氏の講演」 "Mr. Emerson's Lecture" 200
エマスン, ラルフ・ウォルドー（Ralph Waldo Emerson） 49, 193, 194, 199, 200

索引

エリス (Ellis) 55
『大酒飲みフランクリン・エヴァンズ』
　Franklin Evans; or The Inebriate. A Tale of the Times 14, 51, 59-61, 97, 103
『オーロラ』*New York Aurora* 3, 15, 21, 59, 73-92, 95, 96, 115, 151, 199
オサリヴァン, ジョン・L. (John L. O'Sullivan) 146, 154
「思い出」"A Reminiscence" 125
オレゴン協定 146
「終わり」"The Winding-Up" 18, 30, 32
音楽教育 121, 134, 135, 145

カ行

「海水浴場での1時間」"An Hour at a Bath" 96
学校教育 97, 105, 120, 121, 132, 136, 145
「学校, そして若者の訓練」"Schools, and Training of the Young" 105
「学校でのむち打ち」"The Whip in Schools" 134
「かつて出かける子供がいた」"There Was a Child Went Forth" 58
「ガッド通信」"Gad Correspondence" 97
カトリック 85-7
「雷の影響」"Effects of Lightning" 14
カミングズ, ドナルド・D. (Donald D. Kummings) 14, 171
「カラマス」詩群 "Calamus" 41, 42
カンザス・ネブラスカ法 218
感傷詩 26, 205
「気温」"[Temperature]" 14
「来るべき時」"Time to Come" 15
「キャス将軍からの手紙」"Letter from Gen. Cass" 170
キャス, ルイス (Lewis Cass) 170, 173
キャプラン, ジャスティン (Justin Kaplan) 15, 34, 50, 52, 56
教育問題 85, 105

索　引

教訓詩　26, 205
「教室における死（事実）」"Death in the School-Room (a Fact)"　54, 56, 61
禁酒小説　14, 51, 59, 60, 97, 103
金ぴかの時代　136, 137, 236, 239, 243
クーパー，ジェイムズ（James Cooper）　176
『草の葉』初版（*Leaves of Grass*, 1855）　40, 50, 58, 73, 143, 147, 160, 161, 164, 178, 181, 187, 188, 190, 193, 194-204, 211, 218, 229, 237, 242-44, 247, 248
『草の葉』3版（*Leaves of Grass*, 1860）　41, 42
グリーリー，ホーレス（Horace Greeley）　76, 208, 212
「グリーンウッド共同墓地」"Greenwood Cemetery"　16
「グリーンウッド共同墓地への訪問」
　"A Visit to Greenwood Cemetery"　99
グレイ，トマス（Thomas Gray）　34
『クレッセント』*New Orleans Crescent*　167, 171, 172
クレメンツ，サミュエル・E.（Samuel E. Clements）　4, 5
『グローブ』*New-York Daily Globe*　168, 169
ケイヴィッチ，デイヴィッド（David Cavitch）　56
「芸術と芸術家」"Art and Artists"　234, 237
「元気のよいフランクの最期」"The Last of Lively Frank"　84
建国精神　95, 108, 109, 112, 121, 122, 127, 144, 154, 157, 178, 208, 236
「現制度は維持を要す」"The System Must Stand"　86
「現代の詩歌」"Poetry of the Times"　199
「高慢の罰」"The Punishment of Pride"　33
「心地よい景色」"Delightful Sights"　101
「心の音楽と技の音楽」"Heart-Music and Art-Music"　101, 136, 137
孤児　61, 62, 66
「子供と放蕩者」"The Child and the Profligate"　54, 55, 61
「子供の幽霊」"The Child-Ghost; a Story of the Last Loyalist"　56
「子供の擁護者」"The Child's Champion"　55

索 引

『コロンビアン・マガジン』*Columbian Magazine* 55

サ行

「最近の悲劇の教訓」"The Moral of the Recent Tragedy" 102
「最後には皆眠りにつく」"We All Shall Rest at Last" 18, 26
「最後の王党派」"The Last Loyalist" 54, 56, 61
「魚捕り」"Fishing" 14
「先頃ライラックが前庭に咲いたとき」
 "When Lilacs Last in the Dooryard Bloom'd" 42
「殺人謝礼金」"Blood-Money" 178
『サブタレニアン』*The Subterranean* 98
『サン』*The Sun* 59, 76, 97, 101-3, 105, 110
『サンデータイムズ』*Sunday Times* 74, 97
ジェファスン，トマス（Thomas Jefferson） 5, 122, 157, 160, 207, 216, 224
「ジェファスンの方針を弁護するエンパイアステートの恐れを知
 らぬ民主主義の審判」"Verdict of the Undaunted Democracy
 of the Empire State in Behalf of the Jeffersonian Ordinance" 159, 170
ジェファソニアン・デモクラシー 116, 157
視覚芸術 234
「死観」"Thanatopsis" 15, 34
「死刑と社会の責任」
 "Capital Punishment and Social Responsibility" 106
「死刑に関するさらなる提言」
 "A Few Words More on Capital Punishment" 106
死刑の廃止 97, 101, 106, 146
「事故」"Accidents" 14
「『自国』の文学」"'Home' Literature" 162, 245, 247
詩人待望論（待望論） 164, 181, 238, 239, 243
『自選日記』*Specimen Days* 4, 13
実用本位の時代 119

索 引

『ジャーナリズム』 *The Journalism*　96
社会派ジャーナリスト　73, 80, 95, 102, 151, 216
ジャクソン，アンドルー（Andrew Jackson）　207, 216, 224
「シャツの物語」"Tale of a Shirt: A Very Pathetic Ballad"　99
「11月25日」"Twenty-Fifth November"　110
自由土地党　159, 160, 167, 174, 175, 208, 211, 214, 231, 248
「宗派と公立学校」"Sectarianism and Our Public School"　87
「重要な点に関するワシントンとジェファスンの意見」
　"The Opinions of Washington and Jefferson on an Important Point"　157
商業主義　95, 108, 109, 116, 144, 207, 234
「少年少女」"Boys and Girls"　104
「消防士の禁酒運動！」"Temperance among the Firemen!"　59
「消防士の夢」"The Fireman's Dream: With the Story of His Strange Companion. A Tale of Fantasie"　98
『初期の詩と短編』 *The Early Poems and the Fiction*　49
「自立したアメリカの文学 ── ヤンキードゥードルへのわれわれの回答 ── ブルックリンのハミルトン文学協会」
　"Independent American Literature ── Our Answer to Yankee Doodle ── The Hamilton Lit. Society of Brooklyn"　163
「信条」"Credo"　91
『新聞の声』 *Voices from the Press; A Collection of Sketches, Essays, and Poems*　232
スーアル，リチャード（Richard Sewall）　181
「スケッチ」"A Sketch"　97
「スタンザ」"Stanzas"　97
『ステーツマン』 *New York Statesman*　74, 98
ストウヴォール，フロイド（Floyd Stovall）　193, 233
スプーナー，エドウィン（Edwin Spooner）　120
スプーナー，オールデン（Alden Spooner）　7, 12, 15, 120
「スペインの貴婦人」"The Spanish Lady"　18, 26

索 引

政治詩　25, 167, 176, 178, 179, 208, 211, 212, 227, 232
政治ジャーナリスト　31, 143, 145, 188
「贅沢すぎる生活」"Living Too High"　128
「生と愛の伝説」"A Legend of Life and Love"　61, 62, 232
政党政治　147, 163, 217
「聖なる軍隊の最後の1人」"The Last of the Sacred Army"　123
「聖パウロ教会のオラトリオ」"The Oratorio of St. Paul"　136
「生命の海とともに退きながら」"As I Ebb'd with the Ocean of Life"　42
1850年の妥協　176, 208, 212, 213, 218
「1872年序文 ― 自由な翼を持つたくましい鳥のように」
　"Preface 1872 ― As a Strong Bird on Pinions Free"　193
1847年の創作ノート　143, 161, 163, 188, 204, 236
創作指針　231, 242, 244
「創作の規則」"Rules for Composition"　242, 248
ソロー, ヘンリー・デイヴィッド（Henry David Thoreau）　220

タ行

大衆　76, 80, 95, 216, 246-48
「第18期大統領職！」"The Eighteenth Presidency!"　208, 216, 223, 237
大衆文化　25, 113
代用教員　3, 9, 10, 28, 35, 36, 50, 58, 64, 65, 73, 232
タイラー, ジョン（John Tyler）　91, 98
「対話」"A Dialogue"　101, 106, 107
妥協政治　25, 167, 176, 178, 187, 208, 209, 211, 212, 232, 249
『タトラー』*Evening Tattler*　74, 96, 97, 108
タマニー　88, 89
ダラス, ジョージ（George Dallas）　99
「誰にでも悲しみはある」"Each Has His Grief"　33
短編作家　21, 31, 49, 60, 73
チェニー一家　101, 113, 114, 136, 137

索　引

チャールズ（Charles）　55, 61, 62

ツワイク，ポール（Paul Zweig）　52, 58, 216

ディーン，アーチボルド（Archibald Dean）　10

ディキンソン，ダニエル（Daniel Dickinson）　176

ディケンズ，チャールズ（Charles Dickens）　97, 108, 109

ティム（Tim）　55, 61, 62

テイラー，ザカリー（Zachary Taylor）　173, 175

テキサス併合　100, 146

『デモクラット』 *The New-York Democrat*　74, 99, 100

『デモクラティック・レビュー』 *The United States Magazine, and Democratic Review*　31, 49, 50, 53, 55, 56, 73, 74, 101, 106, 123, 207, 232, 233

『デルタ』 *New Orleans Delta*　171

逃亡奴隷引渡法　218, 223

「都会で暮らす田舎の若者への危険」
　"Dangers to Country Youth in the City"　59, 103

「都会の事情」"City Matters"　96

独立革命　5, 7, 122-24, 182

「取り壊しと建て直し」"Tear Down and Build Over Again"　102, 109, 110, 112, 121-23, 127, 144

『トリビューン』 *New York Tribune*　76, 149, 164, 178, 208, 212

『トリビューン・サプルメント』 *New York Tribune Supplement*　178

「奴隷商人 — そして奴隷貿易」"Slavers — and the Slave Trade"　157

奴隷制　146, 147, 155-60, 169, 170, 173, 174, 176, 178, 181, 187, 207, 208, 211, 214, 216, 218, 220, 227

ナ行

ニコルズ，トマス・ロウ（Thomas Low Nichols）　76

「日没の記録 — ある教師の机から」
　"Sun Down Paper — From the Desk of a Schoolmaster"　18, 27

索　引

『ニューミラー』 *The New Mirror*　100

「ニューヨーク市場の生活」 "Life in a New York Market"　82

『ニューヨーク・タイムズ』 *New York Daily Times*　220

「ニューヨークの生活」 "Life in New York"　80

ニューヨークの大火　9, 10, 35, 64

『ニューヨーク・ミラー』 *New-York Mirror*　7, 8, 16

『ニューワールド』 *The New World*　14, 33, 51, 55, 74, 97

ネイサン（Nathan）　61

「眠れる人々」 "The Sleepers"　125

『ノースブリティッシュ・レビュー』 *North British Review*　233

ハ行

「バーヴァンス」 "Bervance: or, Father and Son"　53, 57, 61

バーヴァンス（Bervance）　54, 55

パーカー, セオドア（Theodore Parker）　220

ハーツホーン, ウィリアム（William Hartshorne）　5, 7

『ハービンジャー』 *The Harbinger*　155

ハーモネオン　138

バーンズ, アンソニー（Anthony Burns）　182, 208, 218, 220, 222, 223

「拝金主義者」 "Money Worshippers"　83

ハイド, チャールズ・ルイ（Charles Louis Heyde）　64

ハウ, ウィリアム（William Howe）　125

「墓の花」 "The Tomb Blossoms"　232

墓場派　15, 34

「ハッチンソン一家」 "The Hutchinson Family"　113

ハッチンソン一家　98

「バッタ」 "Locusts"　14

『パトリオット』 *The Long-Island Patriot*　4, 5, 7, 8, 14, 122

「万物の終わり」 "The End of All"　18, 26, 30

ピアス, フランクリン（Franklin Pierce）　214, 217, 218, 225, 226

索　引

ビーチ, モーゼス・Y. (Moses Y. Beach)　76, 97
『ピカユーン』 *The Picayune*　171
ヒックス, イライアス (Elias Hicks)　4
「1つの提案 ― ブルックリンの娯楽」
　"A Suggestion. ― Brooklyn Amusements"　138
「百歳の古老の話」"The Centenarian's Story"　125
ヒューズ, ジョン (John Hughes)　85, 87, 88, 90
ビューレン, マーティン・ヴァン (Martin Van Buren)　31, 98, 160, 174
フィリップ (Philip)　61, 62
フィリップス, ウェンデル (Wendell Phillips)　220
フィルモア, ミラード (Millard Fillmore)　216, 225
ブキャナン, ジェイムズ (James Buchanan)　225, 226
「復讐と報復」
　"Revenge and Requital; A Tale of a Murderer Escaped"　61
「2つの象徴の教訓」"Lesson of the Two Symbols"　98
「復活」"Resurgemus"　164, 178, 208, 212, 214, 227
ブライアント, ウィリアム・カレン (William Cullen Bryant)　14, 15, 18, 34, 49, 148
『ブラザー・ジョナサン』 *Brother Jonathan*　28, 74
ブラッシャー, トマス・L. (Thomas L. Brasher)　25, 49
「プラムの美術館を訪ねて」"Visit to Plumbe's Gallery"　234
フランク (Frank)　50, 53
フランクリン (Franklin)　51, 61, 62
フランクリン, ベンジャミン (Benjamin Franklin)　5
『フリーマン』 *Brooklyn Freeman*　160, 167, 174-76, 208, 211-13, 231
「振り返るな」"No Turning Back"　97
ブルックス, ジェイムズ (James Brooks)　176
「ブルックファーム」
　(Brook Farm Institute of Agriculture and Education)　155
ブルックリン芸術組合 (Brooklyn Art Union)　234

― 291 ―

索引

「ブルックリンの街灯」 "[Brooklyn City Lamps]" 170
「ブルックリンの学校と教師」 "Brooklyn Schools and Teachers" 132
フレノー, フィリップ (Philip Freneau) 34
『プレビーアン』 *Daily Plebeian* 98, 104, 113
ブレントン, ジェイムズ・J. (James J. Brenton) 17, 18, 21, 26, 65, 232
『ブロードウェイ・ジャーナル』 *The Broadway Journal* 74, 101, 113
プロテスタント 85
ヘイル, ジョン・パーカー (John Parker Hale) 181, 214, 227, 248
ペニーペーパー 75, 79
ベネット, ジェイムズ・ゴードン (James Gordon Bennett) 76
『ヘラルド』 *New York Herald* 76
ヘリック, アンソン (Anson Herrick) 75, 91
「ペン」 "The Pen" 151
「勉学」 "Our Study" 105
ベンジャミン, パーク (Park Benjamin) 33, 51, 97
ベントン, トマス・ハート (Thomas Hart Benton) 175
『ヘンプステッド・インクワイアラー』 *The Hempstead Inquirer* 12, 14, 18, 65
ホイッグ党 7, 91, 102, 121, 149, 156, 160, 173-75, 212
ホイットマン, アンドルー・ジャクソン
　(Andrew Jackson Whitman) 58, 60
ホイットマン, ウォルター (Walter Whitman) 3, 56-58, 60, 61, 121
ホイットマン, エドワード (Edward Whitman) 64
ホイットマン, ジェシー (Jesse Whitman) 57, 58, 61, 63
ホイットマン, ジョージ・ワシントン (George Washington Whitman) 60
ホイットマン, トマス・ジェファスン
　(Thomas Jefferson Whitman) 60, 171, 172, 176, 231
ホイットマン, ハナ・ブラッシュ (Hannah Brush Whitman) 122
ホイットマン, ハナ・ルイーザ (Hannah Louisa Whitman) 60, 64
ホイットマン, ルイーザ・ヴァン・ヴェルサー

索　引

（Louisa Van Velsor Whitman）　3, 63, 64
ポウ，エドガー・アラン（Poe, Edgar Allan）　49
ポーク，ジェイムズ（James Polk）　99, 147, 154
ホーソーン，ナサニエル（Nathaniel Hawthorne）　49
「北部自由人のみならず南部自由人の権利 ― カルフーン氏の演説」
　"Rights of Southern Freemen As Well As Northern Freemen ― Mr. Calhoun's Speech"　158
「ボストン・バラッド」"A Boston Ballad（1854）"　181, 208, 211, 218
「ホテルの宿泊客」"The Habitants of Hotels"　171
「歩道と土手のスケッチ」"Sketches of the Sidewalks and Levees"　172
ホロウェイ，エモリー（Emory Holloway）　15, 16, 190
「本当の話」"Some Fact-Romances"　52
「『本物のアメリカの』歌」"'True American' Singing"　137, 138

マ行

マーク（Mark）　61, 62
マーシュ，ウィリアム・B.（William B. Marsh）　146
マーフィー，ヘンリー・C.（Henry C. Murphy）　145
マクルア，J. E.（J. E. McClure）　170, 172
「マサチューセッツにおける奴隷制」"Slavery in Massachusetts"　220
「真夜中にミシシッピ川を下って」
　"Sailing the Mississippi at Midnight"　171
ミズーリ協定　218
「見習工や若者への助言」"Some Hints to Apprentices and Youth"　129
ミラー，エドウィン・ハヴィランド（Edwin Haviland Miller）　57, 62, 64
民主党革新派（改革派）　143, 147, 154, 155, 168, 174, 175, 187, 216
民主党保守派（保守派）　147, 155, 159, 163, 167-69, 175, 178, 181, 187, 207, 208, 211, 212, 215, 216, 249
「昔」"The Olden Time"　7
むち打ち　121, 134

索 引

「名声の空しさ」 "Fame's Vanity"　18, 26, 27, 29
「明白な宿命」　146, 154
メキシコ戦争　146, 147, 155, 169, 173, 187, 216
モリス，ジョージ・ポウプ（George Pope Morris）　8, 100

ヤ行

「野心」"Ambition"　27, 32
「ヤングアメリカ」（Young America）　207
ヤング，エドワード（Edward Young）　34
「友人の家」"The House of Friends"　178
『ユニオンマガジン』 *Union Magazine of Literature and Art*　10, 232
『ユニバーサリスト・ユニオン』 *Universalist Union*　16
「夜の家」"The House of Night"　34

ラ行

ライト，サイラス（Silas Wright）　99, 100
ラヴィング，ジェローム（Jerome Loving）　232, 233
リーチ，エイブラハム・ポール（Abraham Paul Leech）　66
リチャード（Richard）　53
領土拡張　146, 154, 205, 207, 236
ルーイス，R. W. B.（R. W. B. Lewis）　242
ルーク（Luke）　54, 61, 62
ルーバン（Reuben）　60
「ルーバンの最後の願い」"Reuben's Last Wish"　60, 62
ルガール（Lugare）　55
ルマスター，J. R.（J. R. LeMaster）　14, 171
レイノルズ，デイヴィッド・S.（David S. Reynolds）　19, 25, 62, 211
『ローヴァー』 *The Rover*　51
ローファー　19, 21
ロープス，ジョン・F.（John F. Ropes）　75

索　引

『ロングアイランダー』 *The Long Islander*　11-17, 26, 50, 64, 65, 78
『ロングアイランド・スター』 *The Long-Island Star*　7, 11, 12, 14, 15, 120
『ロングアイランド・デモクラット』 *Long-Island Democrat*　14-18, 26, 28,
　　30, 39, 65, 74, 232
ロングアイランドの戦い　124, 125, 127
『ロングアイランド・ファーマー』
　The Long-Island Farmer and Queens County Advertiser　18

ワ行

ワーシングトン，エラストゥス（Erastus Worthington Jr.）　5
「若いグライムズ」 "Young Grimes"　18, 26
「若者の教育 ― ブルックリンの学校 ― 子供に対する音楽の
　影響」 "Educating the Young ― Brooklyn Schools ― Effect of
　Music on Children"　134
「技の歌と心の歌」 "Art-Singing and Heart-Singing"　101, 113
『ワシントニアン』 *New York Washingtonian*　60
ワシントン，ジョージ（George Washington）　5, 122, 124, 125, 127, 224
「私がその日の終わりに聞いたとき」
　"When I Heard at the Close of the Day"　41
「私自身の歌」 "Song of Myself"　40, 50, 147, 161, 162, 188, 195-97, 199,
　　202, 205, 237, 240
「私の教えを完全に学ぶ者は誰か？」
　"Who Learns My Lesson Complete?"　237
「私の旅立ち」 "My Departure"　18, 26
「私の息子と娘」 "My Boys and Girls"　51, 60
「私は充電された肉体を歌う」 "I Sing the Body Electric"　161, 202, 237,
　　241
「われわれ自身と『イーグル』」 "Ourselves and the 'Eagle'"　150
「われわれに関するボズの意見」 "Boz's Opinions of Us"　96, 108
「われわれの未来の運命」 "Our Future Lot"　15, 17, 26, 33, 34, 37, 65

著者

溝口健二（みぞぐち けんじ）

大同大学（大同工業大学）教養部教授
主な著書：共著『21世紀から見るアメリカ文学史』（英宝社，2003），共編著『ホイットマンと19世紀アメリカ』（開文社出版，2005），共著『テクストの内と外』（成美堂，2006）など

『草の葉』以前のホイットマン
―― 詩人誕生への軌跡 ――　　　　　　（検印廃止）

2008年10月10日　初版発行

著　者　　　溝　口　健　二
発　行　者　　安　居　洋　一
印刷・製本　　モリモト印刷

〒160-0002　東京都新宿区坂町26番地
発行所　**開文社出版株式会社**
TEL 03-3358-6288・FAX 03-3358-6287
www.kaibunsha.co.jp

ISBN 978-4-87571-999-1　C3098